LA HORA DEL ÁNGEL

LA HORA DEL ÁNGEL

Anne Rice

Traducción de Francisco Rodríguez de Lecea

EDICIONES **B**
GRUPO ZETA

Barcelona • Bogotá • Buenos Aires • Caracas • Madrid • México D.F. • Montevideo • Quito • Santiago de Chile

Título original: *Angel Time*

Traducción: Francisco Rodríguez de Lecea

1.ª edición: septiembre 2010
1.ª reimpresión: noviembre 2010

© 2009 by Anne O'Brien Rice
© Ediciones B, S. A., 2010
    Consell de Cent 425-427 - 08009 Barcelona (España)
    www.edicionesb.com

Printed in Spain
ISBN: 978-84-666-4532-4
Depósito legal: B. 43.636-2010

Impreso por LIBERDÚPLEX, S.L.U.
Ctra. BV 2249 Km 7,4 Polígono Torrentfondo
08791 - Sant Llorenç d'Hortons (Barcelona)

Dedico esta novela a Christopher Rice,
Karen O'Brien, Sue Tebbe y Becket Ghioto,
y a la memoria de mi hermana,
Alice O'Brien Borchardt

Guardaos de despreciar a uno de estos pequeños; porque yo os digo que sus ángeles, en los cielos, ven continuamente el rostro de mi Padre que está en los cielos.

MATEO, 18:10

Del mismo modo, os digo, se alegran los ángeles de Dios por un solo pecador que se convierta.

LUCAS, 15:10

Que Él dará orden sobre ti a sus ángeles
de guardarte en todos tus caminos.
Te llevarán ellos en sus manos,
para que en piedra no tropiece tu pie.

SALMO 91:11-12

1

Sombras de desesperación

Hubo presagios funestos desde el principio.

Lo primero, yo no quería hacer un trabajo en la Posada de la Misión. Estaba dispuesto a cumplir en cualquier otro lugar, pero no en la Posada de la Misión. Y en la suite nupcial además, precisamente en esa habitación, mi habitación. Mala suerte, peor que mala, pensé.

Desde luego, mi jefe, el Hombre Justo, no tenía forma de saber, cuando me asignó el encargo, que la Posada de la Misión era el lugar adonde iba cuando no quería ser Lucky el Zorro, cuando no quería ser su sicario.

La Posada de la Misión formaba parte del minúsculo mundo en el que yo no llevaba disfraz. Cuando estaba allí era sencillamente yo mismo, metro noventa y cinco de estatura, cabello rubio corto, ojos grises..., una persona similar a tantas otras que no se parecía a nadie en particular. Cuando estaba allí no me molestaba en alterar el tono de voz ni llevaba las gafas de sol de rigor que ocultaban mi identidad en cualquier lugar que no fuese el apartamento y el barrio donde vivía.

Sólo era quien soy cuando iba allí, aunque en realidad no era nadie salvo el hombre que llevaba todos esos complicados disfraces cuando hacía lo que el Hombre Justo me había encargado que hiciese.

De modo que la Posada de la Misión me pertenecía, constituía el signo de lo que yo era, y lo mismo ocurría con la suite nupcial, llamada suite Amistad, bajo la cúpula. Y ahora me pedían que quemara aquel lugar. No para nadie en particular, a excepción de mí mismo, claro. Yo nunca habría hecho nada que pudiese perjudicar a la Posada de la Misión.

Era una tarta gigantesca, una quimera en forma de edificio donde solía refugiarme. Un lugar extravagante y laberíntico que abarcaba dos manzanas de la ciudad y en el que yo pretendía, durante uno, dos o tres días, que no me buscaran ni el FBI, ni la Interpol, ni el Hombre Justo. Un lugar en el que podía perderme y, de paso, perder mi conciencia.

Hacía mucho tiempo que Europa se había convertido en peligrosa para mí a causa del aumento de la seguridad en todos los controles y el hecho de que los organismos policiales que soñaban con atraparme habían decidido que yo estaba implicado en todos los asesinatos sin resolver que guardaban en sus archivos.

Si me apetecía encontrar la atmósfera que tanto amaba en Siena o en Asís, o en Viena o Praga, o en todos los demás lugares que ya no podía visitar, me iba a la Posada de la Misión. No era ninguno de aquellos lugares, es cierto, pero me proporcionaba un refugio único y me restituía con espíritu renovado a mi mundo estéril.

No se trataba del único lugar donde yo no era nadie en absoluto, pero sí del mejor, y también el que visitaba con mayor frecuencia.

La Posada de la Misión no estaba lejos de donde yo

«vivía», por decirlo de algún modo. Y solía acudir allí, como llevado por un impulso, en cualquier momento en que pudieran darme mi suite. Me gustaban mucho las demás habitaciones, en particular la suite del Posadero, pero valía la pena ser paciente y esperar a que la suite Amistad estuviera libre. A veces me llamaban a uno de mis muchos teléfonos móviles para informarme de que la suite estaba libre para mí.

En ocasiones pasaba una semana entera en la Posada de la Misión. Llevaba conmigo el laúd y me entretenía tocándolo. Y siempre tenía un montón de libros para leer, por lo general de historia. Volúmenes sobre la Edad Media y las edades oscuras, o sobre el Renacimiento, o la Roma antigua. Leía durante horas en la suite Amistad, y me sentía extrañamente a salvo y seguro.

Desde la Posada iba a lugares especiales.

A menudo, sin disfraz, conducía hasta la cercana Costa Mesa para escuchar a la orquesta Pacific Symphony. Me gustaba el contraste, pasar de las arcadas de estuco y las campanas herrumbrosas de la Posada al enorme milagro de plexiglás de la sala de conciertos Segerstrom, con el coqueto Café Rouge en el primer piso.

Detrás de aquellos luminosos y ondulantes ventanales el restaurante parecía flotar. Y, en efecto, cuando comía allí me sentía como si flotase en el espacio y en el tiempo, lejos de todo lo feo y lo malo, dulcemente solo.

Acababa de oír *La consagración de la primavera*, de Stravinsky, en la sala de conciertos. Me gustó. Me gustó su locura palpitante. Me hizo recordar la primera vez que la escuché, diez años atrás, la noche en que conocí al Hombre Justo. Esta vez me llevó a pensar en mi propia vida y en cuánto había ocurrido desde entonces, vagando por el mundo a la espera de aquellas llamadas al teléfono móvil que siempre significaban que alguien había sido señalado, y que yo tenía que dar con él.

Nunca maté a mujeres, lo que no significa que no lo hubiera hecho antes de convertirme en vasallo del Hombre Justo, o en su siervo, o en su paladín, depende de cómo lo vea cada cual. Él me consideraba su paladín. A mí, en cambio, nuestra relación me parecía bastante más siniestra, y durante aquellos diez años nunca llegué a acostumbrarme a ella.

Muchas veces conducía desde la Posada de la Misión hasta la misión de San Juan Capistrano, más al sur y próxima a la costa, otro lugar secreto en el que me sentía desconocido y en ocasiones incluso feliz.

Ahora bien, la de San Juan Capistrano es una misión auténtica, todo lo contrario de la Posada de la Misión, que constituye un tributo a la arquitectura y la herencia de las misiones. Pero San Juan Capistrano lo es de verdad.

En Capistrano paseaba por la enorme plaza ajardinada y los claustros abiertos, y visitaba la estrecha y oscura capilla Serra, el más antiguo oratorio católico consagrado en el estado de California.

Me gustaba ese lugar. Me gustaba que fuera el único santuario en toda la costa donde había celebrado la misa el beato fray Junípero Serra, el gran franciscano. Podía haber dicho la misa en muchas otras capillas de otras tantas misiones. Seguramente lo había hecho. Pero ésta era la única de la que todo el mundo tenía plena certeza.

En ocasiones, tiempo atrás, conduje hacia el norte para visitar la misión de Carmel, contemplar la pequeña celda que supuestamente había ocupado fray Junípero Serra, y meditar acerca de su sencillez: la silla, la cama estrecha, la cruz en la pared. Era todo lo que un santo necesita.

Por supuesto, también estaba San Juan Bautista, con su refectorio y su museo..., y todas las demás misiones que con tanto esfuerzo habían sido restauradas.

Cuando era niño, durante un tiempo quise ser monje, dominico para ser más preciso, y las misiones californianas de dominicos y franciscanos se confundían en mi mente porque las dos eran órdenes mendicantes. Yo las respetaba por igual, y una parte de mí pertenecía a aquel antiguo sueño.

Todavía leía libros de historia sobre los franciscanos y los dominicos. Tenía una antigua biografía de santo Tomás de Aquino, que guardaba desde mis días de escolar, cubierta de viejas anotaciones. Leer historia siempre me calmaba, me permitía sumirme en épocas pretéritas y, por lo tanto, seguras. Lo mismo me ocurría con las misiones. Eran islas al margen de nuestro tiempo.

La que visitaba con más frecuencia era la capilla Serra en San Juan Capistrano.

No iba allí para rememorar la devoción que había sentido de niño. Esa devoción había desaparecido para siempre. Todo lo que yo quería era mi huella en los caminos que recorrí en aquellos primeros años. Puede que únicamente deseara pisar tierra sagrada, caminar por lugares de peregrinación y de santidad, porque en la actualidad no podía pensar demasiado en ellos.

Me gustaba el techo abovedado de la capilla Serra, y la pintura oscura de sus muros. Me sentía en paz en la penumbra de su interior, con el brillo tenue del oro del retablo colocado en el extremo más lejano, y su marco dorado detrás del altar repleto de estatuas y de santos.

Me gustaba la luz roja que ardía a la izquierda del

tabernáculo. A veces me arrodillaba delante del altar en uno de los dos reclinatorios dispuestos allí, obviamente, para los novios de una boda.

Desde luego aquel retablo dorado o trasaltar, como se le suele llamar, no había estado allí en la época de los primeros franciscanos. Llegó después, con la restauración, pero en sí misma la capilla tenía un aspecto muy auténtico. En ella se guardaba el Santo Sacramento. Y el Santo Sacramento, al margen de lo que yo creyera, era algo «real».

¿Cómo puedo explicarlo?

Siempre me arrodillaba en la semioscuridad durante un rato muy largo, y siempre encendía una vela antes de irme, aunque no sabría decir para quién ni para qué. Tal vez susurraba: «Esto es en recuerdo tuyo, Jacob, y tuyo, Emily.» Pero no era una oración. Yo ya no creía en la oración, y tampoco creía en los recuerdos.

Me encantaban las ceremonias, los monumentos y las conmemoraciones. Me encantaba la historia de los libros, los edificios y las pinturas..., y creía en el peligro, y creía en matar a gente cuando y donde mi jefe me daba instrucciones para hacerlo. Mi jefe, al que en el fondo de mi corazón yo llamaba sencillamente el Hombre Justo.

La última vez que estuve en la misión (hace escasamente un mes), pasé un rato desacostumbradamente largo paseando por el inmenso jardín.

Nunca había visto tanta variedad de flores en un lugar. Había rosas recientes, exquisitamente moldeadas, y otras más maduras, abiertas como camelias. Había jazmines, dondiegos, lantanas, y los mayores arbustos de madreselva que había visto en mi vida. Había girasoles y azahar, y margaritas, y podías caminar en medio de todo aquello siguiendo cualquiera de los amplios y cómodos senderos recién pavimentados.

Me demoré en los claustros recoletos porque me gustan los suelos antiguos, de losas irregulares. Me divertí mirando el mundo exterior desde debajo de los arcos. Los arcos de medio punto siempre me han infundido una sensación de paz. Los arcos de medio punto definían la misión, y también la Posada de la Misión.

Me proporcionaba un placer especial en Capistrano el hecho de que la disposición de la misión fuera un antiguo diseño monástico repetido en monasterios de todo el mundo, y que Tomás de Aquino, mi héroe santo de cuando era niño, posiblemente pasó horas paseando por un claustro así, con sus soportales y sus senderos bien definidos en el exterior, y sus inevitables flores.

A lo largo de la historia, los monjes repitieron ese diseño una y otra vez como si los ladrillos y el mortero pudieran de alguna manera mantener a distancia un mundo malvado, y salvaguardarlos para siempre a ellos y a los libros que escribían.

Me quedaba mucho tiempo entre los gruesos muros en ruinas de la gran iglesia de Capistrano.

Un terremoto había destruido el lugar en 1812, y todo lo que quedó era un gran hueco, un santuario sin techo con nichos vacíos y de unas dimensiones estremecedoras. Yo miraba los cascotes de ladrillo y cemento esparcidos al azar aquí y allá, como si tuvieran algún significado para mí, algún sentido como el de la música de *La consagración de la primavera,* alguna relación con el hundimiento y la ruina de mi propia vida.

Era yo un hombre sacudido por un terremoto, un hombre paralizado por una disonancia. Lo sabía muy bien. Pensaba en ello todo el tiempo, aunque intentaba no hacerlo de forma continuada. Intentaba aceptar lo que parecía ser mi destino. Pero si no crees en el destino, bueno, pues no te resulta fácil.

En mi visita más reciente estuve hablándole a Dios en la capilla Serra y diciéndole cuánto aborrecía que Él no existiese. Le dije que la ilusión de que Él existía era perversa, lo injusto que era hacerles eso a los hombres mortales, y en especial a los niños, y cuánto lo detestaba por esa razón.

Lo sé, lo sé, no tiene sentido. Yo hacía un montón de cosas que no tenían sentido. Ser un asesino y nada más no tenía sentido. Y, probablemente, era la razón de que cada vez con más frecuencia diera vueltas y más vueltas por los mismos lugares, libre de mis muchos disfraces.

Leía libros de historia a todas horas como si creyera que Dios había actuado en más de una ocasión en la historia para salvarnos de nosotros mismos, pero no lo creía en absoluto, y mi mente estaba abarrotada de datos aleatorios sobre una edad o un personaje famoso. ¿Por qué había de hacer algo así un asesino?

Uno no puede ser un asesino en todos los momentos de su vida. Algo de humanidad tiene que aflorar en algún momento, algún deseo de comportarte de forma normal, a pesar de lo que hagas.

Por eso yo tenía mis libros de historia, y las visitas a aquellos lugares que me recordaban los tiempos en los que leía con un entusiasmo nebuloso, ocupando mi mente con narraciones para no dejar que, despejada, se volviera hacia sí misma.

Y tenía que agitar mi puño delante de Dios por lo absurdo de todo aquello. Y me hacía bien, sólo a mí. Él no existía en realidad, pero yo podía tenerlo de aquella manera, con mi rabia, y me gustaban esos momentos de conversación con las ilusiones que tanto habían significado para mí en otros tiempos, y ahora sólo me inspiraban rabia.

Tal vez cuando te educas en el catolicismo conviertes en un ritual toda tu vida. Vives en un teatro de la mente porque eres incapaz de salirte de ahí. Te quedas enganchado de por vida a un período de dos mil años porque has crecido con la conciencia de pertenecer a ese período.

Muchos norteamericanos creen que el mundo fue creado el día en que ellos nacieron, pero los católicos retrotraen el comienzo del mundo a Belén e incluso más allá, y lo mismo hacen los judíos, incluso los más laicos, al recordar el Éxodo y las promesas anteriores de Abraham. Yo nunca he contemplado las estrellas de la noche o las arenas de una playa sin recordar las promesas de Dios a Abraham sobre su descendencia; y sin importar lo que yo creyera o dejara de creer además de eso, Abraham era el patriarca de la tribu a la que pertenecía, sin culpa ni virtud por mi parte.

«Acrecentaré muchísimo tu descendencia como las estrellas del cielo y como las arenas de la playa.»

Así es como representamos dramas en nuestro teatro mental, incluso cuando ya no creemos en el público ni en el director de la obra.

Reí al pensar en eso mientras meditaba en la capilla Serra, reí en voz alta como un loco, arrodillado allí, mientras murmuraba en la dulce y deliciosa penumbra y sacudía la cabeza.

Lo que me enloqueció en esa última visita fue que precisamente ese día se cumplían diez años desde que empecé a trabajar para el Hombre Justo.

El Hombre Justo se acordó del aniversario, habló de aniversarios por primera vez y me anunció un regalo consistente en una cantidad importante de dinero remitida ya a la cuenta bancaria suiza a través de la cual recibo por lo común mis honorarios.

La noche antes me dijo por teléfono:

—Si supiera algo de ti, Lucky, te regalaría algo más que frío dinero. Todo lo que sé de ti es que tocas el laúd, y que cuando eras niño lo llevabas siempre contigo. Me lo contaron..., eso de la música. Si no te hubiera gustado tanto tocar el laúd, tal vez nunca nos habríamos conocido. ¿Te das cuenta del tiempo que ha pasado desde que te vi? Y siempre espero que te dejes caer por aquí y traigas contigo tu precioso laúd. Cuando lo hagas, te pediré que toques para mí, Lucky. Diablos, Lucky, ni siquiera sé dónde vives en realidad.

Ahora era algo que mencionaba continuamente, que no sabía dónde vivo, porque creo que tenía miedo, en el fondo de su corazón, de que yo no confiara en él, de que mi trabajo hubiera desgastado poco a poco el amor que yo sentía por él.

Pero sí que confiaba en él. Y lo quería. No quería a nadie más que a él en el mundo. Sólo que deseaba que nadie supiera dónde vivía.

Ninguno de los lugares donde yo vivía era mi hogar, y cambiaba con frecuencia de residencia. Nada me llevaba de un sitio a otro, a excepción de mi laúd y todos mis libros. Y, por supuesto, mis pocas ropas.

En esta era de teléfonos móviles y de Internet, era muy fácil no dejar rastro. Y también muy fácil escuchar una voz íntima en un silencio teletrónico perfecto.

—Mira, puedes llamarme en cualquier momento, de día o de noche —le recordé—. Dónde viva no tiene importancia. A mí no me importa, de modo que ¿por qué había de importarte a ti? Y algún día puede que te mande una grabación de mí tocando el laúd. Te sorprenderá. Todavía lo hago bien.

Rio sin ruido. Se sentía feliz, como siempre que yo le contestaba al teléfono.

—¿Te he fallado alguna vez? —le pregunté.

—No, y yo tampoco te fallaré nunca —contestó—. Es sólo que me gustaría verte con más frecuencia. Diablos, podrías estar en París ahora mismo, o en Ámsterdam.

—No lo estoy —respondí—. Lo sabes. Los controles policiales son demasiado peligrosos. Estoy en Estados Unidos, y aquí he permanecido desde el 11-S. Más cerca de lo que piensas, y te haré una visita uno de estos días, aunque no ahora mismo, y puede que te invite a cenar. Nos sentaremos en un restaurante como seres humanos. Pero en estos momentos no estoy preparado para una reunión. Me gusta estar solo.

No hubo ningún encargo en ese aniversario, de modo que pude quedarme en la Posada de la Misión y acercarme en coche a San Juan Capistrano la mañana siguiente.

No había ninguna necesidad de decirle que en ese momento tenía un apartamento en Beverly Hills, en un rincón tranquilo y arbolado, y que al año siguiente tal vez estaría en Palm Springs o en el desierto. No había necesidad de contarle que no tenía que molestarme en disfrazarme en ese apartamento ni tampoco en sus alrededores, ni que la Posada de la Misión quedaba a tan sólo una hora de viaje.

En el pasado, nunca había salido sin alguna clase de disfraz, y advertí ese cambio en mí mismo con una fría ecuanimidad. A veces me preguntaba que si alguna vez iba a parar a la cárcel me dejarían tener mis libros.

La Posada de la Misión en Riverside, California, era mi única constante. Habría cruzado en avión todo el país para ir a Riverside. La Posada era el lugar donde prefería estar, entre todos.

El Hombre Justo había seguido hablando aquella noche.

—Hace años, te compré todas las grabaciones que había en el mundo de música de laúd, y el mejor instrumento que se podía adquirir con dinero. Y compré todos esos libros que querías. Diablos, vacié los estantes de las librerías. ¿Sigues leyendo todo el tiempo, Lucky? Sabes que deberías aprovechar las oportunidades para mejorar tu educación, Lucky. Tal vez tendría que haberme preocupado por ti un poco más de lo que lo he hecho.

—Jefe, te estás preocupando por nada. Tengo más libros ahora de los que puedo desear. Dos veces al mes, dejo una caja llena en alguna biblioteca. Estoy perfectamente.

—¿Qué me dices de un ático en alguna parte, Lucky? ¿O de unos libros raros? Tiene que haber algo que pueda regalarte, además de dinero. Un ático sería bonito, y seguro. Siempre estás más seguro cuanto más arriba estás.

—¿Seguro en el cielo? —pregunté. El hecho es que mi apartamento de Beverly Hills era un ático, pero el edificio sólo tenía cinco plantas—. A los áticos se llega normalmente de dos maneras, jefe —dije—, y a mí no me gusta verme rodeado. No, gracias.

Pero sí me sentía seguro en mi ático de Beverly Hills, que tenía las paredes forradas con libros sobre todas las épocas anteriores al siglo XX.

Durante mucho tiempo supe por qué me gustaba la

historia. Era porque los historiadores hacen que todo suene coherente, intencionado, completo. Toman un siglo entero y le imponen un significado, una personalidad, un destino. Y eso, por supuesto, es falso.

Pero me aliviaba mi soledad leer esa clase de escritos, pensar que el siglo XIV era un «espejo lejano», para parafrasear un título famoso, y creer que podemos saber de épocas enteras como si hubieran existido con una continuidad maravillosa únicamente para nosotros.

Era bueno leer en mi apartamento. Era bueno leer en la Posada de la Misión.

Me gustaba mi apartamento por más de una razón. Como yo mismo sin disfraz, me gustaba pasear por el barrio suave y tranquilo y detenerme en el Hotel Four Seasons para desayunar o almorzar.

A veces me registraba en el Four Seasons sólo para estar en un lugar completamente distinto, y tenía una suite favorita con una larga mesa de comedor de granito y un gran piano negro. Tocaba el piano en esa suite, e incluso a veces cantaba con los restos de la voz que tuve en otros tiempos.

Hace años, llegué a creer que cantaría toda mi vida. Fue la música lo que me disuadió de querer ser un monje dominico..., eso y el crecer, supongo, y querer salir con chicas y anhelar ser un hombre de mundo. Pero fue sobre todo la música lo que arrasó mi alma de niño de doce años, y el encanto total del laúd. Creo que cuando tocaba aquel laúd tan hermoso me sentía superior a los chicos de la banda del garaje.

Todo aquello desapareció, y siguió desaparecido durante diez años —el laúd era ahora una reliquia—, y llegó el aniversario y no iba a darle mi dirección al Hombre Justo.

—¿Qué puedo regalarte? —siguió insistiendo—. ¿Sabes? Entré en esa tienda de libros raros el otro día, sólo por casualidad. Estaba paseando por Manhattan. Ya me conoces, yo con mis paseos. Y vi ese hermoso libro viejo sobre la Edad Media.

—Jefe, la respuesta es no —dije. Y colgué.

El día después de esa llamada telefónica charlé sobre el asunto con el Dios inexistente de la capilla Serra, al parpadeo de la luz roja del tabernáculo, y le dije que me estaba convirtiendo en un monstruo, un soldado sin guerra y un francotirador sin causa, un cantor que nunca cantaba de verdad. Como si a Él le importara.

Y luego encendí una vela a la «Nada» en que se había convertido mi vida. «Ahí va esa vela..., por mí.» Me parece que dije eso. No estoy seguro. Sé que en ese momento hablé en voz demasiado alta porque hubo personas que se dieron cuenta. Y me sorprendió, porque la gente apenas se daba cuenta nunca de mi presencia.

Incluso mis disfraces eran borrosos y pálidos.

Había ciertos puntos comunes, sin embargo, aunque dudo que nadie los advirtiera. El cabello negro peinado hacia atrás con fijador, las gruesas gafas oscuras, la gorra de visera, la cazadora de cuero, el habitual cojeo de un pie, aunque nunca el mismo pie.

Era suficiente para hacer de mí el hombre a quien nadie veía. Antes de presentarme allí como yo mismo, probé tres o cuatro disfraces en la recepción de la Posada de la Misión, y tres o cuatro nombres distintos a juego. Funcionó a la perfección. Cuando el auténtico Lucky el Zorro entraba con el alias de Tommy Crane, nadie daba la más ligera muestra de haberlo reconocido. Era demasiado bueno con los disfraces. Para los agentes que me perseguían, yo era un modus operandi, no un hombre con una cara.

En esa última ocasión salí de la capilla Serra furioso, y confuso, y desdichado, y sólo me consolé yendo a pasar el día a la pintoresca pequeña ciudad de San Juan Capistrano, y comprando una estatua de la Virgen en la tienda de regalos de la misión antes de que cerrara.

No era tan sólo una Virgen corriente, pequeña. Era una figura con el Niño Jesús, no sólo modelada en yeso sino con la ropa también enyesada. Parecía que la ropa debía de ser suave al tacto, pero no lo era. Era dura y rígida. Y dulce. El pequeño Niño Jesús tenía mucho encanto, con su cabecita inclinada a un lado, y la Virgen tenía lágrimas en la cara y dos manos que asomaban bajo el bonito manto blanco y oro. Dejé la caja en el asiento del coche y no volví a acordarme de ella.

Pero como siempre que iba a Capistrano —y esa última vez no fue una excepción—, oí misa en la nueva basílica, una gran reproducción de la iglesia derrumbada en 1812.

Me sentía muy impresionado y relajado en la Gran Basílica. Era amplia, lujosa, de estilo románico y, como tantas iglesias de ese género, luminosa. De nuevo, arcos de medio punto por todas partes. Muros exquisitamente pintados.

Detrás del altar había otro retablo dorado, uno que empequeñecía al de la capilla Serra. También éste era antiguo, traído en barco del Viejo Continente igual que el otro, y cubría todo el muro trasero del santuario hasta una altura crítica. Era abrumador, centelleante de oro.

Nadie lo sabía, pero yo enviaba dinero de vez en cuando a la basílica, casi nunca bajo el mismo nombre. Remitía giros postales con nombres inventados y ridículos. El dinero llegaba, eso era lo importante.

Cuatro santos ocupaban sus nichos correspondientes

en el retablo: san José con su inevitable lirio, el gran san Francisco de Asís, el beato Junípero Serra sosteniendo en la mano derecha una pequeña maqueta de la misión, y un desconocido en lo que a mí respecta, el beato Kateri Tekakwitha, un santo indio.

Pero era la parte central del retablo lo que me absorbía por completo durante la misa. Allí estaba el crucificado envuelto en luz, con las manos y los pies ensangrentados, y sobre él una figura barbada de Dios Padre, situado bajo los rayos dorados que brotaban de una paloma blanca. Era la Trinidad, aunque tal vez un protestante no la reconocería en las tres personas reproducidas de una forma tan literal.

Cuando piensas en que Jesús se hizo hombre para salvarnos, bueno, las figuras de Dios Padre y del Espíritu Santo en forma de paloma llegan a parecerte enigmáticas, y conmovedoras. El Hijo de Dios, después de todo, sí tenía un cuerpo.

Sea como fuere, la imagen me maravillaba, y disfrutaba de ella. No me preocupaba que fuera literal o sofisticada, mística o terrenal. Era hermosa, brillante, e incluso cuando hervía de rabia me consolaba verla. Me confortaba que a mi alrededor otras personas la adoraran, me vivificaba encontrarme en un lugar sagrado o al que venía la gente para entrar en contacto con lo sublime. No lo sé. Expulsaba los remordimientos de mi mente y me limitaba a mirar lo que tenía delante, del mismo modo que cuando estoy trabajando y me dispongo a acabar con una vida.

Tal vez miraba desde mi banco aquel crucifijo como se hace con un amigo con el que te has enfadado y al que dices: «Bueno, aquí estás otra vez, y sigo estando furioso contigo.»

Debajo del Señor en agonía estaba su Santa Madre en la forma de Nuestra Señora de Guadalupe, a la que siempre he admirado.

En esa última visita, pasé horas mirando la pared dorada.

No era fe. Era arte. El arte de una fe olvidada, el arte de una fe negada. Era excesivo, era sublime y de alguna forma consolador, por más que yo dijera: «No creo en ti, nunca te perdonaré que no seas real.»

Después de la misa, aquella última vez, saqué el rosario que llevaba conmigo desde niño, y lo recité, pero sin meditar en los antiguos misterios que no significaban nada para mí. Me limité a sumergirme en el mantra de aquel sonsonete. «Ave María, llena eres de gracia, como si creyera que existes, ahora y en la hora de nuestra muerte amén, al infierno con ellos, ¿todavía estás ahí?»

Ya veis, desde luego yo no era el único hombre abatido de este planeta que oía misa. Pero era uno de la minoría muy reducida que prestaba atención, murmuraba las respuestas y a veces incluso cantaba los himnos. A veces incluso iba a comulgar, desafiante y consciente de que estaba en pecado mortal. Después me arrodillaba con la cabeza inclinada y pensaba: «Esto es el infierno. Esto es el infierno. Y el infierno será peor que esto.»

Siempre ha habido grandes y pequeños criminales que asistían con sus familias a misa y a las ceremonias relacionadas con los sacramentos. No hace falta mencionar al mafioso italiano de la leyenda cinematográfica que asiste a la primera comunión de su hija. ¿No es lo que hacen todos?

Yo no tenía familia. No tenía a nadie. No era nadie. Iba a la misa por mí mismo, que no era nadie. En mis dossiers en la Interpol y el FBI, eso era lo que pone: «No es nadie. Nadie sabe qué aspecto tiene, ni de dónde ha venido, ni dónde aparecerá la próxima vez.» Ni siquiera saben si trabajo para algún hombre.

Como he dicho antes, para ellos yo era un modus operandi, y les llevó años determinarlo, enumerar con vaguedad los disfraces mal observados por los vídeos de vigilancia, sin utilizar palabras demasiado precisas. Con frecuencia describían los golpes con errores sustanciales respecto de lo que en realidad había ocurrido. Pero casi acertaban en una cosa: yo no era nadie. Era un muerto que rondaba por ahí en el interior de un cuerpo vivo.

Y trabajaba sólo para un hombre, mi jefe, al que en el fondo de mi corazón llamaba el Hombre Justo. Sencillamente nunca se me ocurrió trabajar para alguien más. Y nadie más podría haber recurrido a mí para un trabajo, y nunca nadie lo hizo.

El Hombre Justo podría haber sido el Dios Padre barbudo del retablo, y yo su hijo ensangrentado. El Espíritu Santo sería el acuerdo que nos ataba, porque estábamos atados, eso es seguro, y nunca dejé que mis pensamientos fueran más allá de las órdenes del Hombre Justo.

Eso es una blasfemia. ¿Y qué?

¿Cómo sabía yo todas esas cosas sobre los dossiers de la policía y los archivos de las agencias? Mi querido jefe tenía sus contactos, y se reía mientras me contaba por teléfono toda la información que le llegaba por esa vía.

Él sabía cuál era mi aspecto. La noche en que nos conocimos, diez años atrás, y con él yo fui yo mismo. El hecho de no haberme vuelto a ver durante todos esos años le inquietaba.

Pero yo siempre estaba ahí cuando me llamaba, y en

cada ocasión en que me deshacía de un teléfono móvil, lo llamaba para darle el nuevo número. Al principio me ayudó a conseguir los papeles falsos, los pasaportes, los permisos de conducir y esas cosas. Pero hacía mucho tiempo que yo había aprendido a adquirir ese tipo de material por mí mismo, y a confundir a las personas que me lo proporcionaban.

El Hombre Justo sabía que yo era leal. No pasaba una semana sin que lo llamara, tanto si él se había puesto en contacto conmigo como si no. A veces se me cortaba de pronto la respiración al oír su voz, sólo porque seguía allí, porque el destino no lo había apartado de mí. Después de todo, si un hombre es tu vida entera, tu vocación, tu búsqueda, has de temer perderlo.

—Lucky, quiero sentarme contigo —me decía a veces—. Ya sabes, igual como solíamos estar aquel primer par de años. Tengo ganas de saber qué es de ti.

Yo reía lo más suavemente que podía.

—Me gusta el sonido de tu voz, jefe —decía.

—Lucky —me dijo una vez—, ¿sabes tú mismo qué es de ti?

Aquello hizo que me echara a reír, pero no de él, sino de todo.

—¿Sabes, jefe? —le dije en más de una ocasión—, hay cosas que me gustaría preguntarte, como quién eres en realidad, y para quién trabajas. Pero no te lo pregunto, ¿verdad?

—Las respuestas te sorprenderían —dijo—. Ya te dije una vez, muchacho, que trabajas para los Chicos Buenos.

Y así quedó la cosa.

«Los Chicos Buenos.» ¿La pandilla buena, la buena organización? ¿Cómo podía yo saber cuál era? Y qué importancia tenía, puesto que yo hacía exactamente lo que él me pedía que hiciera, de modo que ¿cómo podía ser bueno?

Pero yo soñaba de vez en cuando que él estaba del lado bueno de las cosas, que el gobierno lo apoyaba, lo limpiaba, y me convertía a mí en un soldado de infantería, en una persona válida. Por eso podía llamarlo el Hombre Justo, y decirme a mí mismo: «Bueno, puede que sea del FBI después de todo, o quizá de la rama de la Interpol que trabaja en el interior del país. Puede que estemos haciendo algo razonable.» Pero la verdad es que no lo creía. Yo mataba. Lo hacía para ganarme la vida. No lo hacía por otra razón que para seguir viviendo. Mataba a gente. Los asesinaba sin previo aviso y sin explicaciones de por qué lo hacía. El Hombre Justo podía ser uno de los Chicos Buenos, pero ciertamente yo no lo era.

—¿No tendrás miedo de mí, verdad, jefe? —le pregunté una vez—. De que yo esté un poco fuera de mis cabales y algún día me rebele o te persiga. Porque no has de tener miedo de mí, jefe. Soy la última persona que tocaría ni siquiera un pelo de tu cabeza.

—No tengo miedo de ti, hijo —contestó—. Pero me preocupa que estés ahí fuera. Me preocupa porque eras un crío cuando te enrolé. Me preocupa... saber cómo pasas las noches. Eres el mejor que he tenido, y a veces me parece demasiado fácil llamarte y que estés siempre ahí, y que las cosas vayan a la perfección, y yo tenga que gastar tan poca saliva.

—Te gusta hablar, jefe, es una de tus características. A mí no. Pero voy a decirte algo. No es fácil. Es excitante, pero nunca es fácil. Y a veces me deja sin respiración.

No recuerdo qué me contestó cuando le hice esa pequeña confesión, pero sí que habló mucho rato y que dijo, entre otras cosas, que chequeaba cada cierto tiempo a todas las personas que trabajaban para él. Las veía, las conocía, las visitaba.

—Eso no va conmigo, jefe —le aseguré—. Lo que oyes es lo que vas a tener.

Y ahora tenía que hacer un trabajo en la Posada de la Misión.

La llamada llegó la noche pasada y me despertó en mi apartamento de Beverly Hills. Y la aborrecí.

2

Del amor y la lealtad

Como dije antes, en el hotel de Riverside llamado la
Posada de la Misión nunca hubo una misión de verdad,
como la de San Juan Capistrano.

Era una fantasía, un hotel gigantesco lleno de patios,
glorietas y claustros como los de una misión, con una
capilla para las bodas y multitud de encantadores deta
lles decorativos góticos, incluidas pesadas puertas ojiva-
les de madera, estatuas de san Francisco en nichos, incluso campanarios y la campana más antigua que se
conoce de la cristiandad. Era un conglomerado de ele-
mentos que sugerían el mundo de las misiones desde un
extremo de California al otro. Era un homenaje que la
gente encontraba más vertiginoso y a veces más hermoso que las misiones de verdad, que sólo eran residuos de
sí mismas. La Posada de la Misión era también algo in-
defectiblemente vivo, cálido e invitador, que vibraba con
los ecos de voces alegres, alborotos y risas.

Supongo que desde el principio fue un lugar laberíntico, pero en las manos de los nuevos propietarios se había desarrollado de tal modo que ahora disponía de todas las comodidades de un hotel de la gama más alta.

Pero fácilmente podías perderte en él al pasear por sus muchas galerías, seguir sus innumerables escaleras, vagar de patio en patio, o sencillamente intentar encontrar tu habitación.

La gente crea esos ambientes extravagantes porque tiene visión, amor a la belleza, esperanzas y sueños.

Muchas mañanas, desde temprano la Posada de la Misión rebosaba de gente feliz, de novias fotografiadas en las escalinatas, familias que paseaban alegres por las terrazas, fiestas animadas en los numerosos restaurantes iluminados, pianos que sonaban, voces que cantaban, incluso tal vez un concierto en la sala de música. El ambiente era siempre festivo, y me envolvía y me apaciguaba siquiera por un corto rato.

Yo compartía el amor a la belleza que impulsaba a los propietarios del lugar, y también el amor a lo excesivo, el amor a una visión llevada hasta extremos casi divinos.

Pero yo no tenía planes ni sueños. Era estrictamente un mensajero, un propósito personificado, un «ve y haz esto» en lugar de un hombre.

Pero, una y otra vez el sin hogar, el sin nombre, el sin sueños, volvía a la Posada de la Misión.

Podéis decir que me gustaba el hecho de que fuera un lugar sobrecargado y absurdo. No sólo era un homenaje a todas las misiones de California, además daba el tono arquitectónico a una parte de la ciudad. Había campanas en las farolas de las calles vecinas. Había edificios públicos construidos en el mismo «estilo Misión». Me gustaba el hecho de que de forma consciente se hubiese creado esa continuidad. Todo era prefabricado, del mismo modo que yo era prefabricado. Era una invención, como yo mismo era una invención a la que había puesto por accidente la etiqueta de Lucky el Zorro.

Siempre me sentía bien al cruzar el arco de la entrada conocida como el campanario, por sus múltiples campanas. Me gustaban los helechos gigantes y las altísimas palmeras con sus esbeltos troncos envueltos en luces titilantes. Me gustaban los arriates de petunias de colores vivos que flanqueaban la entrada.

En cada una de mis peregrinaciones, pasaba buena parte de mi tiempo en los espacios públicos. Con frecuencia me dirigía al *lobby* inmenso y oscuro para contemplar la estatua de mármol blanco del niño que se arranca la espina del pie. Aquel interior en penumbra me relajaba. Me gustaban las risas y la alegría de las familias. Tomaba asiento en uno de los grandes y cómodos sillones, respiraba el polvo y observaba a la gente. Me gustaba el sentimiento amistoso que parecía fluir de aquel lugar.

Nunca dejaba de entrar a almorzar en el restaurante de la Posada de la Misión. La *piazza* era hermosa, con sus muros de varios pisos de altura, sus ventanas redondas y sus terrazas arqueadas, y yo tomaba prestado el *New York Times* para leerlo mientras comía bajo la protección de docenas de sombrillas rojas que se solapaban.

Pero el interior del restaurante no era menos atractivo, con sus paredes bajas de azulejos brillantes, y las arcadas de color beige con guirnaldas de enredaderas verdes hábilmente pintadas. El techo envigado estaba pintado como un cielo azul con nubes e incluso pequeños pájaros. Las puertas interiores, rematadas en arcos y ajimezadas, eran acristaladas, y otras puertas similares que se abrían a la *piazza* iluminaban el interior con la luz solar. El agradable parloteo de otras personas era como el murmullo del agua que brotara de una fuente. Encantador.

Vagaba por los oscuros pasillos y las distintas áreas cubiertas por alfombras decorativas y polvorientas.

Me detuve en el atrio delante de la capilla de San Francisco, y mis ojos recorrieron el dintel de la puerta, profusamente decorado, copia en cemento de una obra maestra de estilo churrigueresco. Me enternecía echar una ojeada a los inevitablemente lujosos y aparentemente eternos preparativos de boda, con la comida dispuesta en bandejas de plata sobre los manteles de las mesas, y la gente impaciente moviéndose alrededor.

Subí a la galería superior y, apoyado en la barandilla verde de hierro, miré abajo a la *piazza* del restaurante y, del otro lado, al inmenso reloj de Núremberg. Solía esperar el momento de las campanadas, cada cuarto de hora, para ver las lentas evoluciones de las figuras que salen del interior de la caja.

Todos los relojes me imponen respeto. Cuando mataba a alguien, paraba su reloj. ¿Y qué hacen los relojes sino medir el tiempo de que disponemos para hacer algo, para descubrir algo en nuestro interior que no sabíamos que estaba allí?

A menudo pensaba en el Fantasma de *Hamlet* cuando mataba a alguien. Recordaba su trágica lamentación ante su hijo: «Segado en plena flor de mis pecados..., con mis cuentas por hacer y enviado a juicio con todas mis imperfecciones sobre mi cabeza.»*

Pensaba en cosas así cada vez que meditaba sobre la vida y la muerte, o sobre los relojes. No había nada en la Posada de la Misión (ni la sala de música, ni la sala china, ni el último rincón o la menor grieta), que no amara con un amor total.

* Acto I, Escena V. Traducción de Luis Astrana Marín. *(N. del T.)*

Puede que me gustara porque, a pesar de todos sus relojes y sus campanas, se situaba fuera del tiempo, o porque la hábil acumulación de objetos de épocas diferentes podía hacer que una persona metódica enloqueciera.

En cuanto a la suite Amistad, la suite nupcial, la elegí por su techo abovedado, pintado con un paisaje en grisalla y con palomas que ascendían a través de una suave neblina hacia un cielo azul, en cuya cúspide se alzaba una linterna octogonal con ventanas de cristales de colores. También la arcada de medio punto estaba representada en la suite: en la separación entre el comedor y el dormitorio, y en la forma de las gruesas puertas dobles que daban a la galería exterior. Los tres ventanales que rodeaban la cama también estaban rematados en arco.

El dormitorio contaba con una enorme chimenea de piedra gris, fría, vacía y negra por dentro, pero a pesar de todo era un hermoso marco para unas llamas imaginarias. Yo tengo una excelente imaginación. Por esa razón soy tan bueno como asesino. Pienso en todas las maneras posibles de hacerlo y escapar luego.

Espesas cortinas cubrían los ventanales de tres pisos de altura que rodeaban el enorme lecho de baldaquín antiguo. La cabecera era de madera oscura tallada, y a los pies había dos gruesas columnas torneadas. Era una cama que siempre me recordaba a Nueva Orleans, por supuesto.

Nueva Orleans fue en tiempos un hogar, el hogar del niño que había dentro de mí y que murió allí. Y ese niño nunca conoció el lujo de dormir en una cama de baldaquín.

«Ocurrió en otro país, y además la moza ha muerto.»

Nunca había vuelto a Nueva Orleans desde que me convertí en Lucky el Zorro, y no pensaba volver nunca, y por tanto nunca dormiría en una de sus camas antiguas de baldaquín.

Nueva Orleans era el lugar donde estaban enterrados los cuerpos importantes, no los de los hombres que despaché para el Hombre Justo.

Cuando hablo de los cuerpos importantes, me refiero a los de mis padres y los de mi hermano pequeño Jacob y de mi hermana pequeña Emily, todos ellos muertos allí, y no tenía la menor idea de dónde podían haber colocado ninguno de esos cuerpos.

Recordé algunas conversaciones sobre una trama referida al viejo cementerio de Saint Joseph, en Washington Avenue, en el barrio peligroso. Mi abuela había sido enterrada allí. Pero nunca fui a aquel lugar, que yo recuerde. A mi padre debieron de enterrarlo junto a la prisión en la que fue acuchillado.

Mi padre era un policía desastroso, un marido desastroso, un progenitor desastroso. Lo mataron cuando había cumplido dos meses de una condena a cadena perpetua. No. No sabía dónde encontrar una tumba en la que colocar flores para ninguno de ellos, y de hacer una cosa así, no las colocaría en la tumba de él.

Muy bien. Así pues, podéis imaginar cómo me sentí cuando el Hombre Justo me dijo que tenía que dar el golpe en la Posada de la Misión.

Un sucio crimen iba a manchar mi consuelo, mi diversión, mi delirio controlado, mi santuario. Puede que fuera Nueva Orleans lo que buscara en su regazo, sólo porque era antiguo e inestable y sin sentido y deliberada y accidentalmente pintoresco.

Dadme sus glorietas sombreadas por emparrados, sus innumerables tiestos toscanos desbordantes de geranios de pensamiento y naranjos, sus largos porches de tejas rojas. Dadme sus interminables barandillas de hierro con su dibujo de cruces y campanas. Dadme sus abundantes fuentes, sus pequeñas estatuas de ángeles de piedra gris sobre los dinteles de las suites, incluso sus nichos vacíos y sus campanarios caprichosos. Dadme sus contrafuertes en saledizo que rodean las tres ventanas de aquella habitación en alto.

Y dadme las campanas que tocaban allí a todas horas. Dadme la vista desde las ventanas de las montañas lejanas, a veces visiblemente cubiertas de nieve resplandeciente.

Y dadme el oscuro y cómodo asador que sirve las mejores comidas fuera de Nueva York.

Bueno, podía haberse tratado de un golpe en la misión de San Juan Capistrano (eso habría sido peor), pero aun así no sería el lugar al que me apetece ir cuando quiero dormir en paz.

El Hombre Justo siempre me hablaba con cariño y supongo que también yo le hablaba del mismo modo. Me dijo:

—El hombre es un suizo, un banquero, un hombre que lava dinero, a partir un piñón con los rusos, no te creerías las mafias que han montado esos tipos, y ha de hacerse en su habitación del hotel.

«Y era... mi habitación.»

No respondí nada.

Pero sin decir palabra hice un juramento, recé una oración. «Dios, ayúdame. En ese sitio, no.»

Para decirlo de modo más sencillo, me invadió una sensación mala, la sensación de una caída.

La oración más boba de mi antiguo repertorio vino a mi mente, la que me ponía más furioso:

Ángel de la guarda, dulce compañía,
no me desampares de noche ni de día,
no me dejes solo, que me perdería.

Me sentí desfallecer al escuchar al Hombre Justo. Me sentí fatal. No importa. Conviértelo en dolor. Conviértelo en presión, y te hará bien.

Después de todo, me recordé a mí mismo, una de las ideas de las que parte tu jefe es que crees que el mundo sería mejor si tú murieras. Buena cosa para cualquier individuo al que todavía había de destruir.

¿Qué es lo que hace seguir a la gente como yo, día tras día? ¿Qué dice Dostoievsky sobre el tema cuando habla el Gran Inquisidor? «Sin una noción firme del objeto de la vida, el hombre no se resignaría a seguir viviendo.»

Como el infierno. Pero todos sabemos que el Gran Inquisidor es malvado y está equivocado.

La gente continúa viviendo incluso en circunstancias insoportables, como yo sabía muy bien.

—Éste tiene que parecer un ataque al corazón —dijo el jefe—. Ningún mensaje..., sólo un pequeño robo. De modo que deja los teléfonos móviles y los ordenadores portátiles. Déjalo todo como lo encuentres, asegúrate sólo de que el hombre está muerto. Desde luego, hay una mujer que no debe verte. Si la haces desaparecer, desaparece la coartada. La mujer es una zorra cara.

—¿Qué hace él con ella en la suite nupcial? —pregunté. Porque eso era la suite Amistad, la suite nupcial.

—Ella quiere casarse. Lo intentó en Las Vegas, fracasó y ahora lo está presionando para hacerlo en la capilla de ese sitio absurdo al que va la gente a casarse. Es una especie de mito, ese lugar. No tendrás ningún problema en encontrarlo ni en encontrar la suite nupcial. Está situada debajo de una cúpula techada con tejas. Podrás verla desde la calle antes de examinar el lugar. Ya sabes lo que has de hacer.

«Ya sabes lo que has de hacer.»

Eso significaba el disfraz, el método de aproximación, la elección del veneno para la jeringuilla, y la salida en las mismas condiciones creadas para la entrada.

—Veamos: lo que sé es lo siguiente —dijo el jefe—. El hombre se queda y la mujer sale de compras. En todo caso ésa fue la pauta en Las Vegas. Ella se va a eso de las diez de la mañana, después de chillarle durante hora y media más o menos. Puede que ella almuerce fuera. Puede que beba también, pero no debes contar con eso. Entra tan pronto como ella se haya marchado de la habitación. Él tendrá encendidos dos ordenadores, y puede que también ponga en funcionamiento dos teléfonos móviles. Hazlo bien. Recuerda. Ataque al corazón. No importa que apagues todo el equipo.

—Puedo bajar todo lo que haya en los móviles y los ordenadores —dije. Estaba orgulloso de mis habilidades en ese terreno. Habían sido mi tarjeta de presentación al Hombre Justo diez años atrás, eso y una deslumbrante falta de escrúpulos. Pero entonces yo sólo tenía dieciocho años. Todavía no me había dado cuenta de mi falta de escrúpulos.

Ahora vivía con ella.

—Demasiado fácil que alguien se dé cuenta —dijo—. Y entonces sabrán que ha sido un golpe. No puedo arriesgarme. Déjalo, Lucky. Haz lo que digo. Es un banquero. Si no lo eliminas, tomará un avión a Zúrich y nos meterá en un apuro.

No dije nada.

A veces dejamos un mensaje en esas cosas, y otras veces entramos y salimos como un gato en un callejón, y así es como tenía que ser ahora.

Puede que fuera una bendición a fin de cuentas, me

dije. No habría rumores de un asesinato entre los empleados del único lugar en el que me sentía relativamente a gusto, siquiera un poco por encima del nivel del polvo.

Rio con su risa habitual.

—¿Y bien? ¿No vas a preguntarme nada?

Y yo le di mi respuesta habitual:

—No.

Se refería al hecho de que no me importaba por qué razón quería matar a aquel hombre en particular. No me importaba quién era el hombre. No me importaba conocer su nombre.

Lo que me importaba era que él quería que se hiciera.

Pero siempre formulaba esa pregunta, y yo siempre le contestaba con un no. Rusos, banqueros, lavado de dinero..., era el trasfondo habitual, pero no un motivo. Era un juego al que habíamos estado jugando desde la primera noche en que lo vi, o fui vendido a él, o me ofrecí a él, o comoquiera que pueda describirse aquella notable serie de acontecimientos.

—No hay guardaespaldas, ni ayudantes —dijo entonces—. Está solo. Pero incluso si hay alguien más, sabes cómo manejarlo. Sabes lo que hay que hacer.

—Ya estoy pensando en ello. No te preocupes.

Colgó sin despedirse.

Me fastidió todo aquello. Me pareció mal. No os riáis. No estoy diciendo que todos los demás asesinatos que he cometido me parecieran bien. Digo que en éste había algo peligroso para mi equilibrio, y en consecuencia que algo podía ir mal.

¿Y si nunca podía volver allí y dormir de nuevo en paz bajo aquella cúpula? Con toda probabilidad, eso es lo que iba a suceder. El joven de ojos claros que a veces llevaba consigo un laúd nunca volvería a aparecer por allí, con sus propinas de veinte dólares y sus sonrisas amables a todo el mundo.

Porque ese mismo joven, cuidadosamente disfrazado de forma que pareciera una persona distinta, habría puesto un crimen en el corazón mismo de todo su sueño.

De pronto me pareció una locura haberme atrevido a ser yo mismo allí, haber tocado el laúd bajo el techo abovedado, haberme tendido boca arriba en la cama a mirar el baldaquín tapizado, haber pasado una hora o más con la mirada clavada en la cúpula de color azul celeste.

Después de todo, el mismo laúd era una pista que conducía al chico que se había evaporado de Nueva Orleans, ¿y si algún primo bienintencionado aún lo estaba buscando? Yo había tenido primos bienintencionados, y los había querido. Y los ejecutantes de laúd no abundan.

Puede que fuera el momento de hacer estallar una bomba, antes de que algún otro lo hiciera.

Ningún error, no.

Había valido la pena tocar el laúd en aquella habitación, rasguearlo en tono bajo y repetir las melodías que amaba.

¿Cuánta gente sabe lo que es un laúd, o cómo suena? Puede que hayan visto laúdes en las pinturas del Renacimiento, y ni siquiera sepan que objetos así siguen existiendo hoy. No me importaba. Me gustaba tanto tocarlo en la suite Amistad, que no me importaba que los empleados del servicio de habitaciones me oyeran o me vieran. Me gustaba mucho, igual que tocar el piano negro en la suite del Four Seasons de Beverly Hills. No creo haber tocado nunca una sola nota en mi propio apartamento. No sé por qué. Miraba el laúd y pensaba en los ángeles de la Navidad con sus laúdes en los tarjetones de colores vivos. Pensaba en ángeles que colgaban de las ramas de los árboles de Navidad.

«Ángel de la guarda, dulce compañía...»

Una vez, qué diablos, tal vez hacía tan sólo dos meses en la Posada de la Misión, compuse una melodía para esa oración infantil, una melodía renacentista, muy pegadiza. Sólo que yo era el único al que se le pegaba.

Y ahora tenía que pensar en un disfraz que engañara a las personas que me habían visto muchas veces, y el jefe decía que tenía que hacerlo ya. Después de todo, la chica podía convencerlo de que se casara con ella mañana mismo. La Misión tenía esa clase de hechizo.

3

Pecado mortal y misterio mortal

Tenía un garaje en Los Ángeles, parecido al de Nueva York: cuatro camionetas, una con un anuncio de una empresa de fontanería, otra de una floristería, la tercera pintada de blanco con una luz roja en el techo de modo que parecía una ambulancia especial, y la cuarta que era pura chatarra rodante de un operario, con algunos trastos viejos herrumbrosos en la trasera. Esos vehículos eran tan transparentes para el público como el famoso aeroplano invisible de la Mujer Maravilla. Un sedán abollado habría atraído más atención. Y siempre conducía un poco demasiado aprisa, con la ventanilla bajada y asomando el brazo arremangado, y nadie me veía. A veces fumaba, sólo lo justo para que se viera el humo.

En esta ocasión utilicé la camioneta de la floristería. Sin duda era lo mejor, en especial en un hotel en el que turistas e invitados se mezclan y pasean con toda libertad, entran y salen, y nadie pregunta nunca adónde vas ni si tienes o no la llave de alguna habitación.

Lo que funciona en todos los hoteles y hospitales es

una actitud resuelta, un impulso decidido. Y desde luego funcionó en la Posada de la Misión.

Nadie se fijó en un melenudo de piel oscura con el logo de una tienda de flores sobre el bolsillo de su chaquetilla verde y un saco sucio de tela al hombro, que llevaba sólo un modesto ramo de lirios en una maceta de barro envuelta en papel de plata, y a nadie le preocupó que entrara con una rápida seña a los porteros, si es que se molestaron siquiera en levantar la cabeza. Además de la peluca, un par de gafas de montura gruesa distorsionaba por completo la expresión habitual de mi cara. Una placa colocada entre los dientes me proporcionó un ceceo perfecto.

Los guantes de jardinería que llevaba ocultaban los de látex, más importantes. El saco de tela que cargaba al hombro olía a abono. Llevaba la maceta de lirios como si se fuera a romper. Caminaba con una leve cojera de la pierna izquierda y una oscilación regular de la cabeza, un detalle que alguien podría recordar cuando no se acordaran de ninguna otra cosa. Tiré una colilla de cigarrillo a uno de los arriates de la entrada. Alguien podría tomar nota de ese gesto.

Tenía dos jeringuillas para el trabajo, pero sólo necesitaba una. Había un revólver pequeño sujeto a mi cadera bajo el pantalón, aunque me repelía la idea de tener que usarlo, y por lo que pudiera pasar, bajo el cuello de la camisa almidonada de la compañía traía una delgada hoja de plástico, lo bastante rígida y aguzada para atravesar la garganta de un hombre, o ambos ojos.

El plástico era el arma que podía utilizar con más facilidad si tropezaba con alguna dificultad, pero nunca se presentó la ocasión. Temía la sangre, y también la crueldad que implica. Detestaba la crueldad en cualquiera de sus formas. Me gustaba que todo fuera perfecto. En los dossiers me llamaban el Perfeccionista, el Hombre Invisible y el Ladrón de la Noche.

Confiaba por completo en la jeringuilla para este trabajo. Obviamente, puesto que el efecto deseado era un ataque al corazón.

La jeringuilla podía adquirirse en cualquier farmacia y era del tipo que usan los diabéticos, con una microaguja que algunas personas ni siquiera notarían. Y además del veneno había un segundo componente de acción rápida procedente de un medicamento también accesible para cualquiera, que privaría casi inmediatamente de sentido al sujeto, de modo que estuviera en coma cuando el veneno llegara al corazón. Todo rastro de ambas drogas desaparecería en el torrente sanguíneo en menos de una hora. La autopsia no revelaría nada.

Prácticamente todas las combinaciones químicas que yo utilizaba podían comprarse en cualquier establecimiento público del país. Es asombroso lo que puedes aprender sobre venenos cuando de verdad quieres hacer daño a la gente y no te preocupa lo que pueda ocurrirte a ti, tanto si te queda algún residuo de corazón o de alma, como si no. Tenía a mi disposición por lo menos veinte venenos distintos. Compraba las drogas en farmacias suburbanas, en pequeñas cantidades. De vez en cuando utilizaba las hojas de la adelfa, y en toda California crecen adelfas. Sabía cómo utilizar el veneno de las semillas del ricino.

Todo pasó como lo había planeado.

Eran aproximadamente las nueve y media. Cabello negro, gafas de montura negra. Olor a tabaco en los guantes manchados.

Tomé el pequeño ascensor rechinante hasta el último

piso con otras dos personas que no me dirigieron ni una sola mirada, seguí los laberínticos pasillos, salí al jardín de hierba y lo crucé hasta la barandilla verde que daba al patio interior. Me recosté en la barandilla y observé el reloj.

Todo esto era mío. A la izquierda se extendía la larga galería cubierta por un tejado rojo, la fuente rectangular con sus chorros burbujeantes en forma de cestillo, la habitación al extremo, y la mesa y las sillas de hierro bajo la sombrilla verde, justo delante de la puerta de doble hoja.

Maldición. Cómo me habría gustado sentarme al sol, a la brisa fresca de California, en aquella misma mesa. Experimenté la intensa tentación de olvidarme de aquel trabajo y sentarme a la mesa hasta que mi corazón se apaciguara, y luego sencillamente irme, dejando allí la maceta con las flores para quienquiera que la encontrara.

Paseé perezosamente arriba y abajo por la galería, e incluso di la vuelta a la rotonda con sus empinadas escaleras de caracol, como si estuviera comprobando los números de las puertas, o sencillamente deteniéndome a mirarlo todo al pasar, por capricho. ¿Quién dice que el chico de las entregas no puede pararse a curiosear?

Por fin la dama salió de la suite Amistad y cerró la puerta de golpe. Bolso grande de cuero rojo de marca, taconeo apresurado con los zapatos adornados con oro y lentejuelas, falda estrecha, mangas recogidas, cabello rubio flotante. Hermosa y carísima, sin la menor duda.

Caminaba deprisa como si estuviera furiosa, y probablemente lo estaba. Me coloqué más cerca de la habitación.

Por la ventana del comedor de la suite vi la silueta borrosa del banquero, al otro lado de las cortinas blancas, inclinado sobre el ordenador del escritorio, sin advertir siquiera que yo lo estaba mirando, descuidado probablemente por el hecho de que durante toda la mañana los turistas se paraban a mirar.

Hablaba por un pequeño teléfono provisto de un auricular, y al mismo tiempo tecleaba.

Me dirigí a la doble puerta y llamé.

Al principio no contestó. Luego se acercó a regañadientes a la puerta, la abrió de par en par, me miró y dijo:

—¡Qué!

—De la gerencia, señor, con sus mejores deseos —dije, con el habitual susurro ronco porque la placa me dificultaba la pronunciación de las palabras. Levanté los lirios. Eran lirios muy hermosos.

Entonces pasé delante de él hacia el cuarto de baño, murmurando algo sobre el agua, que necesitaban agua, y con un encogimiento de espaldas el hombre volvió a su escritorio.

El cuarto de baño estaba abierto y vacío.

Podía haber alguien en el minúsculo compartimiento de los aseos, pero lo dudaba, y no oí un solo sonido revelador.

Sólo para asegurarme, entré en él por el agua, y la tomé del grifo de la bañera.

No, él era el único presente en la suite.

La puerta de la galería había quedado abierta de par en par.

Hablaba por teléfono y golpeaba el teclado del ordenador. Pude ver una cascada de números que titilaban.

Parecía alemán, y sólo conseguí entender que estaba irritado con alguien, y furioso, en general, con el mundo entero.

A veces los banqueros son los objetivos más fáciles,

pensé. Creen que sus enormes riquezas les protegen. Casi nunca utilizan los guardaespaldas que necesitarían.

Me acerqué a él y coloqué las flores en el centro de la mesa del comedor, sin hacer caso del revoltijo de platos del desayuno. Él no se dio cuenta de que me había colocado a su espalda.

Por un instante me aparté de él y levanté la vista a la cúpula, que me era tan familiar. Miré los pinos pintados a lo largo de la base, sobre el fondo beige. Miré las palomas que ascendían a través de la neblina hacia el cielo azul. Me incliné sobre las flores. Me gustaba su fragancia. La aspiré y volvió a mi mente algún débil recuerdo de un lugar tranquilo y hermoso donde el aire estaba cargado del perfume de las flores. ¿Dónde había sido? ¿Era importante?

Y mientras, la puerta de la galería seguía abierta, y la brisa fresca entraba por ella. Cualquiera que paseara por allí vería la cama y la cúpula pero no a él, y tampoco a mí.

Me coloqué detrás de su silla y le inyecté en el cuello treinta unidades de la droga letal.

Sin levantar la vista se llevó la mano a la nuca como para ahuyentar un insecto, que casi siempre es lo que hacen, y entonces le dije, al tiempo que me guardaba la jeringuilla en el bolsillo:

—Señor, ¿no tiene una propina para un pobre mensajero?

Se volvió. Yo estaba encima de él, oliendo a tierra abonada y a tabaco.

Sus ojos fríos como el hielo me miraron furiosos. Y en ese momento, de pronto su cara empezó a cambiar. Su mano izquierda resbaló sobre el teclado del ordenador, y con la derecha se arrancó el auricular, que cayó al suelo. La mano cayó inerte, también. El teléfono cayó sobre el escritorio, y su mano izquierda sobre la rodilla.

Los rasgos de la cara se aflojaron y toda su irritación desapareció. Aspiró el aire e intentó sostenerse erguido con la mano derecha, pero no pudo encontrar el borde del escritorio. Entonces intentó levantar la mano hacia mí.

Rápidamente me quité los guantes de jardinero. Él no se dio cuenta. Ya no podía darse cuenta de casi nada.

Intentó ponerse en pie pero no pudo.

—Ayúdeme —susurró.

—Sí, señor —dije—. Quédese sentado hasta que se le pase.

Entonces, con los guantes de látex en las manos, apagué el ordenador y di la vuelta a la silla de modo que el hombre se desplomara sin ruido sobre el escritorio.

—Sí —dijo en inglés—. Sí.

—No se encuentra bien, señor —dije—. ¿Quiere que llame a un médico?

Levanté la vista a la galería desierta. Estábamos exactamente detrás de la mesa negra de hierro, y por primera vez me di cuenta de que en los tiestos toscanos rebosantes de geranios de pensamiento también había hibiscos. Las flores lucían muy hermosas, al sol.

Él se esforzaba en respirar.

Como he dicho, detesto la crueldad. Descolgué el teléfono interior que estaba a su lado, y sin marcar ningún número hablé al auricular apagado. Necesitamos un médico con urgencia.

Su cabeza se inclinó a un lado. Vi cerrarse sus ojos. Me parece que intentó hablar de nuevo, pero no consiguió decir una sola palabra.

—Ya vienen, señor —le dije.

A esas alturas, él no podía ver nada con claridad. Tal vez no veía nada en absoluto. Pero recordé la información que siempre te dan en el hospital, de que «el oído es lo último que se apaga».

Me lo dijeron cuando mi abuela agonizaba y yo quise encender el televisor en la habitación, y mi madre se echó a llorar.

Finalmente, el hombre cerró los ojos. Me sorprendió que pudiera hacerlo. Primero estaban entrecerrados, luego cerrados del todo. El cuello era una masa arrugada. No advertí el menor signo de respiración, ni la más mínima subida o bajada de su tórax.

Miré más allá de él, a través de las cortinas blancas, de nuevo a la galería. A la mesa negra, entre los tiestos toscanos, se había sentado un hombre que parecía mirarnos.

Yo sabía que no podía ver a través de las cortinas a esa distancia. Lo único que distinguiría era la blancura, y tal vez una silueta vaga. No me preocupé.

Necesitaba sólo unos instantes más, y luego podría marcharme a salvo, con la convicción de que el trabajo estaba concluido.

No toqué los teléfonos ni los ordenadores, pero hice un inventario mental de lo que había allí. Dos teléfonos móviles sobre el escritorio, tal como había señalado el jefe. Un teléfono descolgado en el suelo. Había más teléfonos en el cuarto de baño. Y otro ordenador, tal vez el de la mujer, sin abrir en la mesa colocada delante de la chimenea, entre los sillones de orejas.

Sólo estaba dando tiempo al hombre para morir mientras anotaba mentalmente todo aquello, pero cuanto más tiempo seguía en la habitación, peor me sentía. No estaba inquieto, sólo deprimido.

El extraño de la galería no me preocupaba. Que mirara todo lo que quisiera. Que mirara directamente el interior de la habitación.

Me aseguré de que los lirios estuvieran bien colocados, sequé unas gotas de agua que habían salpicado la superficie de la mesa.

A estas alturas, el hombre estaba muerto casi con toda seguridad. Sentí crecer en mi interior una desesperación intensa, una sensación de vacío total, ¿por qué no?

Me acerqué a comprobar su pulso. No lo encontré. Pero aún estaba vivo. Lo supe cuando toqué su muñeca.

Me incliné para oír si respiraba, y para mi incómoda sorpresa, escuché el débil suspiro de alguna otra persona.

«Algún otro...»

No podía ser el tipo de la galería, por más que seguía mirando hacia el interior de la habitación. Pasó una pareja. Luego apareció un hombre solo, mirando al cielo y a los lados, y se dirigió hacia las escaleras de la rotonda.

Atribuí a los nervios aquel suspiro. Había sonado junto a mi oído, como si alguien me susurrara. Era sólo la habitación lo que me ponía nervioso, pensé, por lo mucho que me gustaba, y porque la absoluta fealdad del crimen desgarraba mi alma.

Puede que fuera la habitación la que suspiraba de pena. Desde luego, yo deseaba hacerlo. Y quería irme.

Y entonces mi malestar interior se agravó, como solía ocurrirme en los últimos tiempos. Sólo que en esta ocasión era más fuerte, mucho más fuerte, y hablaba dentro de mi cabeza de un modo inesperado para mí.

«¿Por qué no te reúnes con él? Sabes que deberías ir a donde va él. Deberías tomar ese pequeño revólver que llevas debajo del sobaco derecho y colocarte el cañón debajo de la barbilla. Dispara hacia arriba. Tus sesos volarán tal vez hacia el techo, pero tú habrás muerto por fin y todo estará oscuro, más oscuro incluso de como está ahora, y te habrás separado para siempre de todos ellos, todos ellos: mamá, Emily, Jacob, tu padre, tu innombrable padre, y todos los que son como él, como el que acabas de asesinar con tus manos y sin piedad. Hazlo. No esperes más. Hazlo.»

No había nada nuevo en aquella depresión profunda, me recordé a mí mismo, en ese deseo acuciante de acabar de una vez, esa aguda y paralizante obsesión por alzar el revólver y hacer exactamente lo que la voz decía. Lo inusual era la claridad de la voz. La sentía como si estuviera a mi lado, en lugar de dentro de mí. Lucky le hablaba a Lucky, como tantas otras veces.

Fuera, el extraño se levantó de la mesa, y vi con frío asombro que entraba por la puerta abierta. Se detuvo en medio de la habitación, debajo de la cúpula, mirándome mientras yo seguía en pie detrás del moribundo.

El extraño tenía una figura bastante notable: alto y esbelto, con una mata de cabello negro suave y ondulado y ojos azules de una expresión extrañamente amistosa.

—Este hombre está enfermo, señor —dije de inmediato, apretando lo más que pude la lengua contra la placa—. Creo que necesita un médico.

—Está muerto, Lucky —dijo el extraño—. Y no escuches la voz que suena dentro de tu cabeza.

Aquello me resultó tan absolutamente inesperado que no supe qué hacer ni qué decir. Pero tan pronto como hubo pronunciado esas palabras, la voz de mi cabeza insistió:

«Acaba con todo. Olvida el revólver y las inevitables

salpicaduras. Tienes otra jeringuilla en el bolsillo. ¿Vas a dejar que te atrapen? Tu vida es ya un infierno. Piensa lo que será cuando estés en prisión. La jeringuilla. Hazlo ahora.»

—No le hagas caso, Lucky —dijo el extraño. Parecía emanar de él una inmensa generosidad. Me miró con tanta intensidad que era casi devoción, y tuve la sensación inexplicable de que me amaba.

La luz varió. Una nube debía de haber destapado el sol porque la habitación se iluminó y lo vi a él con una claridad rara, aunque estaba muy acostumbrado a fijarme en la gente y memorizar sus rasgos. Tenía mi misma estatura, y me miraba con evidente ternura e incluso preocupación.

Imposible.

Cuando sabes que algo es desde todo punto imposible, ¿qué haces? ¿Qué había de hacer yo ahora?

Metí la mano en el bolsillo y palpé la jeringuilla.

«Eso es. No desperdicies los últimos preciosos minutos de tu odiosa existencia en entender a este tipo. ¿No ves que el Hombre Justo ha hecho un doble juego?»

»No es eso —dijo el extraño. Miró al hombre muerto y su rostro cambió hasta adoptar una expresión de pena perfecta, y entonces se dirigió de nuevo a mí.

»Es hora de que salgas de aquí conmigo, Lucky. Hora de que escuches lo que tengo que decirte.

No pude pensar de forma coherente. El pulso me atronaba los oídos, y con el dedo empujé, aunque sólo un poco, la caperuza de plástico de la jeringuilla.

«Sí, salta fuera de sus contradicciones, y sus trampas y sus mentiras, y su inacabable capacidad para utilizarte. Derrótales. Ven ahora.»

—¿Ven ahora? —susurré. Las palabras se apartaban

del tema de la rabia que invadía por lo general mi mente. ¿Por qué había pensado eso, «ven ahora»?

—No lo has pensado —dijo el extraño—. ¿No ves que él está haciendo todo lo que abominablemente puede para derrotarnos? Deja en paz la jeringuilla.

Parecía joven y atento, y casi irresistiblemente afectuoso al mirarme, pero no tenía nada de joven y a la luz del sol aparecía resplandecientemente bello, y todo en él resultaba atractivo de una manera no forzada. Sólo ahora me di cuenta, con algún sobresalto, de que llevaba un traje gris sencillo, y una preciosa corbata de seda azul.

No había en él nada notable, salvo su rostro y sus manos. Y su expresión revelaba amistad y perdón.

«Perdón.»

¿Por qué razón alguien, quienquiera que fuese, había de mirarme de esa manera? Con todo, tuve la sensación de que me conocía, de que me conocía mejor que yo mismo. Parecía saberlo todo acerca de mí, y sólo ahora caí en la cuenta de que me había llamado tres veces por mi nombre.

Sin duda era el Hombre Justo quien lo enviaba. Sin duda la razón era que yo había sido traicionado. Era mi último trabajo para el Hombre Justo, y tenía delante de mí al asesino superior que acabaría con el viejo asesino que ahora se empeñaba en ser más misterioso de lo que valía.

«Entonces dales un chasco, hazlo ahora.»

—Te conozco —dijo el extraño—. Te he conocido toda tu vida. Y no vengo de parte del Hombre Justo. —Al decirlo, rio levemente—. Bueno, no del que tú llamas el Hombre Justo, Lucky, sino de otro que sí es el Hombre Justo, debería decir.

—¿Qué quieres?

—Que salgas de este lugar conmigo. Que hagas oídos sordos a la voz que te está intoxicando. Ya llevas demasiado tiempo escuchando esa voz.

Calculé. ¿Cómo podía explicarse todo esto? No era sólo el estrés de estar en mi habitación de la Posada de la Misión, no, eso no era suficiente. Tenía que ser el veneno, lo había absorbido cuando lo preparaba, a pesar de los guantes dobles. No había hecho las cosas exactamente como debía.

—Eres demasiado listo para eso —dijo el extraño.

«¿Y ahora vas a hundirte en la locura..., cuando tienes el poder de darles la espalda a todos ellos?»

Miré a mi alrededor. Miré la cama de baldaquín; miré la ropa de cama familiar, de color marrón oscuro. Miré la enorme chimenea, ahora a la espalda del extraño. Miré todo el mobiliario y los objetos de la habitación que tan bien conocía. ¿Cómo podía presentarse la locura de un modo tan repentino? ¿Cómo podía crear una ilusión tan completa? Pero sin duda el extraño no estaba allí, y yo no estaba hablando con él, y la mirada cálida e invitadora de su rostro sólo era algún tipo de mecanismo de mi mente enferma.

Rio de nuevo, muy suavemente. Pero la otra voz seguía.

«No le des la oportunidad de quitarte la jeringuilla. Si no quieres morir en esta habitación, maldita sea, sal fuera. Encuentra algún rincón de este hotel, los conoces todos, y acaba allí de una vez y para siempre con todo.»

Durante un segundo precioso, estuve seguro de que la figura se desvanecería si me acercaba a ella. Lo hice. El extraño era tan sólido y palpable como antes. Se apartó y me hizo el gesto de dejarme paso para salir delante de él.

Y de pronto me encontré a mí mismo en la galería, a la luz del sol, y los colores que me rodeaban eran maravillosamente vivos y tranquilizadores, y no sentí ninguna urgencia de nada, de consultar ningún reloj.

Le oí cerrar la puerta de la suite, y un instante después lo vi a mi lado.

—No me hables —dije, de mal humor—. No sé quién eres ni lo que quieres ni de dónde vienes.

—Me has llamado tú —dijo con su voz siempre tranquila y agradable—. Me has llamado otras veces, pero nunca con tanta desesperación como ahora.

De nuevo tuve la sensación de que el amor fluía de él, de un conocimiento infinito y una aceptación inexplicable de quién y qué era yo.

—¿Te he llamado?

—Has rezado, Lucky. Has rezado a tu ángel custodio, y tu ángel custodio me ha transmitido a mí tu súplica.

Sencillamente, no había forma humana de que yo pudiera aceptar una cosa así. Pero lo que me impresionó más fue que el Hombre Justo no tenía forma de saber que yo había rezado, y posiblemente tampoco podía saber lo que pasaba por mi cerebro.

—Sé lo que pasa por tu cerebro —dijo el extraño. Su rostro era tan atractivo y confiado como antes. Sí, era confiado, como si no tuviese nada que temer de mí, de ninguna de las armas que llevaba, de ningún acto desesperado al que pudiera entregarme—. Te equivocas —dijo en voz baja, y se acercó más a mí—. Hay actos de desesperación que no quiero que cometas.

»¿No conoces al Diablo cuando lo ves? ¿No sabes que es el padre de las mentiras? Puede que haya diablos especiales para las personas como tú, Lucky, ¿no se te ha ocurrido nunca?

Mi mano fue de nuevo al bolsillo en busca de la jeringuilla, pero al instante la retiré.

—Diablos especiales, es muy probable —dijo el extraño—, y ángeles especiales también. Lo sabes por tus antiguos estudios. Los hombres especiales tienen ángeles especiales, y yo soy tu ángel, Lucky. He venido a ofrecerte un modo de salir de esto, y no debes, de ninguna manera debes, tocar esa jeringuilla.

Yo me disponía a hablar, cuando la desesperación se abatió sobre mí como si alguien me hubiera envuelto en un sudario, aunque nunca he visto un sudario. Fue sencillamente la imagen que se me ocurrió.

«¿Es así como quieres morir? ¿Loco, en alguna celda estrecha con personas que te torturarán para sacarte información? Sal de aquí. Sal. Ve a donde puedas colocar el revólver debajo de tu barbilla y apretar el gatillo. Cuando viniste a este lugar y a esta habitación sabías que después lo harías. Siempre has sabido que éste sería tu último asesinato. Por eso te has traído la jeringuilla extra.»

El extraño se echó a reír como si no pudiera reprimirse.

—Está echando el resto —dijo en voz baja—. No escuches. No habría levantado la voz de forma tan estridente de no estar yo aquí.

—¡No quiero que me hables! —estallé.

Una pareja joven se acercaba a nosotros por la galería. Me pregunté lo que veían. Evitaron mirarnos, y sus ojos se dirigieron a la arquitectura de ladrillo y las pesadas puertas. Creo que las flores les maravillaron.

—Son los geranios —dijo el extraño mientras paseaba la vista por los tiestos que nos rodeaban—. Y quieren sentarse en esta mesa, de modo que, ¿por qué no nos vamos tú y yo?

—Me voy —dije, furioso—, pero no porque tú lo digas. No sé quién eres. Pero una cosa te digo. Si te ha enviado el Hombre Justo, será mejor que te prepares para una pequeña batalla, porque voy a acabar contigo antes de irme.

Caminé hacia la derecha y empecé a bajar la escalera de caracol de la gran rotonda. Me movía deprisa, para silenciar de forma deliberada y total la voz que sonaba en mi cabeza, y así crucé una terraza tras otra y llegué a la planta baja. Lo encontré allí.

—Ángel de la guarda, dulce compañía —susurró. Me esperaba apoyado en la pared, con los brazos cruzados en una actitud recogida, pero entonces se irguió y se colocó a mi lado mientras yo seguía caminando tan deprisa como podía.

—Sé franco conmigo —dije entre dientes—. ¿Quién eres?

—No creo que estés dispuesto a creerme —dijo, con su actitud tan amable y solícita como siempre—. Preferiría que habláramos de camino, volviendo a Los Ángeles, pero si insistes...

Sentí que el sudor empezaba a brotar de todos los poros de mi cuerpo. Me quité la placa de la boca, y también me arranqué los guantes de látex. Los metí de cualquier manera en el bolsillo.

—Con cuidado. Si destapas esa jeringuilla, te perderé —dijo, y se arrimó un poco más. Se movía tan deprisa como yo, y ahora nos acercábamos ya a la entrada principal del hotel.

«Conoces la locura. La has visto. Ignóralo. Si dejas que te enrede, estás acabado. Entra en la camioneta y sal de aquí. Busca algún lugar a un lado de la carretera. Y ya sabes lo que has de hacer.»

La sensación de desesperación era casi cegadora. Me detuve junto a la camioneta. Estábamos debajo del campanario. No podía haber un lugar más encantador. La hiedra reptaba por entre las campanas, y la gente circulaba junto a nosotros por el sendero, a izquierda y derecha. Podía oír las risas y la charla en el restaurante mexicano vecino. Podía oír gorjear a los pájaros en los árboles.

Él estaba a mi lado y me miraba con intención, me miraba del modo como habría querido que me mirase un hermano, pero no tenía hermanos, porque mi hermano menor había muerto hacía mucho, mucho tiempo. «Por mi culpa. El pecado original.»

Perdí el aliento. Sencillamente, la respiración me abandonó. Lo miré directamente a los ojos y vi de nuevo amor, amor puro y no adulterado, y aceptación, y entonces muy despacio, con cautela, colocó su mano en mi hombro izquierdo.

—Muy bien —susurré. Temblaba—. Has venido a matarme porque te ha enviado él. Cree que soy un chapucero y me ha tachado de la lista.

—No, no y no.

—¿Soy yo el que ha muerto? ¿Me he inyectado de alguna manera ese veneno en las venas sin enterarme? ¿Es eso lo que ha sucedido?

—No, no y no. Estás muy vivo, y por eso quiero que me escuches. Tu camioneta está a cincuenta pasos de aquí. Les dijiste que la colocaran junto a la entrada. Saca el ticket del bolsillo. Haz los pocos gestos que te quedan por hacer en este lugar.

—Me estás ayudando a completar el crimen —dije, rabioso—. Aseguras ser un ángel, pero estás ayudando a un asesino.

—El hombre de allá arriba se ha ido, Lucky. Sus ángeles lo acompañaban. Y ahora no puedo hacer nada por él. He venido a buscarte a ti.

Había en él una belleza indescriptible cuando dijo esas palabras y repitió su amistosa invitación, como si de alguna manera pudiera enderezarlo todo en este mundo torcido.

Rabia.

No iba a perder la cabeza. Y no creía que el Hombre Justo pudiera dar con esa clase de asesino ni aunque lo buscara durante cien años.

Avancé con las piernas temblorosas, tendí el ticket envuelto en un billete de veinte dólares al chico que me esperaba, y salté al interior de mi camioneta.

Por supuesto, él también entró. Pareció ignorar el polvo y la suciedad que había por todas partes, el abono y el periódico arrugado y las demás cosas que había puesto para que pareciera el vehículo de una empresa, y no de un particular.

Arranqué, di un giro brusco y me dirigí hacia la carretera.

—Sé lo que ha ocurrido —dije, por encima del ruido del viento caluroso que entraba por las ventanillas abiertas.

—¿Y qué ha sido exactamente?

—Yo te he creado. Te he imaginado. Y ésa es una forma de la locura. Y todo lo que tengo que hacer para acabar con esto es estrellar la camioneta contra un muro. Nadie saldrá perjudicado excepto yo y tú, esa ilusión, esa cosa que he creado porque he llegado de alguna manera al final del camino. Ha sido en la habitación, ¿no es así? Sé que ha sido así.

Se limitó a reír sin ruido para sí mismo y mantuvo

los ojos fijos en la carretera. Al cabo de un momento, dijo:

—Vas a ciento ochenta kilómetros por hora. Te van a parar.

—¿Aseguras o no que eres un ángel?

—Claro que soy un ángel —respondió, mirando todavía al frente—. Ve más despacio.

—¿Sabes? He leído un libro sobre ángeles hace poco —le dije—. ¿Sabes? Me gusta esa clase de libros.

—Sí, tienes una biblioteca considerable sobre temas en los que no crees y que ya no consideras sagrados. Y fuiste un buen chico cuando estabas en el colegio de los jesuitas.

De nuevo me quedé sin aliento.

—Oh, eres un asesino de cuidado cuando me tiras todo eso a la cara —dije—, sí, eso es lo que eres.

—No he sido nunca un asesino y nunca lo seré —dijo en tono calmado.

—¡Eres un cómplice *post facto*!

De nuevo rio sin voz.

—De haber querido impedir el crimen, lo habría hecho —dijo—. Recuerda que has leído que los ángeles son en esencia mensajeros, la personificación de la función que ejercen, por así decirlo. Eso no ha debido de sorprenderte, pero lo que sí es una sorpresa para ti es que me hayan enviado a ti como mensajero.

Un embotellamiento de tráfico nos obligó a circular más despacio, después a ir a paso de tortuga, y finalmente a detenernos. Lo miré a los ojos.

La calma descendió sobre mí, pero me di cuenta de que sudaba bajo la fea chaquetilla verde que llevaba, y sentía aún inseguras mis piernas, con un temblor en el pie que apretaba el pedal del freno.

—Te diré lo que sé de ese libro sobre los ángeles —dije—. Tres de cada cuatro veces intervienen en incidentes de tráfico. ¿Qué es exactamente lo que hacíais los de tu clase antes de que se inventaran los automóviles? La verdad es que cerré el libro haciéndome esa pregunta.

Se echó a reír.

Detrás de mí sonó un bocinazo. El tráfico se movía, y lo mismo hicimos nosotros.

—Es una pregunta perfectamente legítima —dijo—, sobre todo después de haber leído ese libro en particular. No importa lo que hacíamos en el pasado. Lo que importa ahora es lo que podemos hacer tú y yo juntos.

—Y no tienes ningún nombre.

De nuevo íbamos deprisa, pero no corrí más que los otros coches situados como yo en el carril izquierdo.

—Puedes llamarme Malaquías —dijo con amabilidad—, pero te aseguro que ningún serafín del cielo te dirá nunca cuál es su verdadero nombre.

—¿Un serafín? ¿Me estás diciendo que eres un serafín?

—Te quiero para un encargo especial, y te ofrezco una oportunidad de emplear todas las habilidades que posees para ayudarme, y para ayudar a las personas que justo en este momento están rezando para que intervengamos.

Me quedé estupefacto. Sentí el impacto de sus palabras como el escalofrío de la brisa en el momento en que, cerca ya de Los Ángeles, nos aproximamos a la costa.

«Es un invento tuyo. Choca con el terraplén. No hagas el bobo por algo que ha surgido de tu propia mente enferma.»

—No soy un invento tuyo —dijo—. ¿No ves lo que ocurre?

La desesperación amenazaba ahogar mis propias palabras.

«Es un engaño. Tú has matado a un hombre. Mereces la muerte y el olvido que te aguarda.»

—¿Olvido? —murmuró el extraño. Alzó la voz contra el viento—. ¿Crees que te aguarda el olvido? ¿Crees que no vas a volver a ver a Emily y Jacob?

«¿Emily y Jacob?»

—¡No me hables más de ellos! —dije—. Cómo te atreves a mencionarlos. No sé quién eres, o lo que eres, pero no me los menciones. Si sólo eres producto de mi imaginación ¡desaparece!

Esta vez su risa tuvo un temblor de inocencia.

—¿Por qué no he sabido que las cosas irían de este modo contigo? —dijo. Extendió una de sus manos suaves y la colocó blandamente en mi hombro. Parecía melancólico, triste y como perdido en sus pensamientos.

Yo fijé la vista en la carretera.

—Estoy perdido —dije. Nos dirigíamos al centro de Los Ángeles, y en pocos minutos tomaríamos la salida que me llevaría al garaje en el que guardaba la camioneta.

—Perdido —dijo, como si reflexionara. Parecía observar lo que nos rodeaba, los terraplenes cubiertos de enredaderas y los rascacielos de cristal—. Ésa es precisamente la cuestión, mi querido Lucky. Si me crees, ¿qué sales perdiendo?

—¿Cómo has averiguado lo de mi hermano y mi hermana? —le pregunté—. ¿Cómo has sabido sus nombres? Has encontrado algunas conexiones, y quiero saber cómo lo has hecho.

—¿Lo que sea salvo la explicación más simple? Soy lo que he dicho que soy. —Suspiró. Fue exactamente el mismo suspiro que oí en la suite Amistad, junto a mi oído. Cuando volvió a hablar, su voz era acariciadora—. Conozco tu vida entera desde la época en que estabas en el seno de tu madre.

Eso era más de lo que podía haber previsto nunca, y de pronto vi con toda claridad, con una claridad sobrenatural, que me encontraba más allá de lo que nunca pude imaginar.

—¿Estás aquí en realidad?

—Estoy aquí para decirte que todo puede cambiar para ti. Estoy aquí para decirte que puedes dejar de ser Lucky el Zorro. Estoy aquí para conducirte a un lugar donde podrás empezar a ser la persona que podías haber sido... de no haber ocurrido ciertas cosas. Estoy aquí para decirte...

Se interrumpió. Habíamos llegado al garaje, y después de pulsar el mando remoto para abrir la puerta, dejé la camioneta en la seguridad y el silencio del interior.

—¿Qué..., decirme qué? —dije. Estábamos frente a frente, y él se envolvía en una calma que mi miedo no podía penetrar.

El garaje estaba a oscuras, iluminado sólo por una claraboya sucia y por la luz que entraba por la puerta abierta que habíamos cruzado. Era un espacio amplio y oscuro lleno de refrigeradores y armarios y pilas de ropa que podría utilizar en futuros trabajos.

De pronto me pareció un lugar sin sentido, un lugar que podría dejar atrás con alegría y sin titubeos.

Conocía esa clase de euforia. Era parecida a lo que sientes después de haber pasado mucho tiempo enfermo, y de pronto sientes la cabeza despejada y el cuerpo lleno de buenas sensaciones, y la vida vuelve a parecerte digna de ser vivida.

Estaba sentado a mi lado, muy quieto, y yo podía ver el reflejo de la luz en forma de pequeñas chispas en sus ojos.

—El Creador te ama —dijo en voz baja, casi como en sueños—. Estoy aquí para ofrecerte otro camino, un camino que si lo tomas te conducirá al amor.

Me quedé callado. Tenía que callar. No es que me sintiera agotado por la sensación aguda de alarma que se había apoderado de mí. Era más bien como si esa alarma se hubiera desvanecido. Y la simple belleza de aquella posibilidad me paralizaba, como podía haberme paralizado la vista de los geranios de pensamiento, o la de la hiedra que trepaba por el campanario, o la ondulación de los árboles movidos por la brisa.

Vi todas esas cosas de pronto, agolpándose en mi mente en un torbellino frenético en aquel lugar oscuro y sombrío, que apestaba a gasolina, y no vi la penumbra que nos rodeaba. De hecho, me pareció que el garaje estaba ahora bañado en una luz pálida.

Salí despacio de la camioneta. Caminé hacia el fondo del garaje. Saqué del bolsillo la segunda jeringuilla y la dejé en el estante de las herramientas.

Me quité la fea chaquetilla verde y los pantalones, y los arrojé al enorme cubo de la basura, que estaba lleno de queroseno. Vacié el contenido de la jeringuilla en el bulto de la ropa, que empezaba a empaparse de combustible. Me quité los guantes. Encendí una cerilla y la tiré dentro del cubo.

Hubo un peligroso estallido de fuego. Arrojé también a las llamas las zapatillas de trabajo, y vi cómo se fundía el material sintético. También tiré la peluca, y me pasé las manos por mi propio cabello corto, aliviado. Las gafas. Seguía mirando por las gafas puestas. Me las quité, las rompí y las tiré también al fuego, que despedía un calor intenso. Todos los objetos eran de materiales sintéticos y se fundían hasta desaparecer entre las llamas. Pude olerlos. Al cabo de muy poco tiempo, todo había desaparecido. Sin duda, el veneno se había evaporado por completo.

El hedor no duró mucho. Cuando el fuego se extinguió, vertí sobre los restos otra cantidad de queroseno y volví a encender el fuego.

Al parpadeo intermitente del fuego, examiné mis ropas de cada día, que colgaban en perfecto orden de una percha sujeta a la pared.

Me las puse despacio, la camisa blanca, los pantalones grises, los calcetines negros y los zapatos marrones lisos, y finalmente la corbata roja.

El fuego se extinguió de nuevo.

Me puse la americana, me di la vuelta y lo vi allí de pie, recostado en la camioneta. Tenía una pierna sobre la otra y los brazos cruzados, y a la luz tenue parecía tan atractivo como lo había visto antes, y en su cara seguía presente la misma expresión de afecto.

De nuevo se apoderó de mí la profunda, horrible desesperación, muda e insondable, y a punto estuve de huir de él y jurarme a mí mismo que no volvería a mirarlo, sin importar dónde o cómo se me apareciera.

—Está peleando duro por ti —dijo—. Te ha estado hablando en susurros todos estos años, pero ahora alza la voz. Piensa que podrá arrancarte de mis manos. Piensa que te creerás sus mentiras, incluso estando yo delante.

—¿Quién es? —pregunté.

—Sabes quién es. Lleva hablándote mucho, mucho tiempo. Y tú lo has escuchado cada vez con más atención. No lo escuches más. Ven conmigo.

—¿Me estás diciendo que hay una pelea por mi alma?

—Sí, eso es lo que estoy diciendo.

Sentí que temblaba de nuevo. No estaba asustado, pero sí lo estaba mi cuerpo. Me mantenía tranquilo, pero las piernas no me sostenían. Mi mente ya no estaba sobrecogida por el miedo, pero mi cuerpo acusaba el impacto y no conseguía superarlo.

Mi automóvil estaba allí, un pequeño Bentley descapotable que no me había molestado en cambiar en varios años.

Abrí la portezuela y entré. Cerré los ojos. Cuando los abrí, él estaba a mi lado, tal como esperaba. Puse en marcha el motor y salí del garaje en marcha atrás.

Nunca antes había cruzado la ciudad tan deprisa. Era como si la corriente del tráfico fueran las aguas de un río que me llevaran con rapidez hacia el valle.

Pocos minutos después ascendíamos por las calles de Beverly Hills y entrábamos en la mía, flanqueada a ambos lados por jacarandaes en flor. En aquel momento habían perdido ya casi todas las hojas verdes y las ramas aparecían cargadas de capullos azules, y los pétalos alfombraban las aceras y el asfalto de la calle.

No lo miré. No pensé en nada relacionado con él. Pensaba en mi propia vida, y luchaba con mi desesperación en aumento como se lucha con un mareo, y me preguntaba: «¿Y si es verdad, y si es lo que dice ser? ¿Y si de alguna manera yo, el hombre que ha hecho todas esas cosas, puedo realmente ser redimido?»

Habíamos entrado en el garaje de mi bloque de pisos antes de que dijera nada, y tal como esperaba, salió del coche tan pronto como lo hice yo y me acompañó al interior del ascensor y hasta la quinta planta.

Nunca cierro los balcones de mi apartamento, y ahora salí a la terraza, me apoyé en el pretil de cemento y miré abajo hacia los jacarandaes.

Respiraba apresuradamente y mi cuerpo soportaba el peso de todo aquello, pero en mi mente había una claridad notable.

Cuando me di la vuelta para mirarlo, lo vi tan vivo y sólido como los jacarandaes y sus pétalos azules caídos. Estaba de pie en el umbral y se limitaba a mirarme, y de nuevo en su cara había una promesa, la promesa de comprensión y de amor.

Sentí la necesidad de gritar, de ceder a la debilidad, de dejarme seducir.

—¿Por qué? ¿Por qué has venido a buscarme? —pregunté—. Sé que te lo he preguntado antes, pero tienes que decírmelo, has de contármelo todo, ¿por qué yo y no algún otro? No sé si eres real. Me inclino ahora a pensar que sí lo eres, pero ¿cómo puede ser redimido alguien como yo?

Salió y se colocó junto al pretil, a mi lado. Miró abajo a los árboles cuajados de capullos azules. Susurró.

—Tan perfectos, tan hermosos.

—Son la razón por la que vivo aquí —respondí—, porque todos los años vuelven a florecer... —Mi voz se quebró. Volví la espalda a los árboles porque me habría echado a llorar si seguía mirándolos. Miré hacia el cuarto de estar y vi las tres paredes tapizadas de libros del suelo al techo. Se alcanzaba a ver una pequeña porción del vestíbulo, también con estanterías de libros hasta el techo.

—La redención es algo que uno ha de pedir —dijo a mi oído—. Ya lo sabes.

—¡No puedo pedirla! —dije—. No puedo.

—¿Por qué? ¿Sencillamente porque no crees?

—Es un excelente motivo —dije.

—Dame una oportunidad para hacer que creas.

—En ese caso tendrás que empezar por explicarme por qué yo.

—He venido a ti porque he sido enviado —dijo sin alterar el tono de voz—, y por ser tú quien eres y por lo que has hecho y lo que puedes hacer. No he venido a buscarte por una elección al azar. He venido por ti, y sólo por ti. Todas las decisiones que se toman en el cielo son así. Así de grande es el cielo, y ya sabes lo grande que es la tierra, has de pensar en ello por un momento, un lugar que existe a través de los siglos, de todas las épocas, de todos los tiempos.

»No hay una sola alma en el mundo que el cielo no contemple de una manera particular. No hay un solo suspiro ni una palabra que deje de escucharse en el cielo.

Lo escuché. Supe lo que quería decir. Miré abajo, el espectáculo de los árboles. Me pregunté cómo debe de ser para un árbol perder sus flores por el viento, cuando las flores son todo lo que tiene. Lo extraño de aquel pensamiento hizo que me sobresaltara. Me estremecí. Las ganas de echarme a llorar se hicieron casi abrumadoras. Pero las reprimí, y conseguí mirarlo de nuevo de frente.

—Conozco tu vida entera —dijo—. Si quieres, te la enseño. De hecho, es precisamente lo que habré de hacer para que creas realmente en mí. No me importa. Tienes que comprender. No puedes decidir si no lo entiendes.

—¿Decidir, qué? ¿De qué estás hablando?

—Hablo de un encargo, ya te lo he dicho. —Hizo una pausa, y siguió hablando con mucha amabilidad—. Es una forma de utilizarte a ti y lo que eres. Una forma de aprovechar hasta el último detalle lo que eres. Es un encargo para salvar vidas en lugar de tomarlas, para atender las súplicas en lugar de acallarlas. Es una oportunidad de hacer algo importantísimo para otras personas y que sólo puede ser bueno para ti. Así ocurre cuando se hace el bien, ¿sabes? Es como trabajar para el Hombre Justo, salvo que crees en ello con todo tu corazón y toda tu alma, hasta el punto de que deseas hacerlo y cumples tu propósito con amor.

—Tengo un alma, ¿es eso lo que quieres que crea? —pregunté.

—Claro que la tienes. Tienes un alma inmortal. Lo sabes muy bien. Tienes veintiocho años y eso significa que eres muy joven desde cualquier punto de vista, y te sientes inmortal, a pesar de todos tus pensamientos negros y de tus deseos de acabar con la vida, pero no has captado que la parte inmortal que hay en ti es la verdadera, y todo el resto desaparecerá con el tiempo.

—Sé esas cosas —susurré—. Las sé.

No quise parecer impaciente. Estaba diciendo la verdad, y me sentía aturdido.

Me volví, dándome cuenta sólo a medias de dónde me encontraba, y entré en la sala de estar de mi pequeño apartamento. Miré de nuevo las paredes tapizadas de libros. Miré el escritorio en el que suelo leer. Miré el libro abierto sobre el papel secante verde. Alcancé a percibir algo oscuro, algo teológico, y me desconcertó la rotunda ironía de todo aquello.

—Oh, sí, estás bien preparado —dijo a mi lado. Parecía que nunca íbamos a separarnos el uno del otro.

—Y se supone que he de creer que tú eres el Hombre Justo ahora —dije.

Sonrió al oírme. Pude verlo con el rabillo del ojo.

—El Hombre Justo —repitió en tono suave—. No. No soy el Hombre Justo. Soy Malaquías, un serafín, ya

te lo he dicho, y estoy aquí para ofrecerte una oportunidad. Soy la respuesta a tu plegaria, Lucky, pero si no
quieres admitirlo, digamos que soy la respuesta a tus
sueños más locos.

—¿Qué sueños?

—Durante todos estos años siempre has rezado por
que el Hombre Justo fuera de la Interpol. Porque formara parte del FBI. Porque estuviera del lado de los chicos buenos y todo lo que te pedía que hicieras fuera para
bien. Es lo que siempre has soñado.

—Eso no importa, y lo sabes muy bien. Yo los maté.
Hice un juego de todo ese asunto.

—Sé que lo hiciste, pero aun así era tu sueño. Ven
conmigo y no tendrás dudas, Lucky. Estarás del lado de
los ángeles, de mi lado.

Nos miramos el uno al otro. Yo temblaba. Mi voz no
era firme.

—Si eso fuera cierto —dije —, yo haría cualquier
cosa, todo lo que me pidieras, por ti y por el Dios del
cielo. Aceptaría todo lo que exigieras.

Sonrió, pero muy despacio, como si mirara muy
dentro de mí en busca de alguna reserva mental, y tal vez
descubrió que no había ninguna. Tal vez fui yo quien se
dio cuenta de que no tenía ninguna.

Me dejé caer en el sillón de cuero, al lado del sofá. Él
se sentó frente a mí.

—Voy a mostrarte tu vida ahora —dijo—, no porque
yo necesite hacerlo, sino porque tú tienes que verla. Y
sólo después de haberla visto creerás en mí.

Asentí.

—Si puedes hacer eso —dije, tristemente—, bueno,
creeré en todo lo que me digas.

—Prepárate —dijo—. Escucharás mi voz y verás lo

que yo te voy a describir, tal vez de una forma más vívida que como nunca has visto nada, pero el orden y la organización serán cosa mía, y puede que sean más difíciles de soportar para ti que una simple sucesión cronológica. Es el alma de Toby O'Dare lo que vamos a examinar, no simplemente la historia de un joven. Y recuerda que a pesar de todo lo que veas y lo que sientas, yo estoy realmente aquí contigo. Nunca voy a abandonarte.

4

Malaquías me revela mi vida

Cuando nosotros los ángeles elegimos un ayudante, no siempre empezamos por el principio. Al explorar la vida de un ser humano, podemos empezar por el presente palpitante, pasar después a la tercera parte del camino, retroceder desde allí a los comienzos y avanzar luego hasta el momento deseado, con el fin de reunir todos los datos acerca de sus propios vínculos emocionales y reforzarlos.

Nuestras emociones son distintas, pero las tenemos. Nunca observamos con indiferencia la vida o la muerte. No hay que malinterpretar nuestra aparente serenidad. Después de todo, vivimos en un mundo de confianza perfecta en el Creador, y somos muy conscientes de que los humanos carecen muchas veces de ella, y sentimos por ellos una compasión positiva.

Pero no pude dejar de advertir, tan pronto como empecé a investigar a Toby O'Dare cuando era un chico inquieto y cargado con preocupaciones incontables, que nada le gustaba más que ver por la televisión, en el horario de noche, las series de detectives más brutales, y que de ese modo apartaba sus pensamientos de las horribles realidades de su propio mundo tambaleante; y que el disparo de las armas de fuego siempre producía en él la catarsis deseada por los productores de esas series. Aprendió a leer muy pronto, acababa temprano sus deberes de clase y leía por placer los libros que llaman de «crímenes reales», pero también se sumergía con delicia en la cuidada prosa de *Sangre y dinero* o *La serpiente*, de Thomas Thompson.

Eran los libros sobre las mafias del crimen, sobre los asesinos patológicos, sobre los más repugnantes pervertidos, los que elegía de las estanterías de una librería de Magazine Street en Nueva Orleans, donde vivía entonces, incluso en los días en que no soñaba ni por un instante en que algún día iba a ser protagonista de ese tipo de historias.

Odiaba el glamur del mal en *El silencio de los corderos*, y habría arrojado ese libro a la basura. Los libros de no ficción no se escribían hasta que el asesino había sido atrapado, y Toby necesitaba ese desenlace.

Cuando no podía dormir, en la madrugada veía a policías y asesinos en la pequeña pantalla, desdeñando el hecho de que el nudo de aquellas historias era la comisión de un crimen, y no la indignación mojigata ni las acciones del teniente de policía artificialmente heroico o del detective genial.

Pero aquel gusto temprano por la ficción criminal era casi la característica menos importante de Toby O'Dare, de modo que permitidme volver a la historia que percibí en cuanto fijé en él mi mirada inalterable.

Toby no creció soñando con ser un asesino o un policía. Toby soñaba con ser un músico y ayudar a todos los componentes de su pequeña familia.

Y lo que me atrajo de él no fue la rabia que hervía en su interior y lo devoraba vivo en el tiempo presente, o en el tiempo pasado. No, me parecía tan difícil ver a través de aquella oscuridad como lo habría sido para un humano caminar contra el viento helado del invierno, que le hiere en los ojos y la tez y le congela los dedos.

Lo que me atrajo de Toby fue una bondad brillante y resplandeciente que nada podía ocultar por completo, un enorme sentido del bien y del mal que nunca se vio desfigurado por la mentira, a pesar de lo que la vida hizo con él.

Pero dejadme aclarar una cosa: el hecho de que elija a un mortal para mis propósitos no quiere decir que el mortal vaya a estar de acuerdo en venir conmigo. Encontrar a uno como Toby resulta bastante difícil; y convencerlo de que me acompañe, todavía más complicado. Podéis pensar que se trata de una oferta irresistible, pero no lo es. Lo más normal es que la gente se escabulla cuando se les ofrece la salvación.

Con todo, eran demasiados los aspectos de Toby O'Dare que me convenían para que me alejara de él y lo abandonara a la custodia de ángeles inferiores.

Toby había nacido en la ciudad de Nueva Orleans. Era descendiente de irlandés y alemana. También había en él sangre italiana, pero él mismo no lo sabía, y su bisabuela por parte paterna fue judía, pero él tampoco lo sabía porque venía de una familia en la que se trabajaba duro y nadie se preocupaba de esas cosas. También había en él un poco de sangre española por el lado paterno, que databa de la época en que la Armada Invencible se perdió en las costas de Irlanda. Y aunque se hablaba de que algunas personas de la familia tenían cabellos negros y ojos azules, él nunca se preocupó del tema. Nadie en la familia hablaba de genealogías. Hablaban de sobrevivir.

En la historia humana, la genealogía es cosa de ricos. Los pobres aparecen y desaparecen sin dejar huella.

Sólo ahora, en la era de la investigación del ADN, se ha aficionado la gente corriente a conocer su herencia genética, y luego no sabe muy bien qué hacer con esa información, pero se está produciendo una especie de revolución porque la gente intenta comprender la sangre que corre por sus venas.

A medida que Toby O'Dare se fue convirtiendo más y más en un sicario conocido en los bajos fondos, tanto menos se preocupó de lo que había sido antes, o de quiénes le habían precedido. De modo que cuando tuvo los medios que le permitían la posibilidad de investigar su propio pasado, se fue alejando más y más de la cadena humana a la que pertenecía. Después de todo, había destruido su «pasado» hasta donde lo conocía. De modo que, ¿por qué preocuparse de lo que había ocurrido mucho antes de su nacimiento a otras personas que luchaban contra sus mismas presiones y miserias?

Toby creció en un apartamento de la parte alta de la ciudad, a sólo una manzana de calles de prestigio, y en esa vivienda no colgaban de las paredes retratos de antepasados.

Había querido mucho a sus abuelas, mujeres robustas que habían parido ocho hijos cada una, cariñosas, tiernas y con manos encallecidas. Pero murieron cuando Toby era muy joven, porque sus padres eran los benjamines de las dos familias.

Esas abuelas estaban consumidas por las vidas que habían llevado y su fin fue rápido y casi enteramente desprovisto de dramatismo, en una habitación de hospital.

Pero tuvieron funerales gigantescos, repletos de primos y de flores y de llanto porque aquella generación, la generación de las familias extensas, estaba desapareciendo de Norteamérica.

Toby nunca olvidó a todos sus primos, la mayoría de los cuales llevaban vidas prósperas sin haber cometido ningún crimen ni pecado. Pero más o menos a los diecinueve años de edad, se apartó por completo de todos ellos.

Y, sin embargo, de vez en cuando investigaba en secreto la profusión de bodas, y utilizaba sus habilidades informáticas para seguir de cerca las impresionantes carreras de los abogados, jueces y sacerdotes que tenían algún grado de parentesco con él. Había jugado mucho con aquellos primos cuando era un niño pequeño, y no podía olvidar del todo a las abuelas que los criaron a todos juntos.

Había sido mecido por sus abuelas, de vez en cuando, en una gran mecedora de madera que fue vendida a un trapero mucho después de que hubieran muerto. Había oído sus viejas canciones antes de que abandonaran el mundo. Y a veces canturreaba para sí mismo alguna estrofa. «¡Mira, ve, a Marjory Daw, escondida detrás del coche de vapor!», o la melodía suave y pegadiza de: «Corre y di a la tía Rhodie, corre y di a la tía Rho, que la oca gris ha muerto, y con sus plumas hará un colchón para el Gordito.»

Y también estaban las canciones de los negros, que los blancos se habían apropiado.

«Vamos, cariño, ¿no vas / a jugar en tu propio patio? / No me importa lo que diga / el chico blanco. / Porque tú tienes un alma / blanca como la nieve, / así lo dice el Señor.»

Eran canciones de un pensil espiritual existente antes de que las abuelas marcharan del mundo, y a sus dieciocho años Toby volvió la espalda a todo su pasado, a excepción de las canciones, por supuesto, y de la música.

Diez años atrás, a la edad de dieciocho, abandonó ese mundo para siempre.

Desapareció sencillamente en la niebla para quienes lo conocían, y aunque ninguno de aquellos chicos y chicas o tías y tíos lo culpó por haberse ido, se quedaron sorprendidos y confusos.

Lo imaginaban, con razón, como un alma perdida en algún lugar. Llegaron a pensar que se había vuelto loco, que era un vagabundo, un imbécil que mendigaba lloriqueando para poder comer. El hecho de que se hubiera llevado consigo una maleta con ropas y su precioso laúd les dio esperanzas, pero nunca volvieron a verlo ni a oír hablar de él.

Una o dos veces a lo largo de aquellos años lo buscaron, pero como buscaban a Toby O'Dare, un chico con un diploma de la escuela de los jesuitas y que tocaba el laúd con el arte de un profesional, nunca tuvieron la menor oportunidad de encontrarlo.

Uno de sus primos escuchaba con mucha frecuencia una cinta que había grabado de Toby cuando tocaba en una esquina de la calle. Pero Toby no lo sabía: posiblemente no tenía modo de saberlo, y por eso nunca fue consciente de aquella amistad en potencia.

Uno de sus antiguos profesores en el instituto de los jesuitas llegó incluso a preguntar en todos los conservatorios de música de Estados Unidos por un Toby O'Dare, pero ningún Toby O'Dare se había matriculado en ninguna de aquellas instituciones.

Podréis deciros que alguien de la familia lamentó la

pérdida de la peculiar música suave de Toby O'Dare, y también la pérdida de aquel muchacho que amaba tanto su instrumento renacentista que se paraba a explicar, a cualquiera que le preguntara, todo lo relacionado con él, y la razón por la que prefería tocarlo en la esquina de la calle, en lugar de empuñar la guitarra eléctrica tan preciada de las estrellas del rock.

Creo que seguís mi argumento: la familia era de buena cepa, los O'Dare, los O'Brien, los McNamara, los McGowen, y todos los que emparentaron con ellos por matrimonio.

Pero en todas las familias hay malas personas, y personas débiles, y algunas personas que no consiguen superar las pruebas de la vida y fracasan con estrépito. Sus ángeles custodios lloran; los demonios que los observan bailan de alegría.

Pero sólo el Creador decide en último término qué es lo que va a ser de ellos.

Así ocurrió con la madre y el padre de Toby.

Tanto una línea como la otra habían legado a Toby cualidades magníficas: el talento musical unido al amor por la música era sin duda el don más destacado. Pero Toby también había heredado una inteligencia aguda, y un raro e irreprimible sentido del humor. Poseía una imaginación poderosa que le permitía trazar planes, y soñar. Y una tendencia mística que a veces se apoderaba de él. La fuerte vocación de ser un monje dominico, que sintió a los doce años, no se esfumó con facilidad al aparecer las ambiciones mundanas, como le habría ocurrido a cualquier otro adolescente.

Toby nunca dejó de ir a la iglesia durante los años más duros del instituto, y aunque tuvo tentaciones de saltarse la misa dominical, tenía que pensar en su hermano y su hermana, y no podía dejar de darles un buen ejemplo.

De haberle sido posible retroceder en el tiempo cinco generaciones y ver cómo sus antepasados estudiaban la Torá noche y día en las sinagogas de Europa Central, tal vez no habría llegado a ser el asesino en que se convirtió. De haber podido ir más allá incluso para ver a otros ancestros suyos pintando murales en Siena, Toscana, tal vez habría tenido más valor para luchar por sus proyectos más queridos.

Pero no tenía idea de que hubieran existido esas personas, ni de que por el lado materno, varias generaciones atrás, había habido clérigos ingleses mártires de su fe en la época de Enrique VIII, o de que su bisabuelo por parte paterna quiso ser sacerdote, pero no alcanzó las calificaciones escolares que lo habrían hecho posible.

Casi ningún mortal sobre la tierra conoce su ascendencia antes de las llamadas Edades Oscuras, y sólo las grandes familias pueden penetrar en las espesas capas del tiempo para extraer de ellas una serie de ejemplos capaces de inspirarlas.

Y la palabra «inspirar» no habría sido inadecuada en el caso de Toby, porque en su oficio de sicario siempre se mostró inspirado. Y también como músico, antes de eso.

Sus éxitos como asesino se debieron en no escasa parte al hecho de que, alto y esbelto como era, y con las bellas facciones que lo adornaban, no tenía un aspecto especialmente parecido al de nadie.

A la edad de doce años había en sus facciones un sello permanente de inteligencia, y cuando estaba inquieto pasaba por su rostro una sombra fría, una mirada muy característica de desconfianza. Pero se desvanecía casi al instante, como si fuera algo que no quería reflejar, ni guardar en su interior. Tendía siempre a mostrarse tranquilo, y los demás casi siempre lo encontraban notable y atractivo.

Medía casi un metro noventa antes de graduarse en el instituto, y sus cabellos rubios se habían descolorido hasta adquirir un tono ceniciento, y sus ojos grises estaban llenos de concentración y de una leve curiosidad que no ofendía a nadie.

Apenas fruncía la frente, y cuando salía a pasear, simplemente a pasear en solitario, un observador casual podía verlo siempre vigilante, como alguien impaciente por que un avión aterrizara a tiempo, o que esperara con cierto nerviosismo una cita importante.

Si alguien lo asustaba, reaccionaba con resentimiento y disgusto, pero casi de inmediato superaba ese primer impulso. No quería ser una persona infeliz ni amargada, y aunque a lo largo de los años acumuló motivos para ambas cosas, se resistió a ellas con vigor.

Nunca bebió, en toda su vida. Era algo que odiaba.

Desde la infancia vistió con esmero, sobre todo porque los niños de la escuela a la que asistía vestían de ese modo y a él le gustaba parecerse a ellos, y no hacía remilgos a ponerse la ropa usada de sus primos, que incluía blazers azul marino combinados con pantalones claros, y polos de tonos pastel. Esas ropas venían a ser la imagen de marca que distinguía a los chicos de clase alta de Nueva Orleans, y él se empeñó en conocerla y cultivarla. También se propuso hablar como esos chicos, y poco a poco eliminó de su lenguaje los fuertes signos indicadores de la pobreza y las dificultades que siempre habían salpicado los reniegos, los lamentos chillones y las groseras amenazas de su padre. En cuanto a la voz de su madre, era agradable y desprovista de acento, y él fue quien más se aproximó en la familia a la forma de hablar de ella.

Leía *The Official Preppy Handbook,* el Manual Oficial del Preparatorio, no con cinismo, sino como algo que se había de acatar. Y sabía cómo buscar en las rebajas de los grandes almacenes la más adecuada cartera de cuero para libros.

En la parroquia del Santo Nombre de Jesús, caminaba por los senderos gloriosamente verdes desde la parada del autobús de St. Charles, y las casas hermosas y recién pintadas delante de las que pasaba despertaban en él anhelos vagos y soñadores.

Palmer Avenue, en su parte alta, era su calle favorita, y a veces le parecía que, si algún día podía vivir en una de sus casas blancas de dos pisos, conocería la felicidad perfecta.

También entró precozmente en contacto con la música, en el Conservatorio Loyola. Y fue el sonido del laúd, en un concierto público de música del Renacimiento, lo que lo apartó de su deseo ardiente de tomar el hábito.

Pasó de monaguillo a estudiante apasionado tan pronto como encontró a una profesora amable que se ofreció a darle clases gratis. La pureza del tono que extraía de su laúd la asombró. Su digitación era ágil, y la expresión que daba a su música, excelente, y su maestra se maravillaba de las hermosas melodías que podía tocar de oído, incluidas las que he mencionado antes, que una y otra vez volvían a su cabeza. Cuando las tocaba, oía cantar a sus abuelas. A veces, sin decirlo, tocaba en honor de sus abuelas. Tocaba con mucha habilidad canciones populares al laúd, y les daba un toque distinto y una ilusión de integridad.

En cierto momento, uno de sus maestros puso en manos de Toby los discos del cantante Roy Orbison, y él descubrió muy pronto que podía tocar las piezas más lentas de ese gran músico, e imprimirles al laúd la misma ternura que Orbison les daba con la voz. Pronto se supo de memoria todas las baladas que Orbison había grabado a lo largo de su carrera.

Y mientras interpretaba la música popular con su propio estilo, aprendió a dar una forma compositiva clásica a todas las canciones populares, de modo que podía pasar de una otra, o bien pasar de la belleza alegre y contagiosa de Vivaldi, en un momento, a los tiernos lamentos tristes de Orbison en el siguiente.

Llevaba una vida atareada, entre el estudio en casa después de la escuela y las exigencias del currículum para la escuela superior de los jesuitas. De modo que no le era tan difícil mantener a distancia a los chicos y chicas ricos que conocía, porque aunque muchos de ellos le gustaban, estaba decidido a que no entraran nunca en el apartamento desastrado en el que vivía, con dos padres alcohólicos que podían causarle una humillación irremediable.

Era un niño exigente, del mismo modo en que más tarde llegaría a ser exigente como asesino. Pero lo cierto es que creció asustado, guardando secretos y con el temor permanente a una violencia innoble.

Más tarde, como hombre echado a perder sin remedio, medró en el peligro, y a veces recordaba divertido las series de televisión a las que en tiempos tan aficionado era, en la conciencia de que ahora vivía algo más siniestramente glorioso de lo que nunca imaginó. Por más que nunca lo admitió ante sí mismo, se sentía en cierto modo orgulloso por su particular forma de maldad. Fuera cual fuera la explicación que se diera a sí mismo sobre sus actividades, por debajo y muy hondo fluía una corriente de presunción vanidosa.

Aparte de su pasión por la caza, había en él un rasgo realmente precioso que lo distinguía netamente de otros vulgares asesinos. Era éste: no le importaba vivir o morir. No creía en el infierno porque no creía en el cielo. No creía en el diablo porque no creía en Dios. Y aunque recordaba la fe ardiente y en ocasiones hipnótica de su juventud, aunque sentía por ella un respeto muy superior a lo que nadie habría supuesto, esa fe no daba el más mínimo calor a su alma.

Insisto, antes había querido ser un monje, y ninguna pérdida de la gracia lo llevó a alejarse de esa vocación. Incluso cuando tocaba el laúd, rezaba constantemente para extraer de él una música hermosa, y a menudo imaginaba nuevas melodías para las oraciones que amaba.

Vale la pena señalar aquí que en cierta ocasión quiso también ser un santo. Y, a pesar de su juventud, quiso comprender toda la historia de su Iglesia; y le encantaba en particular leer sobre Tomás de Aquino. Le parecía que sus profesores siempre mencionaban ese nombre, y cuando vino un sacerdote jesuita de la universidad vecina para dar una charla a los escolares, contó una historia sobre santo Tomás que se fijó para siempre en la memoria de Toby.

Era ésta: el gran teólogo Tomás tuvo una visión en sus últimos años que le hizo volverse contra su obra anterior, la gran *Summa Theologica*. «Hay mucha paja», dijo el santo a quienes le pidieron, en vano, que la continuase.

Siguió dándole vueltas a esa historia hasta el día mismo en que mi mirada incansable fue a fijarse en él. Pero no sabía si la anécdota era cierta, o una invención feliz. Muchas de las cosas que se contaban de los santos no eran ciertas. Y con todo, nunca parecía ser eso lo importante.

A veces, en sus últimos años de despiadado profesional, cuando se cansaba de tocar el laúd, anotaba sus pensamientos sobre los recuerdos que en tiempos habían significado tanto para él. Proyectó escribir un libro que conmovería al mundo: *Diario de un hombre herido*. ¡Oh!, sabía muy bien que otras personas habían escrito memorias parecidas, pero no eran Toby O'Dare, que seguía leyendo teología cuando no asesinaba a banqueros de Ginebra y Zúrich; que, llevando su rosario, se había introducido en Moscú y en Londres lo suficiente para cometer cuatro asesinatos estratégicos en un plazo de sesenta y dos horas. No eran Toby O'Dare, que en tiempos había querido decir misa para las multitudes.

He dicho que no le importaba vivir o morir. Dejadme precisarlo: no llevaba a cabo misiones suicidas. Le gustaba demasiado estar vivo para hacer algo así, pero nunca lo admitió. De todos modos, aquellos para quienes trabajaba no estaban interesados en que se encontrara su cuerpo en el escenario del crimen que le encargaban.

Pero es cierto que no le importaba morir hoy o mañana. Y estaba convencido de que el mundo, pero nada más que el reino material que podemos ver con nuestros ojos, sería mucho mejor sin su presencia. A veces deseaba realmente estar muerto. Pero esos períodos no duraban mucho tiempo, y era sobre todo la música lo que le sacaba de ellos.

Se tendía en su apartamento de lujo a escuchar las viejas canciones lentas de Roy Orbison, o los muchos discos de cantantes de ópera que poseía, o para escuchar las grabaciones de música escrita para laúd, sobre todo de la época, en el Renacimiento, en que el laúd había sido un instrumento popular.

¿Cómo había llegado a convertirse en esto, en un humano hosco que acumulaba un dinero que no le servía de nada, que mataba a personas cuyos nombres desconocía, que penetraba en el interior de las fortalezas más sofisticadas que sus víctimas habían podido construir, que daba la muerte disfrazado de camarero, de médico con bata blanca, de chófer de un coche de alquiler, o incluso de vagabundo borracho que tropezaba en la calle con el hombre al que pinchaba con su aguja fatal?

El mal que vi en él me hizo estremecer en la medida en que un ángel puede estremecerse, pero el resplandor del bien oculto tras él me sedujo por completo.

Volvamos a aquellos primeros años, cuando era aún Toby O'Dare, con un hermano y una hermana pequeños, Jacob y Emily; a la época en que luchaba por pasar curso en la escuela preparatoria más estricta de Nueva Orleans, con escolaridad completa por supuesto, al mismo tiempo que trabajaba hasta sesenta horas a la semana tocando música en la calle para alimentar a sus hermanos y a su madre, y vestirlos, y pagar un apartamento en el que nunca entró nadie a excepción de su familia.

Toby pagaba las facturas. Abastecía la nevera. Hablaba con el casero cuando los gritos de su madre no dejaban dormir al vecino. Era él quien limpiaba las vomitonas, y apagaba el fuego cuando la grasa se desbordaba de la sartén y caía en el hornillo de gas, y ella se caía hacia atrás con el pelo en llamas y dando aullidos.

Con otro marido, su madre podría haber sido tierna y cariñosa, pero su esposo fue a prisión cuando ella estaba embarazada del hijo menor, y nunca pudo superarlo. Era un policía que vivía de las prostitutas de las calles del Barrio Francés, y que había acabado muerto a cuchilladas por otro recluso.

Toby tenía sólo diez años cuando sucedió.

Durante años, ella bebía hasta emborracharse y se tendía en el suelo murmurando el nombre de su marido: «Dan, Dan, Dan.» Y nada de lo que pudiera hacer Toby la consolaba. Él le había comprado vestidos bonitos, y llevaba a casa cestos cargados de frutas o de dulces, y durante unos años antes de que los bebés fueran al jardín de infancia, ella casi nunca estaba borracha salvo de noche, e incluso se aseaba y aseaba a los niños lo bastante para ir todos juntos a misa los domingos.

En aquellos días, Toby veía la televisión con ella, los dos en la cama de su madre, y ella compartía su afición por los policías que llamaban a las puertas y se llevaban presos a los asesinos más depravados.

Pero cuando dejó de tener a los chiquillos gateando entre sus pies, la madre empezó a beber de día y dormir de noche, y Toby hubo de convertirse en el hombre de la casa, vestir a Jacob y Emily todas las mañanas, y llevarlos temprano a la escuela para tomar a tiempo el autobús que lo llevaba a sus propias clases con los jesuitas, y poder reservar tal vez algunos ratos para sus deberes en casa.

A la edad de quince años, llevaba dos de estudio de laúd y composición todas las tardes, y para entonces Jacob y Emily ya hacían sus deberes en el cuarto de al lado, y sus profesores seguían dándole clases gratuitas.

—Tienes un gran talento —le dijo una profesora, y lo animó a probar con otros instrumentos que más tarde podrían permitirle vivir de la música.

Pero Toby sabía que no podría dedicar a aquello el tiempo suficiente, y después de enseñar a Emily y Jacob cómo vigilar y manejar a su madre borracha, salía a las calles del Barrio Francés todo el sábado y el domingo, con el estuche del laúd abierto a sus pies mientras tocaba, para ganar todos los centavos posibles con los que complementar la magra pensión de su padre.

La verdad es que no había tal pensión, pero Toby nunca se lo dijo a nadie. Sólo había las silenciosas contribuciones de la familia y las colectas que regularmente les hacían llegar otros policías que no habían sido mejores ni peores que el padre de Toby.

Y Toby tenía que reunir el dinero para cualquier gasto extra o «bonito», y para los uniformes que necesitaban su hermano y su hermana, y para los juguetes que tenían que tener en ese apartamento miserable que Toby tanto detestaba. Y aunque estaba preocupado continuamente por el comportamiento de su madre en casa, y por la capacidad de Jacob para apaciguarla si le venía un acceso de rabia, Toby se sentía muy orgulloso de su forma de tocar y de la buena disposición de los paseantes, que casi siempre dejaban algún billete grande en el estuche si se habían parado a escuchar.

A pesar de que incluso aquellos rudimentos de estudio de la música costaban demasiado tiempo a Toby, seguía soñando con matricularse en el conservatorio cuando tuviera la edad requerida, y conseguir un trabajo fijo para tocar en un restaurante con el fin de estabilizar sus ingresos. Ningún plan era imposible para él, por los medios que fuesen, y vivía para el futuro mientras luchaba con desesperación para sobrevivir al presente. A pesar de todo, cuando tocaba el laúd y recogía con facilidad el dinero suficiente para pagar el alquiler y comprar comida, conocía un júbilo y una sensación de triunfo tan consistente como hermosa.

Nunca dejó de intentar animar y consolar a su madre, ni de asegurarle que las cosas iban a ir mejor de como eran ahora, de que sus dolores desaparecerían, y algún día vivirían en una casa de verdad en las afueras, con un patio trasero para que jugaran Emily y Jacob, y césped auténtico en la parte delantera, y todas las demás cosas que ofrece una vida normal.

En algún recóndito rincón de su mente mantenía la idea de que algún día, cuando Jacob y Emily crecieran y se casaran y su madre se curara con todo el dinero que él iba a ganar, posiblemente volvería a pensar en el seminario. No podía olvidar lo que había significado para él, en otro tiempo, la idea de celebrar la misa. No podía olvidar que se había sentido llamado a tomar la hostia en sus manos y decir: «Éste es mi Cuerpo», convirtiéndola de ese modo en la verdadera carne de Nuestro Señor Jesucristo. Y muchas veces, mientras tocaba un sábado por la noche, incluía en su repertorio música de la liturgia, que seducía al gentío siempre cambiante tanto como lo hacían las familiares melodías de Johnny Cash y Frank Sinatra, siempre favoritas de la audiencia. Creó para sí una imagen sobria de músico callejero, sin sombrero y vestido con una chaqueta de lana azul y pantalones oscuros también de lana, e incluso esas prendas humildes le conferían un atractivo sublime.

Cuanto mejor tocaba, respondiendo sin esfuerzo a las solicitudes y desplegando toda la gama de su instrumento, tanto mayor era el aprecio en que lo tenían turistas y nativos. Pronto llegó a reconocer a habituales de algunas noches, que nunca dejaban de darle los billetes de valor más alto.

Cantaba un himno religioso moderno: «Yo soy el pan que da vida, quien viene a mí no pasará hambre...» Era un himno exaltante, y quienes se apiñaban a su alrededor nunca dejaban de recompensarlo por él. Bajaba la vista asombrado y veía el dinero que podía comprarle un poco de paz para una semana, o incluso un poco más. Y sentía ganas de echarse a llorar.

También tocó y cantó arreglos suyos, variaciones sobre temas que había oído en los discos que le regaló su profesora. Entrelazaba aires de Bach y Mozart e incluso Beethoven, y otros compositores cuyos nombres no podía recordar.

En cierto momento empezó a incluir en su repertorio algunas composiciones propias. Su profesora le ayudó a trasladarlas al papel pautado. La música para laúd no se escribía como la música corriente. Se escribía en tablatura, y eso le agradaba de forma especial. Pero toda la teoría y la práctica de la escritura musical le resultaba pesada. Si por lo menos pudiera aprender lo bastante para enseñar música algún día, pensaba, aunque fuera a niños pequeños, sería un modo de vida aceptable.

Muy pronto Jacob y Emily pudieron vestirse sin ayuda, y también apareció en ellos la misma mirada de pequeños adultos característica en él. Tomaban solos el autobús de la escuela de St. Charles, y no llevaban nunca a nadie a casa porque su hermano se lo había prohibido. Aprendieron a hacer la colada, a planchar las camisas y las blusas para la escuela, y a esconderle a su madre el dinero, y a calmarla cuando enloquecía y empezaba a romper todo lo que encontraba por la casa.

—Si tenéis que obligarla a tragarlo, hacedlo —les dijo Toby, porque era cierto que algunas veces sólo el alcohol apaciguaba el paroxismo de su madre.

Yo observaba todas esas cosas.

Volvía las páginas de su vida y acercaba la luz para leer la letra pequeña.

Lo quería.

Veía siempre el devocionario en su escritorio, y a su lado otro libro que leía de cuando en cuando por puro placer, a veces en voz alta para Jacob y Emily.

Ese libro era *Los ángeles,* de fray Pascal Parente. Lo encontró en la misma tienda de Magazine Street en la que compraba sus novelas de crímenes, y se lo llevó junto con una vida de santo Tomás de Aquino por G. K. Chesterton, que a veces intentaba leer, por más difícil que le resultara.

Se puede afirmar que vivía una vida en la que las lecturas eran tan importantes como la música que tocaba con el laúd, y que esas cosas tenían tanta importancia para él como su madre, Jacob y Emily.

Su ángel custodio, siempre esforzándose en vano por llevarlo al camino recto en los tiempos más caóticos, parecía perplejo ante aquella combinación de amores que se repartían el alma de Toby, pero yo sólo había venido a observar a Toby, no al ángel que con tanta abnegación se esforzaba por mantener viva en el corazón de Toby la fe en salvaguardar de alguna manera a todos ellos.

Un día de verano, Toby leía en la cama y se dio media vuelta sobre el vientre, abrió la pluma y subrayó estas palabras:

Desde el punto de vista de la fe, sólo hemos de retener que los ángeles no poseen el don de la cardiognosis (el conocimiento de los secretos del corazón) y tampoco una previsión segura de los futuros actos del libre albedrío: ésas son prerrogativas exclusivas de Dios.

Le gustó la frase, y le gustó la atmósfera de misterio que lo rodeaba cuando leía aquel libro.

La verdad es que no quería creer que los ángeles no tuviesen corazón. En algún sitio había visto una vez un cuadro antiguo de la crucifixión en el que los ángeles situados en la parte superior lloraban, y le gustaba pensar que el ángel de la guarda de su madre lloraba al verla borracha y deprimida. Si los ángeles no tenían corazón o no entendían de corazones, él no quería saberlo, porque le encantaba el concepto y le encantaban los ángeles, y le hablaba a su propio ángel tan a menudo como podía.

Enseñó a Emily y Jacob a arrodillarse todas las noches a recitar la vieja oración:

Ángel de la guarda, dulce compañía,
no me desampares de noche ni de día,
no me dejes solo, que me perdería.

Incluso les compró una estampa de un ángel de la guarda.

Era una estampa bastante vulgar, que vio por primera vez colgada de la pared del aula de la escuela primaria. Barnizó y enmarcó la reproducción con los materiales que encontró en el *drugstore*. Y la colgó de la pared de la habitación que compartían los tres, Jacob y él en la litera y Emily en el extremo contrario en su propio colchón, que se podía plegar y dejar recogido por la mañana.

Había elegido para la estampa un marco de oro con adornos, y le gustaba su disposición, las hojas de parra simuladas de las esquinas y el margen amplio que delimitaba entre el mundo de la pintura y el empapelado descolorido de la pequeña habitación.

El ángel de la guarda era grande y femenil, con una cabellera dorada y grandes alas blancas de puntas azules, y llevaba un manto sobre su túnica blanca flotante, mientras se inclinaba sobre un niño y una niña que avanzaban juntos sobre un puente traicionero de suelo agujereado.

¿Cuántos millones de niños han visto esa imagen?

—Mirad —decía Toby a Emily y Jacob cuando se arrodillaban para los rezos de la noche—. Siempre podréis hablar con vuestro ángel de la guarda.

Les dijo que él había hablado con su ángel, sobre todo en las noches de la parte baja de la ciudad, cuando las propinas escaseaban.

—Yo le digo: «Tráeme a más gente», y por supuesto, él lo hace.

Insistió en el tema, a pesar de que tanto Jacob como Emily se reían.

Pero fue Emily quien preguntó si podían rezarle al ángel de la guarda de mamá también, y pedirle que dejara de emborracharse tanto.

Aquello chocó a Toby, porque él nunca había pronunciado la palabra «emborracharse» bajo su propio techo. Nunca había empleado esa palabra con nadie, ni siquiera con su confesor. Y se maravilló de que Emily, que sólo tenía siete años por entonces, se hubiera dado cuenta de todo. La palabra le hizo estremecerse, y dijo a su hermano y su hermana pequeños que la vida no iba a ser siempre así, que él se encargaría de que las cosas fueran cada vez mejor.

Tenía intención de cumplir su palabra.

En la escuela superior de los jesuitas, Toby pronto se

situó entre los primeros de la clase. Tocaba durante quince horas seguidas los sábados y los domingos y ganaba así lo bastante para no tener que tocar entre semana después de la escuela, y poder seguir su educación musical.

Tenía dieciséis años cuando un restaurante lo contrató para las noches de los sábados y los domingos, y aunque ganaba un poco menos de ese modo, era un dinero seguro.

Cuando era necesario, atendía las mesas y se ganaba buenas propinas. Pero lo que se le pedía era aquella música inesperada y extraña, y él estaba encantado de que fuera así.

A lo largo de los años escondió todo ese dinero en varios sitios por todo el apartamento: en guantes guardados en los cajones, debajo de una tabla suelta del suelo, debajo del colchón de Emily, debajo de la estufa, incluso en la nevera envuelto en papel de estaño.

En un buen fin de semana podía ganar cientos de dólares, y el día en que cumplió diecisiete años el conservatorio lo admitió como estudiante a tiempo completo para aprender música en serio. Lo había conseguido.

Fue el día más feliz de su vida y volvió a casa radiante con la noticia.

—Mamá, lo he conseguido, ¡lo he conseguido! —dijo—. Todo va a ir bien, te lo aseguro.

Cuando no quiso darle a su madre dinero para beber, ella se apoderó de su laúd y lo estrelló contra el borde de la mesa de la cocina.

Él se quedó sin respiración. Pensó que iba a morirse. Se preguntó si podría matarse por el sencillo procedimiento de negarse a respirar. Se sintió mal y se sentó en la silla con la cabeza gacha y las manos entre las rodillas, y oyó a su madre vagar por el apartamento sollozando y murmurando y maldiciendo en un lenguaje sucio a todas las personas a las que culpaba de todo lo que le había ocurrido, maldiciendo a veces a su madre muerta y balbuceando luego: «Dan, Dan, Dan», una y otra vez.

—¿Sabes lo que me dio tu padre? —chilló—. ¿Sabes lo que me dio de esas mujeres de los barrios bajos? ¿Sabes con qué me dejó...?

Aquellas palabras aterrorizaron a Toby.

El apartamento apestaba a alcohol. Toby quería morir. Pero Emily y Jacob estaban a punto de llegar en el autobús de St. Charles a sólo una manzana de allí. Corrió a la tienda de la esquina, compró una botella de bourbon aunque no tenía la edad, la llevó a casa y obligó a su madre a tragarlo, sorbo a sorbo, hasta que ella se derrumbó sin sentido sobre el colchón.

Después de aquel día, sus maldiciones arreciaron. Mientras los niños se vestían para ir a la escuela, los llamaba con los peores nombres imaginables. Era como si un demonio viviera en su interior. Pero no era un demonio. El alcohol se le estaba comiendo el cerebro, y Toby lo sabía.

Su profesora le regaló un nuevo laúd, un laúd precioso, mucho más caro que el que se rompió.

—Te quiero por esto —le dijo a ella, y la besó en la mejilla empolvada, y ella le repitió que algún día se haría un nombre por sí mismo con su laúd y un largo listado de grabaciones propias.

»Dios me perdone —rezó, arrodillado en la iglesia del Santo Nombre, alzando la vista desde la larga nave en sombra hacia el altar—. Quiero que mi madre se muera. Pero no puedo quererlo.

Los tres hijos limpiaban el apartamento a fondo los

fines de semana, como siempre habían hecho. Y ella, la madre, estaba tendida, borracha, como una princesa encantada por un hechizo, con la boca abierta, la piel lisa y joven, el aliento casi dulce, como el jerez.

—Pobre mami borracha —susurró Jacob, entre dientes.

Aquello hirió a Toby tanto como la vez en que Emily dijo una cosa parecida.

Más o menos mediado el curso superior, Toby se enamoró. Fue una chica judía de la Newman School, la escuela preparatoria mixta de Nueva Orleans del mismo nivel que los jesuitas. Se llamaba Liona y fue a los jesuitas, una escuela sólo de chicos, para cantar el papel principal en un musical al que Toby encontró tiempo para asistir, y cuando él le pidió que fuera su pareja en el baile de la gala, ella dijo que sí de inmediato. Él se sintió abrumado de felicidad. Tenía enteramente para él a una preciosa muchacha de cabello oscuro con una maravillosa voz de soprano.

Pocas horas después de la gala, fueron a sentarse al jardín trasero de la hermosa casa de ella en Nashville Avenue, en la parte alta de la ciudad. En aquel lugar cálido y fragante él no pudo contenerse y le habló a ella de su madre. Ella reaccionó con simpatía y comprensión. Antes de que amaneciera se habían deslizado en el interior del pabellón de invitados de la familia de ella y habían tenido relaciones íntimas. Él no quería que ella supiera que era su primera vez, pero cuando Liona le confesó que para ella lo había sido, acabó por admitirlo.

Él le dijo que la amaba. Eso hizo que ella llorara y le contestara que nunca había conocido a nadie como él.

Con su largo cabello negro y sus ojos oscuros, su voz suave y aterciopelada y su comprensión instantánea, parecía encarnar todo lo que él podía desear. Poseía una fortaleza que él admiraba mucho, y una inteligencia aguda. Toby sintió el horrible temor de perderla.

Liona bajaba en los días más calurosos del verano a Bourbon Street para acompañarlo cuando tocaba; le llevaba gaseosas frías de la tienda de comestibles y se quedaba a pocos pasos de él, escuchando. Sólo los estudios la apartaban de él. Era inteligente y tenía un gran sentido del humor. Le gustaba el sonido del laúd, y comprendía por qué él amaba tanto aquel instrumento, debido a su tono único y su hermosa forma. Él amaba la voz de ella (mucho mejor que la suya propia), y pronto ensayaron algunos dúos. Sus canciones eran melodías de Broadway, y él amplió así su repertorio y, cuando lo permitía el tiempo de que ambos disponían, tocaban y cantaban juntos.

Una tarde (su madre parecía encontrarse perfectamente por un corto tiempo), llevó a casa a Liona, y por mucho que lo intentó ella no pudo disimular su consternación ante aquel pequeño apartamento abarrotado de gente, y las maneras descuidadas de borracha con que su madre se sentó a fumar y a hacer solitarios en la mesa de la cocina. Toby se dio cuenta de que Emily y Jacob se sentían avergonzados. Jacob le preguntó, después:

—Toby, ¿por qué has tenido que traerla aquí con mami tal como está? ¿Cómo has podido hacerlo?

Tanto su hermana como su hermano lo miraban como si les hubiese traicionado.

Esa noche, después de que Toby acabara de tocar en Royal Street, Liona fue a esperarlo y de nuevo hablaron durante horas, y se colaron a oscuras en el pabellón de invitados de los padres de ella.

Pero Toby cada vez se sentía más avergonzado por

haber confiado a alguien sus secretos más recónditos. Y sentía en el fondo de su corazón que no era digno de Liona. La ternura y la calidez de ella lo desconcertaban. Además estaba convencido de que pecaba al hacer el amor con ella cuando no existía la menor posibilidad de que se casaran alguna vez. Sus preocupaciones eran tantas que un noviazgo normal a lo largo de sus años de estudiantes parecía una imposibilidad absoluta. Su temor más profundo era que Liona sintiera compasión de él.

Cuando llegó la época de los exámenes finales, ninguno de los dos tuvo tiempo de ver al otro.

La noche de su graduación en la escuela superior, la madre de Toby empezó a beber a las cuatro, y al final él le dijo que se quedara en casa. No pudo soportar la idea de verla bajar a la ciudad con la braga asomando por encima de la cintura de la falda, el rojo de labios corrido, las mejillas demasiado empolvadas y el cabello enredado. Intentó durante un rato cepillarle el pelo, pero ella se lo sacó de encima a sopapos una y otra vez hasta que, con los dientes apretados, él la sujetó por las muñecas y le gritó:

—¡Basta ya, mamá!

Y rompió a llorar como un niño. Emily y Jacob estaban aterrorizados.

Su madre gimoteó con la cara enterrada en los brazos cruzados sobre la mesa de la cocina, mientras él se quitaba el traje bueno. De todas formas no iba a ir a la ceremonia de la graduación. Los jesuitas le enviarían el diploma por correo.

Pero estaba furioso, más furioso que en ningún otro momento antes, y por primera vez en su vida la llamó borracha y guarra. Temblaba y hablaba a gritos.

Emily y Jacob sollozaban calladamente en la otra habitación.

Su madre empezó a alborotar. Dijo que iba a matarse. Lucharon los dos por apoderarse de un cuchillo de cocina.

—Para, para —decía él por entre los dientes apretados—. De acuerdo, iré a buscarte esa maldita bebida.

Y salió a buscar un *pack* de seis cervezas, una botella de vino y otra de bourbon. Ahora ella tendría la reserva casi inagotable por la que suspiraba.

Después de beberse una cerveza, ella le rogó que se tendiera en la cama a su lado. Bebió el vino a largos tragos. Lloriqueó y le pidió que rezara el rosario con ella.

—Es un ansia que llevo en la sangre —dijo. Él no contestó. La había llevado muchas veces a las reuniones de Alcohólicos Anónimos. Nunca se había quedado más de quince minutos.

Por fin, se sentó al lado de ella. Y rezaron el rosario juntos. En voz baja, sin dramatismo ni lamentos, ella le habló de cómo su padre, un hombre al que él no había llegado a conocer, había muerto por la bebida, y antes que él su abuelo. Le habló de todos los tíos suyos, también desaparecidos, que habían sido alcohólicos.

—Es un ansia que llevamos en la sangre —repitió—. Una verdadera ansia en la sangre. Tienes que quedarte conmigo, Toby. Tienes que rezar el rosario conmigo otra vez. Dios bendito, ayúdame, ayúdame, ayúdame.

—Escucha, Ma —le dijo él—. Voy a ganar más y más dinero con mi música. Este verano me han contratado a tiempo completo para tocar en el restaurante. Todo el verano voy a ganar dinero por las noches, siete noches a la semana. ¿No ves lo que eso significa? Tendré más dinero que nunca. —Siguió hablando mientras los ojos de ella se empañaban y el vino la volvía soñolienta—. Ma, tendré un título del conservatorio. Podré dar clases de música. Puede que consiga grabar un disco alguna vez, ¿sabes?

»Tienes que dejar de beber. Tienes que creer en mí. —Ella lo miraba con ojos adormilados—. Mira, después de la semana próxima tendré lo bastante para pagar a una mujer que vendrá a hacer la colada y todo, y ayudará a Emily y Jacob a hacer los deberes. Trabajaré todo el tiempo. Tocaré en la calle hasta que abran el restaurante. —Le puso las manos sobre los hombros, y la boca de ella se abrió en una sonrisa torcida—. Soy un hombre ahora, Ma. ¡Voy a hacerlo!

Ella se deslizó suavemente en el sueño. Eran más de las nueve.

¿De verdad los ángeles no conocen los corazones? Lloré al escucharlo y observarlo.

Siguió hablando, mientras ella dormía, sobre cómo se irían de este apartamento pequeño y mísero. Emily y Jacob seguirían yendo a la escuela del Santo Nombre, él los llevaría en el coche que se iba a comprar. Ya le había echado el ojo.

—Ma, cuando toque en el conservatorio por primera vez, quiero que estés allí. Quiero que tú, y Emily y Jacob, estéis en el palco. No tardaré mucho. Mi profesora me está ayudando. Ma, voy a hacer que las cosas marchen bien, ¿me entiendes? Ma, te traeré un médico, un médico que sepa lo que se tiene que hacer.

En su sueño alcoholizado, ella murmuró:

—Sí querido, sí querido, sí querido.

Hacia las once, le dio otra cerveza y ella se quedó profundamente dormida. Él le dejó el vino al lado. Cuidó de que Emily y Jacob se pusieran los pijamas y los arropó, y luego se puso el esmoquin negro y la camisa de plastrón que se había comprado para la graduación. Eran, desde luego, las mejores ropas que tenía. Y las había comprado sin dudarlo porque sabía que harían buen efecto si las usaba en la calle, e incluso en los mejores restaurantes.

Bajó a la ciudad vieja a tocar por dinero.

En toda la ciudad había fiestas aquella noche para los graduados de los jesuitas. No las había para Toby.

Se colocó muy cerca de los bares más famosos de Bourbon Street, y allí abrió su estuche y empezó a tocar. Sumergió su corazón y su alma en las letanías más tristes que jamás escribió Roy Orbison. Y muy pronto empezaron a revolotear a su alrededor los billetes de veinte dólares.

Qué espectáculo era, alcanzada ya la madurez artística y tan bien vestido en comparación con los astrosos músicos callejeros sentados aquí o allá, o los mendigos que se limitaban a pedir una moneda entre murmullos, o los desarrapados pero brillantes niños bailarines.

Tocó *Danny Boy* por lo menos seis veces esa noche sólo para una pareja, y le dieron un billete de cien dólares que guardó en su cartera. Tocó todo lo que le pedían aquellos paseantes festivos, y si daban palmas y pedían *bluegrass* allá iba él, o tocaba música country con el laúd imitando un violín, y ellos bailaban a su alrededor. Expulsó de su mente todo, excepto la música.

Cuando empezó a amanecer, entró en la catedral de St. Louis, y rezó el salmo que tanto había amado al leerlo en la Biblia católica de su abuela:

¡Sálvame, oh Dios, porque las aguas me llegan hasta el cuello! Me hundo en el cieno del abismo, sin poder hacer pie; he llegado hasta el fondo de las aguas, y las olas me anegan. Estoy exhausto de gritar, arden mis fauces, mis ojos se consumen de esperar a mi Dios.

Para terminar, susurró: «¡Dios querido!, ¿acabarás con este dolor?»

Ahora tenía más de seiscientos dólares para pagar las facturas. Podía mirar al frente. Pero ¿qué importaba si no podía salvarla?

—Dios querido —rezó—. No quiero que muera. Siento haber rezado para que muriera. Dios querido, sálvala.

Se le acercó una mendiga al salir de la catedral. Estaba mal vestida y murmuraba entre dientes que necesitaba una medicina para salvar a un niño moribundo. Él sabía que mentía. La había visto muchas veces, y siempre le había oído contar la misma historia. Se quedó mirándola largo rato, y luego la hizo callar con un gesto de la mano y una sonrisa, y le dio veinte dólares.

A pesar de lo cansado que estaba, cruzó el barrio para no gastar unos pocos dólares en un taxi, y volvió a casa en el autobús de St. Charles, mirando soñoliento por la ventanilla.

Quería desesperadamente ver a Liona. Sabía que aquella noche iba a verlo graduarse —ella y sus padres, en realidad—, y quería explicarle por qué no se había presentado.

Recordó que habían hecho planes para después, pero ahora todo le parecía remoto y estaba demasiado cansado para pensar en lo que le diría cuando finalmente hablara con ella. Pensó en sus enormes ojos enamorados, en su ingenio siempre a punto y la inteligencia aguda que nunca disimulaba, y en el timbre de su risa. Pensó en todas las maravillosas cualidades que la adornaban, y supo que cuando pasaran los años de los estudios, la perdería con toda seguridad. Ella también se había matriculado en el conservatorio, pero ¿cómo competir con los jóvenes que inevitablemente iban a rodearla?

Tenía una voz espléndida, y en el musical de los jesuitas había actuado como una auténtica estrella, que amaba la escena y que había aceptado los aplausos, las flores y las felicitaciones con modestia pero llena de confianza.

No comprendía por qué se había enredado con él. Y sintió que debía apartarse, dejarla ir, y casi se echó a llorar al pensar en ella.

Mientras el autobús ruidoso y asmático subía hacia la ciudad alta, se abrazó a su laúd e incluso dormitó con la mejilla apoyada en él durante un instante. Pero se despertó sobresaltado al llegar a su parada, bajó y dejó con esfuerzo que los pies lo sostuvieran sobre la acera.

Tan pronto como entró en el apartamento, supo que algo iba mal.

Encontró a Jacob y Emily ahogados en la bañera. Y a su madre con las muñecas cortadas, muerta en la cama, con la manta y parte de la almohada empapadas en sangre.

Durante largo rato miró los cuerpos de su hermano y su hermana. La bañera se había vaciado de agua casi por completo, pero los pijamas aún estaban húmedos y arrugados. Pudo ver moretones por todo el cuerpo de Jacob. Debía de haber luchado con todas sus fuerzas. Pero la cara de Emily, en el otro extremo de la bañera, estaba serena y perfecta, con los ojos cerrados. Tal vez no llegó a despertar cuando su madre la ahogó. El resto de agua que quedaba estaba manchado de sangre. También había sangre en el grifo, en donde había chocado la cabeza de Jacob cuando ella lo empujaba hacia abajo.

Junto al cuerpo de su madre estaba el cuchillo de cocina. Había estado a punto de amputarse la mano izquierda, tan profunda era la herida, pero se había desangrado hasta morir por los cortes en las dos muñecas.

Todo había ocurrido hacía varias horas, lo supo.

La sangre estaba seca, o tal vez sólo pegajosa.

Pero sacó del fondo de la bañera a su hermano e intentó reanimarlo soplando en su boca para devolverle la vida. El cuerpo de su hermano estaba frío como el hielo, o así le pareció. Y tenía un tacto esponjoso.

No pudo soportar la idea de tocar a su madre o a su hermana.

Su madre yacía con los párpados entrecerrados y la boca abierta. Tenía un aspecto reseco, como el de una cáscara. Una cáscara, pensó. Exacto. Vio el rosario en medio de la sangre. La sangre cubría el suelo de madera barnizada.

Sobre aquellas visiones lastimosas sólo flotaba el olor del vino. Sólo el olor de la malta de la cerveza. Fuera pasaban los coches. A una manzana de distancia, oyó el estruendo del tranvía al arrancar.

Toby fue a la sala y estuvo largo rato sentado con el laúd en el regazo.

¿Por qué no había sabido que podía ocurrir algo así? ¿Por qué había dejado a Jacob y Emily solos con ella? Dios bendito, ¿por qué no vio que las cosas llegarían a este punto? Jacob sólo tenía diez años. ¿Cómo, en nombre del cielo, había dejado Toby que les ocurriera esto?

Todo por su culpa. No tenía la menor duda. Sí, pensó en que ella podía hacerse daño a sí misma, y Dios le perdone, rezó para que ocurriera en la catedral. Pero ¿esto? ¿Su hermano y su hermana muertos? De nuevo se detuvo la respiración. Por un instante pensó que no sería capaz de volver a respirar nunca. Se puso en pie, y sólo entonces expulsó el aliento en la forma de un sollozo seco y silencioso.

Contempló aturdido el mezquino apartamento, con sus muebles feos y desparejos, el viejo escritorio de roble y las sillas baratas de fundas floreadas, y todo le pareció mugriento y gris, y afloró en su interior un miedo que se convirtió luego en un terror creciente.

El corazón golpeaba su pecho. Miró las reproducciones de flores en sus feos marcos, bobadas que él mismo había comprado, alineadas en las paredes empapeladas del apartamento. Miró las cortinas descoloridas también compradas por él, y las blancas persianas ordinarias que había detrás de ellas.

No quiso ir al dormitorio y ver la reproducción del ángel de la guarda. Lo rompería en pedazos si lo veía. Nunca, nunca más miraría una cosa así.

La tristeza sucedió al dolor. Una tristeza que llegó cuando el dolor no pudo ya prolongarse más. Cubría cada objeto que contemplaba, e ideas tales como cariño y amor le parecían irreales o fuera de su alcance para siempre, mientras seguía sentado en medio de aquella fealdad y ruina.

En uno u otro momento, durante las horas en que estuvo allí sentado, oyó el contestador del teléfono. Era Liona que lo llamaba. Supo que no podría descolgar el auricular. Supo que nunca volvería a verla, ni a hablarle, ni a decirle lo que había ocurrido.

No rezó. No se le ocurrió. Tampoco se le ocurrió hablar con el ángel que estaba a su lado, ni con el Señor al que había rezado apenas hora y media antes. No volvería a ver vivos a su hermano y a su hermana, ni a su madre, ni a su padre, ni a ninguna persona conocida. Eso es lo que pensó. Estaban muertos, irrevocablemente muertos. No creía en nada. Si alguien se le hubiera acercado en ese momento, como intentaba hacer su ángel, y le hubiera dicho «volverás a verlos a todos otra vez», habría escupido a esa persona en un arrebato de furia.

Se quedó todo el día en el apartamento con su familia muerta a su alrededor. Dejó abiertas las puertas del cuarto de baño y del dormitorio, porque no quiso que los cuerpos se quedaran solos. Le habría parecido irrespetuoso hasta un punto horrible.

Liona llamó dos veces más, y la segunda vez él dormitaba y no estaba del todo seguro de haberla oído.

Finalmente se quedó dormido en el sofá, y cuando volvió a abrir los ojos olvidó lo que había ocurrido, y pensó que estaban todos vivos y las cosas seguían su curso normal.

De nuevo la verdad lo golpeó con la fuerza de un martillo.

Se puso el blazer y los pantalones caqui y guardó toda su ropa en una maleta que su madre se había traído del hospital años atrás, cuando tuvo los niños. Sacó todo el dinero que guardaba en los escondites.

Besó a su hermano pequeño. Se arremangó y sumergió el brazo en la bañera manchada para poner con la punta de los dedos un beso en la mejilla de su hermana. Luego besó el hombro de su madre. Miró de nuevo el rosario. No lo había estado rezando cuando murió. Simplemente estaba allí, olvidado en medio del desorden.

Lo recogió, lo llevó al baño y lo limpió con el agua

del lavamanos. Luego lo secó con una toalla y se lo puso en el bolsillo.

Todos parecían muy muertos ahora, muy vacíos. Aún no había olor, pero estaban muy muertos. La rigidez del rostro de su madre lo absorbió. El cuerpo de Jacob en el suelo estaba seco y arrugado.

Luego, cuando ya se disponía a irse, volvió a su escritorio. Quería llevarse dos libros. Tomó su devocionario y el libro titulado *Los ángeles,* de fray Pascal Parente.

Yo observé aquello. Lo observé con mucho interés.

Me di cuenta de la forma como empaquetaba aquellos libros preciosos en la voluminosa maleta. Pensó en otros libros de religión que amaba, entre ellos las *Vidas de los santos,* pero no tenía espacio para ellos.

Tomó el tranvía hacia la parte baja y, delante del primer hotel al que llegó, subió a un taxi que lo llevó al aeropuerto.

Sólo una vez pasó por su mente llamar a la policía, e informar de lo que había sucedido. Pero era tal la rabia que sentía que desechó esa idea definitivamente.

Fue a Nueva York. Nadie puede encontrarte en Nueva York, supuso.

En el avión, se aferró a su laúd como si algo pudiera ocurrirle. Miraba por la ventanilla y sentía una angustia tan grande que no le pareció posible que la vida pudiera reservarle nunca ni una partícula de alegría.

Ni siquiera tararear en voz baja para sí mismo las melodías de las canciones que más le gustaba tocar significaba nada para él. En sus oídos sonaba un estruendo como si los diablos del infierno tocaran una música horrenda con la intención de sacarlo de quicio. Susurró para sí, para silenciarla. Deslizó la mano en su bolsillo, encontró el rosario y recitó las palabras, pero no meditó en los misterios. «Santa María... —musitó entre dientes—, ... ahora y en la hora de nuestra muerte. Amén.» «Son sólo palabras», pensó. Le era imposible imaginar la eternidad.

Cuando la azafata le preguntó si deseaba un refresco, contestó:

—Alguien los enterrará.

Ella le sirvió una gaseosa con hielo. Toby no durmió. Sólo eran dos horas hasta Nueva York, pero el avión empezó a volar en círculos durante mucho tiempo antes de aterrizar finalmente.

Pensó en su madre. ¿Qué podía haber hecho? ¿Dónde podía haberla colocado? Había buscado sitios, médicos, un modo, cualquier modo, de ganar tiempo hasta poder salvar a todos. Puede que no se moviera lo bastante aprisa, que no fuera lo bastante listo. Puede que tuviera que habérselo dicho a sus maestros en la escuela.

Ahora no importaba, se dijo a sí mismo.

Era de noche. Los oscuros edificios gigantes del East Side de la ciudad parecían infernales. El ruido absoluto de la urbe lo aturdió. Lo dejaba confinado en el enorme taxi, lo asaltaba en los semáforos cerrados. El taxista, detrás de la gruesa mampara de plástico, era para él sólo un fantasma.

Finalmente, dio unos golpecitos en el plástico y dijo a aquel hombre que lo llevara a un hotel barato. Tuvo miedo de que pensara que era un niño y lo llevara a la policía. No se dio cuenta de que, con su más de metro noventa de estatura y la expresión hosca de su cara, no tenía un aspecto en absoluto infantil. El hotel no era tan malo como había temido.

Pensó en cosas malas mientras recorría las calles en busca de trabajo. Llevaba con él su laúd.

Pensó en las tardes, cuando era pequeño y al volver a casa encontraba borrachos a sus padres. Su padre era un mal policía, y todos lo sabían. Nadie en la familia de su madre podía soportarlo. Sólo su propia madre le había suplicado una y otra vez que tratara mejor a su mujer y a sus hijos.

Incluso cuando era un niño, Toby sabía que su padre acosaba a las mujeres fáciles del Barrio Francés y obtenía favores de ellas a cambio de «hacer la vista gorda». Oyó a su padre alardear de esa clase de cosas con los otros pocos policías que se reunían con él a beber cerveza y jugar al póquer. Compartían esas historias. Cuando los otros dijeron a su padre que debía de estar muy orgulloso de un chico como Toby, su padre dijo:

—¿De quién habláis, de Cara Bonita? ¿De mi nenita?

A veces, cuando estaba muy borracho, su padre se burlaba de Toby, se metía con él, pedía ver lo que tenía Toby entre las piernas. A veces Toby le llevaba una cerveza o dos de la nevera para que llegara más deprisa el momento en que se quedaba dormido con los brazos cruzados sobre la mesa.

Toby se alegró cuando su padre fue a la cárcel. Su padre siempre había sido rudo y frío con él, y tenía una carota informe y colorada. Era mezquino y feo, y su aspecto era también mezquino y feo. El joven bien parecido de las fotografías antiguas se había convertido en un borracho obeso de cara roja con papada y voz aguardentosa. Toby se alegró cuando apuñalaron a su padre. No recordaba haber asistido al funeral.

La madre de Toby siempre había sido bonita. En aquellos tiempos, había sido también cariñosa. Y su forma preferida de referirse a su hijo era «mi encanto».

Toby se le parecía en las facciones y en los gestos, y

nunca dejó de sentirse orgulloso de eso, a pesar de todo lo que ocurrió después. Nunca dejó de sentirse orgulloso de su estatura cada vez mayor, y ese orgullo se reflejaba en su modo de vestirse para que los turistas le dieran dinero.

Ahora, mientras caminaba por las calles de Nueva York intentando ignorar los ruidos estruendosos que lo acosaban desde todas partes, intentando escurrirse entre el gentío sin ser arrollado, pensaba una y otra vez: «Nunca hice lo bastante por ella, nunca. Nada de lo que hice fue suficiente. Nada.» Nunca nada de lo que hizo fue suficiente para nadie, excepto tal vez para su profesora de música. Se acordó de ella ahora y deseó poder llamarla y decirle cuánto la quería. Pero sabía que no lo iba a hacer.

El largo día monótono de Nueva York se convirtió de repente y de forma espectacular en noche. Por todas partes se encendían luces alegres. Las marquesinas de las tiendas resplandecían de brillos parpadeantes. Las parejas se encaminaban veloces a los cines o los teatros. No le fue difícil darse cuenta de que se encontraba en el barrio de los teatros, y se entretuvo mirando por los ventanales de los restaurantes. Pero no tenía hambre. La mera idea de comer le revolvía las tripas.

Cuando los teatros se vaciaron, Toby empuñó su laúd, dejó abierto en el suelo el estuche forrado de terciopelo verde, y empezó a tocar. Cerró los ojos y entreabrió la boca. Tocó las piezas más oscuras y complejas de Bach que conocía, y de vez en cuando atisbó, como por una rendija, los billetes que se amontonaban en el estuche, e incluso oyó, aquí y allá, los aplausos de quienes se paraban a escucharlo.

Ahora tenía más dinero incluso.

Volvió a su habitación y decidió que le gustaba. No le importaba ver únicamente techumbres por la ventana, y un callejón húmedo abajo. Le gustaba el sólido armazón de la cama y la mesita, y el enorme televisor, infinitamente superior al que había tenido todos aquellos años en el apartamento. En el baño había toallas blancas, limpias.

La noche siguiente, por recomendación de un taxista, fue a Little Italy. Tocó en la calle, entre dos restaurantes abarrotados. Y en esta ocasión tocó todas las melodías que sabía de la ópera. Interpretó de una forma conmovedora las arias de *Madame Butterfly* y otras heroínas de Puccini. Entre trémolos escalofriantes, ilustró también piezas de Verdi.

Salió un camarero de uno de los restaurantes y lo invitó a entrar. Pero alguien interrumpió al camarero. Era un hombre viejo y grueso con un delantal blanco.

—Tú tocas eso otra vez —dijo el hombre. Tenía un cabello negro espeso con sólo unas pocas hebras blancas en las sienes, encima de las orejas. Se meció a un lado y otro mientras Toby tocaba la música de *La Bohème,* y se aventuraba de nuevo por las arias más conmovedoras.

Luego pasó a las canciones alegres y festivas de *Carmen.* El viejo dio palmas para acompañarlo, se secó las manos en el delantal y aplaudió un rato más.

Toby tocó todas las canciones sentimentales que conocía.

El público se levantó, pagó, el local volvió a llenarse. El viejo se puso en pie para atender a los recién llegados.

Una y otra vez aquel hombre mofletudo le indicó que recogiera los billetes de su estuche y los escondiera. El dinero siguió afluyendo.

Cuando Toby estuvo demasiado cansado para seguir

tocando, se levantó para guardar el laúd y marcharse, pero el viejo mofletudo le dijo:

—Espera un minuto, hijo.

Y le pidió que tocara canciones napolitanas que Toby nunca había tocado pero conocía de oído, y salió airoso con facilidad.

—¿Qué estás haciendo aquí, hijo? —preguntó el hombre.

—Busco trabajo —dijo Toby—, cualquier clase de trabajo, de lavaplatos, camarero, cualquier cosa, no me importa, sólo trabajo, un trabajo decente.

Miró al hombre. El hombre llevaba unos pantalones correctos y una camisa de vestir blanca sin abrochar en el cuello y con las mangas subidas hasta debajo de los codos. Tenía una cara blanda y carnosa, de expresión amable.

—Te daré un trabajo —dijo el hombre—. Vamos dentro. Te daré algo de comer. Llevas tocando aquí fuera toda la noche.

Al concluir su primera semana, estaba instalado en una pequeña habitación en el segundo piso de un hotel del Downtown, y tenía papeles falsos que le adjudicaban una edad de veintiún años (la edad mínima para servir bebidas alcohólicas) a nombre de Vicenzo Valenti, un nombre propuesto por el amable viejo italiano que le había contratado. A la propuesta del nombre había adjuntado un certificado de nacimiento auténtico.

El hombre se llamaba Alonso. El restaurante era hermoso. Tenía grandes ventanales acristalados que daban a la calle, y mucha luz, y además de servir las mesas los camareros y camareras, todos estudiantes, cantaban ópera. Toby tocaba el laúd, y además había un piano.

Era bueno para Toby, que no quería acordarse de que había sido Toby alguna vez.

Nunca había oído voces tan bellas.

Muchas noches, cuando el restaurante estaba abarrotado de grupos que celebraban algún acontecimiento, y la ópera era hermosa, y él podía tocar el laúd en *pizzicato*, se sentía casi bien y no quería que cerraran las puertas y verse obligado a recorrer las aceras mojadas de lluvia.

Alonso era un hombre de buen corazón, sonriente, y sentía un aprecio especial por Toby, que era su Vicenzo.

—Qué no daría —dijo a Toby— por ver siquiera a uno de mis nietos.

Alonso dio a Toby una pistola pequeña de culata nacarada y le enseñó a disparar. Tenía un gatillo suave. Se la dio sólo como protección. Alonso le enseñó las armas que guardaba en la cocina. A Toby le fascinaron aquellas pistolas, y cuando Alonso lo llevó al callejón trasero del restaurante y lo dejó disparar con ellas, le gustó la sensación, y el ruido ensordecedor que repercutía en ecos por las paredes ciegas de ambos lados.

Alonso dio trabajo a Toby en las bodas y fiestas de compromiso, le pagó con generosidad, le compró trajes italianos para sus actuaciones y a veces lo envió a servir cenas privadas en una casa situada a pocas manzanas del restaurante. A la gente, sin excepción, el laúd le parecía una nota elegante.

La casa en la que tocaba era bonita, pero hacía que Toby se sintiera incómodo. Aunque la mayoría de las mujeres que vivían allí eran ancianas y amables, también había algunas mujeres jóvenes, y hombres que iban a verlas. La mujer que regía aquel lugar se llamaba Violet, tenía una voz aguardentosa y llevaba una espesa capa de maquillaje, y trataba a todas las demás mujeres como si fueran sus hermanas pequeñas o sus hijas. A Alonso le gustaba sentarse a charlar durante horas con Violet. Casi siempre hablaban en italiano, a veces en inglés, y siempre se referían a épocas pasadas, y algunos indicios dejaban suponer que habían sido amantes.

Se jugaba a las cartas allí, y a veces había pequeñas reuniones de cumpleaños, la mayoría de las veces de hombres y mujeres ancianos, pero las mujeres jóvenes dirigían a Toby sonrisas cariñosas o burlonas.

En una ocasión, oculto detrás de un biombo pintado, tocó el laúd para un hombre que hacía el amor a una mujer, y el hombre le hizo daño. Ella le pegó y el hombre contestó con una bofetada.

Alonso quitó importancia a lo sucedido.

—Hace esas cosas continuamente —explicó, como si el comportamiento del hombre careciera de importancia. Alonso llamó Elsbeth a la muchacha.

—¿Qué clase de nombre es ése? —preguntó Toby. Alonso se encogió de hombros.

—¿Ruso? ¿Bosnio? ¿Cómo voy a saberlo? —Sonrió—. Son rubias. A los hombres les gustan. Y ella está huyendo de algún ruso, eso te lo aseguro. Tendré suerte si el bastardo no viene por aquí a buscarla.

A Toby empezó a gustarle Elsbeth. Tenía un acento que podía ser ruso. Una vez le contó que se había cambiado el nombre, y como Toby ahora se llamaba Vincenzo, sintió simpatía por ella. Elsbeth era muy joven, Toby no estaba seguro de que hubiera cumplido los dieciséis. El maquillaje hacía que pareciera mayor y menos tierna. Los domingos por la mañana, con un toque apenas de lápiz de labios, estaba muy guapa. Fumaba tabaco negro en la escalera de incendios del piso y charlaban los dos.

A veces Alonso invitaba a Toby a su casa, a comer espaguetis con su madre y con él. En Brooklyn. Alonso servía comida del norte de Italia en el restaurante, porque eso era lo que pedía la gente ahora, pero lo que el viejo prefería eran las albóndigas con salsa de tomate. Sus hijos vivían en California. Su hija había muerto de sobredosis a los catorce años. Una vez le señaló su fotografía, y fue la última vez que habló de ella.

Bufaba y agitaba la mano en el aire si alguien mencionaba siquiera a sus hijos.

La madre de Alonso no hablaba inglés, y nunca se sentaba a la mesa. Escanciaba el vino, fregaba los platos y se quedaba de pie junto a la estufa, de brazos cruzados, mirando a los hombres mientras comían. A Toby le hizo pensar en sus abuelas. Tenía un vago recuerdo de que habían sido mujeres así, plantadas de pie viendo comer a los hombres.

Alonso y Toby fueron a la Metropolitan Opera varias veces, y Toby disimuló la revelación que había sido para él escuchar a las mejores compañias del mundo, y sentarse en una buena butaca al lado de un hombre que conocía a la perfección la historia y la música. Toby conoció en esas horas algo que era una imitación perfecta de la felicidad.

Toby había visto óperas en Nueva Orleans, con su profesora del conservatorio. Y también había oído cantar ópera a los estudiantes de Loyola, y se había sentido conmovido por aquellos espectáculos dramáticos. Pero la Metropolitan Opera era infinitamente más impresionante.

Fueron al Carnegie Hall y también a oír a la Orquesta Sinfónica.

Era una emoción sutil, aquella felicidad, que envolvía como una delicada tela de araña las cosas que él recordaba. Deseaba sentirse alegre cuando miraba a su alrededor en aquellos grandes auditorios y escuchaba la música embriagadora, pero no se atrevía a confiar en nada.

Una vez le dijo a Alonso que quería un collar bonito para regalarlo a una mujer.

Alonso se echó a reír y sacudió la cabeza.

—A mi profesora de música —dijo Toby—. Me enseñó sin cobrarme nada. Y tengo doscientos dólares ahorrados.

—Déjamelo a mí —dijo Alonso.

El collar era maravilloso, una «pieza de colección». Alonso lo pagó. Se negó a aceptar un céntimo de Toby.

Toby se lo envió a la mujer al conservatorio porque era la única dirección que tenía de ella. No puso dirección del remitente en el paquete.

Una tarde fue a la catedral de St. Patrick y estuvo una hora sentado, mirando fijamente el altar mayor. No creía en nada. No sentía nada. Las palabras de los salmos que tanto había amado no provocaban en él ningún eco.

Al marcharse, se detuvo un instante en el vestíbulo de la iglesia para mirar atrás, como si no fuera a volver a ver nunca aquel mundo, y un policía rudo sacó a empujones a una pareja de turistas jóvenes que se habían estado besando. Toby se quedó mirando al policía, y éste le hizo gesto de que se marchara. Pero Toby se limitó a sacar el rosario del bolsillo y el policía hizo un gesto de asentimiento y se alejó.

Para sí mismo, era un fracaso. Aquel mundo propio de Nueva York no era real. Había fallado a su hermano pequeño, a su hermana, a su madre, y había decepcionado a su padre. «Cara Bonita.»

A veces la ira ardía como una hoguera en el corazón de Toby, pero no iba dirigida contra nadie.

Era una ira que a los ángeles les costaba comprender,

porque lo que Toby había subrayado muchos años atrás en el libro de Pascal Parente era cierto.

A nosotros los ángeles, en ciertos aspectos nos falta la cardiognosis. Pero yo sabía a través de la inteligencia lo que sentía Toby; lo sabía por su cara y por sus manos, incluso por la manera como tocaba ahora su laúd, de una forma más oscura y con una alegría forzada. Su laúd, con esos tonos bajos más ásperos, adquirió un sonido melancólico. Tanto sus penas como sus alegrías estaban condicionadas por esa melancolía. No podía poner en ella su dolor privado.

Una noche su patrón, Alonso, fue al pequeño apartamento del hotel de Toby. Llevaba al hombro una mochila grande de piel.

Alonso había subalquilado a Toby aquel lugar, en el límite de Little Italy. Era un sitio estupendo en lo que respecta a Toby, por más que por las ventanas sólo se vieran paredes; el mobiliario era agradable, incluso algo coqueto.

Pero Toby se sorprendió al abrir la puerta y ver a Alonso. Alonso nunca había ido allí. Alonso podía pagarle un taxi para que volviera a casa después de la ópera, pero nunca lo había visitado en su apartamento.

Alonso tomó asiento y pidió vino.

Toby tuvo que salir a comprarlo. Nunca tenía bebidas alcohólicas en su apartamento.

Alonso empezó a beber. Sacó de su chaquetón un arma corta y la dejó sobre la mesa de la cocina.

Alonso contó a Toby que se enfrentaba a fuerzas que nunca antes lo habían amenazado: los mafiosos rusos querían su restaurante y su negocio de catering, y le habían quitado su «casa».

—También querrían quedarse con este hotel —dijo—, pero no saben que el propietario soy yo.

Un grupo pequeño de ellos fue directamente a la casa en la que Toby había tocado para los jugadores de cartas y las damas. Mataron a tiros a los hombres presentes y a cuatro mujeres, y echaron a las restantes, y colocaron a sus propias chicas en el lugar de ellas.

—Nunca había visto esa clase de maldad —dijo Alonso—. Mis amigos no aguantarán a mi lado. ¿Con qué amigos cuento? Creo que mis amigos los apoyan en esto. Creo que mis amigos me han vendido. ¿Por qué si no han dejado que me hagan esto? No sé qué hacer. Mis amigos me echan la culpa a mí de lo ocurrido.

Toby miraba el arma. Alonso retiró el seguro, y luego volvió a ponerlo.

—¿Sabes lo que es esto? Esto dispara más balas de las que te puedes imaginar.

—¿Han matado a Elsbeth? —preguntó Toby.

—Le dispararon en la cabeza —dijo Alonso—. ¡Le dispararon en la cabeza!

Alonso empezó a gritar. Elsbeth era la razón por la que habían venido esos hombres, y los amigos de Alonso le dijeron lo tontos que habían sido Violet y él al darle refugio.

—¿Han matado a Violet? —preguntó Toby, y Alonso empezó a sollozar.

—Sí, han matado a Violet. —Lloró sin retenerse—. Mataron a Violet la primera, una anciana como ella. ¿Por qué lo han hecho?

Toby se puso a pensar. No pensó en todos los dramas policíacos que había visto por la televisión, ni en las historias de crímenes reales que había leído. Daba vueltas a sus propios pensamientos, sobre los que sobreviven en este mundo y los que no, los que son fuertes y resolutivos, y los débiles.

Se daba cuenta de que Alonso se estaba emborrachando. Era algo que detestaba.

Toby pensó mucho rato, y luego dijo:

—Tienes que hacerles a ellos lo que están intentando hacerte a ti.

Alonso lo miró y luego se echó a reír.

—Soy un viejo —dijo—. Y esos hombres se han propuesto matarme. ¡No puedo enfrentarme a ellos! Nunca he disparado un arma como ésa en mi vida.

Siguió hablando y bebiendo vino, cada vez más borracho y más furioso, y explicó que siempre se había cuidado de ofrecer las «cosas básicas», un buen restaurante, una casa o dos donde los hombres pudieran relajarse, jugar un poco a las cartas, tener un poco de compañía amistosa.

—Es el negocio inmobiliario —suspiró Alonso—. Si quieres saberlo, eso es lo que buscan. Tendría que haberme ido al infierno, lo más lejos posible de Manhattan. Y ahora es demasiado tarde. Estoy acabado.

Toby escuchó todo lo que dijo.

Esos criminales rusos se habían apoderado de su casa, y le habían llevado al restaurante una escritura de venta de la casa. También tenían otra escritura para el restaurante. Alonso, al que habían abordado a la hora del almuerzo con el restaurante abarrotado, se había negado a firmar nada.

Lo amenazaron con los abogados que llevaban sus negocios y los hombres del banco que trabajaba para ellos.

Pretendían que Alonso firmara la venta de sus negocios. Le prometieron que si firmaba las escrituras de venta y desalojaba el local, le darían una participación y no le harían daño.

—¿Darme una participación en mi propia casa? —aulló Alonso—. La casa no les basta. Quieren el restaurante que abrió mi abuelo. Eso es lo que de verdad quieren. Y entrarán en este hotel tan pronto como lo descubran. Han dicho que, si yo no firmaba los papeles, dejarían que su abogado se encargara de todo, y nadie encontraría nunca mi cadáver. Han dicho que harían en el restaurante las mismas cosas que hicieron en la casa. Lo harán de forma que a la policía le parezca un robo. Eso es lo que me han dicho. «Matarás a tu propia gente si no firmas.» Esos rusos son monstruos.

Toby sopesó lo que sucedería si los criminales entraban en el restaurante de noche, cerraban las cortinas metálicas que daban a la calle y mataban a todos los empleados. Sintió un escalofrío al darse cuenta de que la muerte rondaba muy cerca de él.

Sin palabras, imaginó los cuerpos de Jacob y Emily. Emily con los ojos cerrados bajo el agua.

Alonso bebió otro vaso de vino. Gracias a Dios, pensó Toby, había comprado dos botellas del mejor cabernet.

—Cuando yo esté muerto —dijo Alonso—, ¿qué pasará si encuentran a mi madre? —Cayó en un silencio hosco.

Pude ver a su ángel de la guarda a su lado, impasible al parecer pero esforzándose en consolarlo. Pude ver a otros ángeles en la habitación. Ésos no desprendían luz.

Alonso meditaba, y Toby hizo lo mismo.

—En cuanto firme esas escrituras —dijo Alonso—, en cuanto sean los propietarios legales del restaurante, me matarán.

Buscó en su chaquetón y sacó de allí otra arma larga. Explicó que era automática y podía disparar a ráfagas más munición incluso que la primera.

—Juro que me los llevaré por delante.

Toby no le preguntó por qué no iba a la policía. Conocía la respuesta a esa pregunta, y nadie en Nueva Orleans había confiado nunca en la policía para esa clase de asuntos. Después de todo, el padre de Toby había sido un policía borracho y corrupto. Una pregunta así no formaba parte de la naturaleza de Toby.

—Esas chicas que traen —dijo Alonso—. Son niñas, esclavas, sólo niñas. —Y añadió—: Nadie va a ayudarme. Mi madre se quedará sola. Nadie puede ayudarme.

Alonso comprobó el seguro de la segunda arma. Dijo que los mataría a todos si podía, pero no creía poder hacerlo. Estaba muy borracho ahora.

—No, no puedo hacerlo. Tengo que escapar, pero no hay escapatoria. Quieren las escrituras, que todo se haga de forma legal. Tienen hombres suyos en el banco, y puede que también en las oficinas del registro.

Rebuscó en la mochila y sacó todas las escrituras, y las desplegó sobre la mesa. Sacó también las dos tarjetas comerciales que le habían dado aquellos hombres. Ésos eran los papeles que Alonso aún no había firmado: su garantía contra la muerte.

Alonso se puso en pie, entró tambaleándose en el dormitorio, que era la única otra habitación de aquel lugar, y se tumbó en la cama. Empezó a roncar.

Toby examinó todos los papeles. Conocía la casa muy bien, la puerta trasera, las escaleras de incendios. Conocía la dirección del abogado cuyo nombre figuraba en la tarjeta, o por lo menos dónde se encontraba el edificio; conocía la dirección del banco, aunque como era lógico los nombres de aquellas personas no significaban nada para él.

Una visión gloriosa inundó a Toby, o mejor dicho a

Vincenzo. ¿O debería llamarlo Lucky? Siempre había poseído una imaginación asombrosa y una gran capacidad para las imágenes visuales, y ahora vislumbró un plan y un gran salto adelante respecto de la vida que llevaba.

Pero era un salto hacia la oscuridad más absoluta.

Fue al dormitorio. Sacudió el hombro del viejo.

—¿Mataron a Elsbeth?

—Sí, la mataron —dijo el viejo con un suspiro—. Las demás chicas se escondieron debajo de las camas. Dos de ellas escaparon. Ellas vieron a esos hombres matar a Elsbeth. —Simuló una pistola con la mano e imitó el ruido de las detonaciones con los labios—. Soy hombre muerto.

—¿De verdad lo crees?

—Lo sé de cierto. Quiero que cuides de mi madre. Si aparecen por aquí mis hijos, no hables con ellos. Mi madre guarda todo el dinero que tengo. No hables con ellos.

—Lo haré —dijo Toby. Pero no era una respuesta a la súplica de Alonso. Era una simple confirmación privada.

Toby fue a la otra habitación, recogió las dos armas y salió por la puerta trasera del edificio. El callejón era estrecho, y había cinco pisos de pared a cada lado. Las ventanas, hasta donde podía ver, estaban todas cerradas. Examinó cada arma. Las probó. Las balas volaron a tal velocidad que le sobresaltaron.

Alguien abrió una ventana y le gritó que dejara de hacer ruido.

Volvió a entrar en su apartamento y metió las armas en la mochila.

El viejo estaba preparando el desayuno en la cocina.

Puso un plato de huevos delante de Toby. Luego tomó asiento él mismo y empezó a untar una tostada en su huevo.

—Puedo hacerlo —dijo Toby—. Puedo matarlos.

Su patrón lo miró. Sus ojos estaban tan muertos como solían estarlo los de su madre. El viejo bebió medio vaso de vino y volvió a tropezones al dormitorio.

Toby se acercó a observarlo. El olor le hizo recordar a su padre y a su madre. La mirada muerta y vidriosa de su patrón cuando levantó la vista hacia Toby le hizo pensar en su madre.

—Estoy a salvo aquí —dijo el viejo—. Nadie conoce esta dirección. No está escrita en ningún lugar del restaurante.

—Bien —dijo Toby. Se sintió aliviado al oírlo, había tenido miedo de preguntarlo.

En la madrugada, mientras oía el tictac del reloj nuevo colocado en el estante de la cocinita, Toby estudió las escrituras y las dos tarjetas comerciales, y luego se guardó las tarjetas en el bolsillo.

Despertó otra vez a Alonso e insistió en que le describiera a los hombres que había visto, y Alonso intentó hacerlo, pero finalmente Toby se dio cuenta de que estaba demasiado borracho.

Alonso bebió más vino. Comió un mendrugo de pan seco. Pidió más pan, mantequilla y vino, y Toby le llevó todas esas cosas.

—Quédate aquí, y no pienses en nada hasta que yo vuelva —dijo Toby.

—Sólo eres un chico —dijo Alonso—. No puedes hacer nada en este asunto. Avisa a mi madre. Es todo lo que te pido. Dile que no llame a mis hijos de la Costa Oeste. Díselo...

—Quédate aquí y haz lo que te he dicho —dijo Toby, que se sentía poderosamente estimulado. Estaba haciendo planes. Tenía sueños muy específicos. Se sentía superior a todas las fuerzas reunidas en contra de él y de Alonso.

Toby estaba furioso, además. Lo estaba por el hecho de que alguien en el mundo creyera que él era un niño incapaz de hacer nada en este asunto. Pensó en Elsbeth. Pensó en Violet con su cigarrillo colgando del labio, repartiendo las cartas sobre el tapete verde de la mesa de la casa. Pensó en las chicas hablando entre ellas en susurros, sentadas en el sofá. Pensó en Elsbeth, una y otra vez.

Alonso lo observaba.

—Soy demasiado viejo para que me derroten de esta manera —dijo.

—Yo también —dijo Toby.

—Tú tienes dieciocho años —dijo Alonso.

—No —dijo Toby. Sacudió la cabeza—. No es cierto.

El ángel de la guarda de Alonso estaba a su lado, mirándolo con expresión apenada. Había llegado al límite de lo que podía hacer. El ángel de Toby estaba horrorizado.

Ninguno de los dos ángeles podía hacer nada. Pero no dejaron de intentarlo. Sugirieron a Toby y a Alonso que podían huir, sacar a la madre de Brooklyn y tomar un avión a Miami. Dejar que los violentos se apoderaran de lo que deseaban.

—Tienes razón al decir que te matarán tan pronto como hayas firmado esos papeles —dijo Toby.

—No tengo ningún sitio adonde ir. ¿Cómo puedo contarle esto a mi madre? —preguntó el viejo—. Debería matar a mi madre, para que no sufra. Debería matarla a ella y luego matarme yo, y así acabar con todo.

—¡No! —dijo Toby—. Quédate aquí como te he dicho.

Toby puso un disco de *Tosca* y Alonso se puso a tararear al compás de la música, y al poco roncaba otra vez.

Toby caminó varias manzanas hasta un *drugstore*, compró un tinte negro para el pelo y unas gafas oscuras con montura negra, poco favorecedoras pero a la moda. A un vendedor callejero de la calle Cincuenta y seis Oeste le compró un maletín de aspecto lujoso, y a otro, un falso reloj Rolex.

Entró en otro *drugstore* y compró una serie de objetos, cosas pequeñas en las que nadie se fijaría, como esas piezas de plástico que la gente se pone entre los dientes para dormir, y muchas bolsas de goma y de plástico como las que se usan para guardar los zapatos. Compró unas tijeras, un frasco de esmalte de uñas transparente y una lima de esmeril para pulir las uñas. Se detuvo de nuevo en un puesto callejero de la Quinta Avenida y compró varios pares de guantes ligeros de piel. Guantes bonitos. También compró un fular de casimir amarillo. Hacía frío y anudárselo al cuello le proporcionó una sensación de bienestar.

Se sintió poderoso mientras caminaba por la calle, se sintió invencible.

Cuando volvió al apartamento, Alonso seguía allí sentado, nervioso, y la voz que sonaba era la de Callas cantando *Carmen*.

—¿Sabes? —dijo Alonso—. Me da miedo salir.

—Haces bien —dijo Toby. Empezó a limarse las uñas y a igualarlas.

—¿Qué estás haciendo? —le preguntó Alonso.

—Aún no estoy seguro —dijo Toby—, pero me he fijado en que si en el restaurante entran hombres con las uñas arregladas, la gente se da cuenta, sobre todo las mujeres.

Alonso se encogió de hombros.

Toby salió a comprar comida y varias botellas de un vino excelente, para ayudarles a pasar otro día.

—Puede que estén matando gente en el restaurante ahora —dijo Alonso—. Debería haber avisado a todos de que no vayan. —Suspiró y se sostuvo la voluminosa cabeza entre las manos—. No eché el cierre al restaurante. ¿Y si van allí y ametrallan a todo el mundo?

Toby se limitó a asentir con un gesto.

Luego salió, se alejó un par de manzanas y llamó al restaurante. Nadie contestó. Era una señal pésima. El restaurante debería de estar hasta los topes para el almuerzo, con gente colgada del teléfono anotando las reservas para la cena.

Toby reflexionó que había sido prudente al mantener en secreto su apartamento, al no hacer amistad con nadie más que con Alonso, al no fiarse de nadie del mismo modo que no se había fiado de nadie de adolescente.

Llegó el amanecer.

Toby se duchó y se tiñó de negro el pelo.

Su patrón dormía vestido en la cama de Toby.

Toby se puso un elegante traje italiano que Alonso le había comprado, y luego añadió otros detalles que lo hacían por completo irreconocible.

La pieza bucal de plástico cambiaba la forma de la boca. El grueso marco de las gafas de sol daba a su rostro una expresión distinta. Los guantes de color gris perla eran hermosos. Se envolvió el cuello en el fular amarillo. Se puso su único abrigo de casimir negro.

Rellenó los zapatos de forma que parecía un poco más alto de lo que era en realidad. Colocó las dos armas automáticas en su maletín, y la pistola pequeña en el bolsillo.

Examinó la mochila de su patrón. Era de piel negra, muy elegante. De modo que se la echó al hombro.

Llegó a la casa antes del amanecer. Una mujer que nunca había visto antes abrió la puerta principal. Le sonrió y lo invitó a entrar. No había nadie más a la vista.

Sacó el arma automática del maletín y disparó sobre ella, y disparó a los hombres que venían corriendo hacia él por el vestíbulo. Disparó a la gente que bajaba las escaleras a la carrera. Disparó a las personas que parecían correr directamente hacia el cañón de su arma, como si no creyeran en lo que estaba ocurriendo.

Oyó gritos en el piso alto y subió, pasando por encima de un cuerpo tras otro, y disparó contra las puertas, abriendo grandes agujeros en ellas, hasta que todo quedó en silencio.

Se quedó quieto en el extremo del vestíbulo y esperó. Apareció un hombre que se movía con cautela, con un arma visible en la mano y otra al hombro. Toby le disparó de inmediato.

Pasaron veinte minutos. Tal vez más. Nada se movía en la casa. Despacio, recorrió una por una todas las habitaciones. Todos muertos.

Recogió todos los teléfonos móviles que encontró, y los guardó en la mochila de piel. Encontró un ordenador portátil, y lo cerró y también lo guardó, a pesar de que era un poco más pesado de lo que habría deseado. Cortó los cables del ordenador de mesa, y la línea telefónica.

Cuando ya se marchaba, oyó los gemidos de alguien que hablaba en voz baja en tono patético. Abrió de una patada la puerta y vio a una mujer muy joven, rubia con los labios pintados de rojo, acurrucada sobre sus rodillas y con un móvil en la oreja. Dejó caer el teléfono aterrorizada, al verlo. Sacudió la cabeza y le rogó en una lengua que él no consiguió entender.

La mató. Cayó al instante y quedó allí tendida como había estado su madre sobre el colchón ensangrentado. Muerta.

Recogió su teléfono. Una voz bronca preguntó:

—¿Qué está ocurriendo?

—Nada —contestó en un susurro—. Se ha vuelto loca.

Cortó la comunicación de golpe. La sangre circulaba veloz por sus venas. Se sintió poderoso.

Ahora recorrió de nuevo muy deprisa todas las habitaciones. Encontró a un hombre herido, gimiendo, y le disparó. Encontró a una mujer sangrante y moribunda, y también la remató. Recogió más teléfonos. La mochila estaba llena.

Luego salió, recorrió a pie varias manzanas y tomó un taxi que lo llevó a la parte alta, a la oficina del abogado que había gestionado la transmisión de la propiedad.

Simulando una ligera cojera al caminar y resoplando como si el maletín pesara demasiado y la mochila al hombro lo abrumara, entró en la oficina.

La recepcionista acababa de abrir las puertas, y le explicó sonriente que su jefe aún no había llegado, pero sólo tardaría unos minutos. Comentó que el pañuelo amarillo que llevaba al cuello era bonito.

Él se dejó caer en el sofá de cuero y, después de quitarse cuidadosamente un guante, se secó la frente como si le acuciara un fuerte dolor. Ella lo miró con ternura.

—Hermosas manos —dijo—, como las de un músico.

Él se echó a reír entre dientes. En un susurro, dijo:

—Todo lo que deseo es volver a Suiza.

Se sentía muy excitado. Sabía que ceceaba al hablar debido a la placa bucal de plástico. Eso le hizo reír, pero sólo para sí mismo. Nunca se había sentido tentado de ese modo en toda su vida. Pensó durante una fracción de segundo que ahora entendía la vieja expresión sobre «la seducción del mal».

Ella le ofreció un café. Él volvió a ponerse el guante. Dijo:

—No, me tendría despierto en el avión. Quiero dormir al atravesar el Atlántico.

—No consigo reconocer su acento. ¿De dónde es?

—Suizo —susurró, ceceando sin esforzarse por el artilugio que tenía en la boca—. Estoy impaciente por volver a casa. Odio esta ciudad.

Un ruido súbito que venía de la calle le sobresaltó. Era el conductor de una grúa que empezaba la jornada en una obra vecina. El ruido se repitió, y hacía temblar toda la oficina.

Él hizo una mueca de dolor, y ella le expresó cuánto sentía que hubiese de soportar todo esto.

Llegó el abogado.

Toby se puso en pie, desplegando toda su imponente estatura, y dijo con el mismo susurro ceceante:

—Vengo por una cuestión importante.

El hombre se sintió impresionado de inmediato, e invitó a Toby a entrar en su despacho.

—Mire, me muevo tan deprisa como puedo —dijo el

hombre—, pero ese viejo italiano está loco. Y es tozudo. Su patrón pide milagros. —Revolvió unos papeles que había sobre su escritorio—. He encontrado esto. Se ha instalado en un edificio remodelado a pocas manzanas del restaurante, un sitio que vale millones.

Otra vez estuvo Toby a punto de echarse a reír, y se reprimió. Tomó los papeles que le tendía el hombre, miró la dirección, que era la de su hotel, y guardó todo en su maletín.

El abogado estaba petrificado.

Llegaban del exterior un estruendo metálico y fuertes golpes que repercutían en temblores, como si se arrojaran a la calle los escombros de un edificio demolido. Toby vio una gran grúa pintada de blanco al mirar por la ventana.

—Llame al banco ahora —susurró Toby, en lucha con su ceceo—. Y sabrá de lo que he venido a hablar.

De nuevo rio para sí mismo, y el hombre percibió su sonrisa y de inmediato marcó un número en su teléfono móvil.

—Se han creído ustedes que soy una especie de Einstein —masculló el abogado. Luego su expresión cambió: el hombre del banco había contestado.

Toby le quitó de las manos al abogado el teléfono móvil, y dijo al aparato:

—Quiero verle. Quiero verle fuera del banco. Quiero que me esté esperando.

Al otro lado de la línea, el hombre accedió de inmediato. El número de la ventanilla digital del teléfono era el mismo que el de una de las tarjetas que llevaba Toby en el bolsillo. Toby cerró el móvil y lo guardó en su maletín.

—¿Qué está haciendo? —preguntó el abogado.

Toby sintió que tenía un poder absoluto sobre aquel hombre. Se sintió invencible. Alguna reminiscencia perdida de las novelas leídas le impulsó a decir:

—Eres un mentiroso y un ladrón.

Sacó la pistola pequeña del bolsillo y disparó. El ruido quedó ahogado por los golpes y traqueteos de la calle.

Miró el ordenador portátil que había sobre el escritorio. No podía dejarlo ahí. Torpemente lo embutió en la mochila con todo lo demás.

Iba sobrecargado, pero era fuerte y tenía unas espaldas anchas.

Rio de nuevo entre dientes mientras miraba al hombre muerto. Se sintió magníficamente. Se sintió de maravilla. Se sintió como cuando se imaginaba a sí mismo tocando el laúd en un escenario de fama mundial. Sólo que esto era mejor.

Sintió un delicioso mareo, parecido al que percibió la primera vez que imaginó todas estas cosas, estas piezas y fragmentos de cosas que había visto en las series de crímenes televisivos y leído en las novelas, y se forzó a sí mismo a no echarse a reír, y en cambio a moverse con rapidez.

Cogió todo el dinero que había en el billetero del hombre, unos mil quinientos dólares.

En el antedespacho, sonrió seductor a la joven secretaria.

—Oiga —dijo, inclinándose sobre su mesa—. Dice que salga ahora. Está esperando, bueno, a ciertas personas.

—Ah, sí, entiendo —dijo ella, intentando parecer muy lista, muy colaboradora y muy tranquila—. Pero ¿cuánto tiempo he de estar fuera?

—El día, tómese el día —dijo Toby—. No, créame, él lo quiere así. —Le dio varios billetes de veinte dólares de la billetera del hombre—. Vaya a casa en taxi. Diviértase. Y llame mañana por la mañana, ¿me entiende? No vuelva sin haber llamado antes.

Ella estaba encantada.

Salió con él hacia el ascensor, orgullosa de estar a su lado, al lado de un hombre alto y joven, guapo y misterioso, y le dijo otra vez que su fular amarillo era espléndido. Se dio cuenta de que cojeaba, pero simuló no advertirlo.

Antes de que las puertas del ascensor se cerraran, él la miró a través de las gafas oscuras, le dirigió una sonrisa tan radiante como la de ella, y le dijo como despedida:

—Recuérdeme como su lord Byron.

Recorrió a pie las pocas manzanas que lo separaban del banco y se detuvo a pocos metros de la entrada. El gentío cada vez mayor lo empujó a un lado. Se arrimó a la pared y marcó el número del banquero en el teléfono robado al abogado.

—Salga ahora —dijo con su susurro ceceante, mientras su mirada recorría la multitud que pasaba ante las puertas del banco.

—Estoy fuera —respondió el hombre, bronco e irritado—. ¿Dónde diablos está usted?

Toby lo localizó sin dificultad cuando el hombre se volvió a meter el móvil en el bolsillo.

Toby miró a su alrededor, asombrado por la velocidad a que se movía el gentío en ambas direcciones. El ruido del tráfico era ensordecedor. Las bicicletas sorteaban zumbando el perezoso avance de camiones y taxis. El fragor ascendía por las paredes como si quisiera llegar al cielo. Sonaban las bocinas y una humareda gris flotaba en el aire.

Miró arriba, a la rendija de cielo azul que no alcanzaba a iluminar aquella grieta de la gigantesca ciudad, y se dijo a sí mismo que nunca se había sentido tan vivo. Ni siquiera en los brazos de Liona había sentido aquel vigor.

Marcó de nuevo el número, y esta vez esperó el timbrazo y observó al hombre, casi perdido en aquella masa de gente en perpetuo movimiento, cuando contestó.

Sí, ése era su hombre, de pelo gris, grueso, con la cara colorada ahora por la furia. Su víctima se detuvo delante del bordillo.

—¿Cuánto tiempo he de estar aquí esperando? —ladró al teléfono.

Dio media vuelta y caminó hacia los muros de granito del banco y se quedó a la izquierda de la puerta giratoria, mirando a su alrededor con calma.

El hombre miraba ceñudo a todos los que pasaban junto a él, excepto al joven flaco que pasó un poco agachado, cojeando, tal vez debido al peso de su voluminosa mochila y su maletín.

En ese hombre no se fijó en absoluto.

Tan pronto como se hubo colocado a su espalda, Toby disparó al hombre en la cabeza. Rápidamente volvió a guardar la pistola en su abrigo y, con la mano derecha, ayudó al hombre a deslizarse recostado en la pared hasta el suelo, con las piernas extendidas al frente. Toby se arrodilló solícito a su lado.

Sacó el pañuelo del bolsillo del hombre y le enjugó el rostro. Por supuesto, el hombre estaba muerto. Entonces, invisible para el gentío que pasaba a escasos centímetros, se apoderó del teléfono del hombre, de su billetero y de un pequeño bloc de notas que llevaba en el bolsillo del pecho.

Ni una sola de las personas que pasaban se detuvo, ni siquiera los que hubieron de sortear las piernas extendidas del banquero.

Un recuerdo fugaz asaltó a Toby. Vio a su hermano y a su hermana, muertos, sumergidos en la bañera.

Rechazó con energía aquel recuerdo. Se dijo a sí mismo que era intrascendente. Plegó el pañuelo de lino lo mejor que pudo con la mano enguantada, y lo colocó sobre la frente húmeda del hombre.

Caminó tres manzanas antes de tomar un taxi, y se bajó a tres manzanas de su apartamento.

Subió las escaleras, empuñando la pistola de su bolsillo con dedos temblorosos. Cuando llamó a la puerta, oyó la voz de Alonso.

—¿Vincenzo?

—¿Estás solo ahí? —preguntó.

Alonso abrió la puerta y lo hizo entrar.

—¿Dónde has estado, qué te ha ocurrido?

Miraba el pelo teñido, las gafas oscuras.

Toby examinó el apartamento.

Luego se volvió a Alonso y le dijo:

—Están todos muertos, los tipos que te molestaban. Pero esto no se ha acabado. No he tenido tiempo de ir al restaurante y no sé lo que está pasando allí.

—Yo sí —dijo Alonso—. Han despedido a todos mis empleados y cerrado el local. ¿Qué demonios me estás diciendo?

—Ah, bueno —dijo Toby—, entonces no está tan mal.

—¿Qué quieres decir con eso de que están todos muertos? —preguntó Alonso.

Toby le contó todo lo que había ocurrido. Luego dijo:

—Tienes que llevarme a gente que sepa cómo acabar esto. Llévame con tus amigos que no han querido ayudarte. Ahora sí te ayudarán. Querrán estos ordenadores. Querrán estos teléfonos móviles. Querrán este bloc de notas. Aquí hay datos, toneladas de datos sobre esos criminales y lo que quieren y lo que están haciendo.

Alonso se lo quedó mirando mucho rato sin hablar, y luego se postró en el único sillón de la habitación y hundió los dedos en su espesa cabellera.

Toby echó el cerrojo de la puerta del cuarto de baño. Tenía con él la pistola. Colocó la pesada tapa de porcelana del inodoro contra la puerta y se duchó con la cortina descorrida, frotando y frotando hasta que desapareció todo el tinte negro de su cabello. Trituró las gafas. Envolvió los guantes, los fragmentos de las gafas y el fular en una toalla.

Cuando salió, Alonso estaba hablando por el teléfono. Parecía muy absorto en la conversación. Hablaba en italiano o en dialecto siciliano, Toby no estaba seguro. En el restaurante podía atrapar al vuelo el sentido de algunas expresiones, pero aquél era un torrente de palabras demasiado rápido.

Cuando el viejo colgó, le dijo:

—Has acabado con ellos. Con todos ellos.

—Ya te lo dije —contestó Toby—. Pero vendrán otros. Esto es sólo el principio de algo. La información que guarda el ordenador de ese abogado no tiene precio.

Alonso lo miraba con un asombro tranquilo. Su ángel de la guarda estaba a su lado con los brazos cruzados observándolo todo con tristeza..., es como mejor puedo describir en términos humanos su actitud. El ángel de Toby lloraba.

—¿Conoces a gente que pueda ayudarme a utilizar

estos ordenadores? —preguntó Toby—. Había ordenadores de sobremesa en la casa y en la oficina, pero no sé cómo desconectar los cables. Todos estos ordenadores tienen que estar repletos de información. Ahí hay números de teléfono, cientos con toda probabilidad.

Alonso asintió. Estaba asombrado.

—Quince minutos —dijo.

—¿Quince minutos, qué? —preguntó Toby.

—Estarán aquí, encantados de conocerte y encantados también de enseñarte todo lo que puedan.

—¿Estás seguro? —preguntó—. Si antes no querían ayudarte, ¿por qué no matarnos sencillamente a los dos?

—Vincenzo —dijo Alonso—. Tú eres justo lo que hasta ahora no tenían. Eres justo lo que necesitan. —Las lágrimas asomaron a los ojos de Alonso—. Hijo, ¿crees que te traicionaría? —dijo—. Tengo una deuda eterna contigo. En alguna parte tiene que haber copias de todas esas escrituras, pero tú has matado a los hombres que las manejaban.

Bajaron a la calle. Una enorme limusina negra los estaba esperando.

Antes de entrar en el coche aparcado, Toby tiró a un contenedor de basura la toalla con las gafas, el pañuelo y los guantes grises, empujándolo todo al fondo entre la masa crepitante de vasos de cartón y bolsas de plástico. Le repugnó el olor que quedó en su mano izquierda. Tenía su maleta y su laúd, y el maletín y la mochila de piel con los ordenadores y los teléfonos móviles.

No le gustó el aspecto del coche y no quería entrar en él, a pesar de que había visto muchos parecidos deslizándose por la Quinta Avenida al atardecer, y aparcados junto a las entradas del Carnegie Hall y de la Metropolitan Opera.

Por fin, detrás de Alonso se deslizó en el interior y se sentó frente a dos hombres jóvenes que ocupaban el asiento opuesto de piel negra.

Los dos lo miraban con una curiosidad indisimulada. Eran pálidos, de cabello rubio, rusos casi con toda seguridad.

Toby casi dejó de respirar como le ocurrió cuando su madre le destrozó el laúd. Mantuvo la mano en el bolsillo, sujetando la pistola. Todas las manos estaban a la vista, excepto la de Toby.

Se volvió y miró a Alonso. «Me has traicionado.»

—No, no —dijo el hombre de enfrente, el mayor de los dos, y Alonso sonrió como si acabara de escuchar un aria perfecta. El hombre hablaba como un norteamericano, no como un ruso.

—¿Cómo lo has hecho? —preguntó el hombre rubio más joven de los dos. También él era norteamericano. Miró su reloj—. Aún no son las once.

—Tengo hambre —dijo Toby. Seguía empuñando con fuerza la pistola en el bolsillo—. Siempre he querido comer en el Russian Tea Room.

Fuera o no a morir, la respuesta hizo que Toby se sintiera muy listo. Además era cierto. Si había de tomar un último almuerzo, quería que fuera en el Russian Tea Room.

El hombre mayor rio.

—Bueno, pero no dispares contra nosotros, hijo —dijo, señalando el bolsillo de Toby—. Sería una estupidez porque vamos a darte más dinero del que nunca has visto en tu vida. —Soltó otra carcajada—. Te daremos más dinero del que nunca hemos visto en nuestras vidas. Y, por supuesto, te llevaremos al Russian Tea Room.

El coche se detuvo. Alonso se apeó.

—¿Por qué te vas? —preguntó Toby. Otra vez sintió ese miedo que lo dejaba sin respiración, y su mano se apretó sobre la pequeña pistola hasta casi rasgar la tela del bolsillo.

Alonso se inclinó y lo besó. Le sujetó la cabeza y lo besó en los ojos y en los labios, y luego lo soltó.

—No me quieren a mí —dijo—. Te quieren a ti. Te he vendido a ellos, pero por tu bien. ¿Lo entiendes? Yo no puedo hacer las mismas cosas que tú. No podemos seguir adelante con esto, tú y yo. Te he vendido a ellos para protegerte. Tú eres mi chico. Siempre serás mi chico. Ahora ve con ellos. Te quieren a ti, no a mí. Vete. Yo me llevo a mi madre a Miami.

—Pero ya no tienes que hacerlo —protestó Toby—. Puedes volver a tener la casa. Puedes recuperar el restaurante. Yo cuidaré de todo.

Alonso sacudió la cabeza. Toby se sintió estúpido de inmediato.

—Hijo, con lo que me pagan, estoy encantado de irme —dijo Alonso—. Mi madre verá Miami y será feliz. —Volvió a rodear la cara de Toby con las dos manos y lo besó—. Me has traído la suerte. Cada vez que toques esas viejas canciones napolitanas, piensa en mí.

El coche arrancó.

Comieron en el Russian Tea Room, y mientras Toby daba cuenta con un apetito voraz del pollo Kiev, el mayor de los dos hombres dijo:

—¿Ves a esos hombres de allí? Son policías de Nueva York. Y el que está con ellos es del FBI.

Toby no miró. Se limitó a clavar los ojos en el hombre que hablaba. Todavía tenía la pistola a su alcance, aunque odiaba sentir su peso.

Sabía que podía, si deseaba hacerlo, llevarse por delante a los dos hombres, y probablemente matar a uno de los otros tres antes de que acabaran con él. Pero aún no iba a intentar nada parecido. Ya se presentaría por sí mismo un momento mejor.

—Trabajan para nosotros —dijo el hombre mayor—. Nos han estado siguiendo desde que salimos de tu casa. Y nos seguirán después, cuando salgamos de la ciudad. De modo que relájate. Estamos muy bien protegidos, te lo aseguro.

Y así fue como Toby se convirtió en un sicario. Así fue como Toby llegó a ser Lucky el Zorro. Pero todavía hay algo más que reseñar, sobre la transición.

Esa noche, tendido en la cama, en una gran casa de campo a bastantes kilómetros de la ciudad, pensó en la muchacha que se había arrodillado y alzado las manos. Pensó en cómo le había rogado con palabras que no necesitaban traducción. Su rostro estaba empapado en lágrimas. Pensó en cómo se había doblado sobre sí misma y sacudido la cabeza y apoyado las manos contra él.

Pensó en ella después de que le hubiera disparado, tendida allí, inmóvil como su hermano y su hermana en la bañera.

Se levantó, se puso sus ropas y el abrigo, con la pistola aún en el bolsillo, y bajó las escaleras de la gran casa, pasando delante de los dos hombres que jugaban a las cartas en la sala de estar. Ésta parecía una enorme cueva. Había muebles sobredorados por todas partes. Y mucha piel de color negro. Parecía uno de esos elegantes clubes privados de una vieja película en blanco y negro. Esperabas ver a caballeros de edad madura atisbándote desde sus sillones de orejas. Pero sólo estaban los dos hombres que jugaban a las cartas debajo de una lámpara, aunque en el hogar ardía un fuego que iluminaba con alegres reflejos la oscuridad.

Uno de los hombres se puso en pie.

—¿Deseas algo, una bebida tal vez?

—Necesito dar un paseo —dijo Toby.

Nadie lo detuvo.

Salió y caminó alrededor de la casa.

Se dio cuenta del aspecto que ofrecían las hojas de los árboles más próximos a las farolas. Se dio cuenta del brillo del hielo en las ramas desnudas de otros árboles. Observó el tejado de pizarra, alto y empinado, de la casa. Vio el reflejo de la luz en los cristales emplomados en forma de rombo de las ventanas. Una casa del norte, construida para resguardarse de las fuertes nevadas, del largo invierno, una casa como él sólo había visto en el cine, si es que se había fijado en ellas.

Escuchó el sonido de la hierba helada bajo sus pies, y llegó hasta una fuente que manaba a pesar del frío, y vio brotar el chorro de agua y caer en forma de una aérea ducha blanca en el estanque agitado a la luz tenue.

La luz venía de un farol colocado ante la puerta cochera. La limusina negra estaba aparcada allí, reluciente bajo el farol. También venía la luz de las lámparas que flanqueaban las numerosas puertas de la casa. Y la luz brotaba de pequeños focos alineados a lo largo de los senderos de grava del jardín. El aire olía a agujas de pino y a leña quemada. Había un frescor y una nitidez en el aire que no había conocido en la ciudad. Todo era de una belleza deliberada.

Aquello le recordó un verano en el que fue a pasar las fiestas a una casa a orillas del lago Pontchartrain con dos de los alumnos más ricos de los jesuitas. Eran chicos simpáticos, mellizos, y le caían muy bien. Jugaban al ajedrez, les gustaba la música clásica. Destacaban en los deportes de la escuela, hasta el punto de que en la ciudad todo el mundo iba a verlos. Toby habría querido ser amigo de esos dos chicos, pero tenía que guardar el secreto de su vida de familia. Y por esa razón, nunca llegó a tener una verdadera amistad con ellos. En el curso superior, apenas se hablaban.

Pero nunca olvidó la hermosa casa cerca de Mandeville, con sus hermosos muebles, la madre que hablaba un inglés perfecto, el padre que tenía discos de grandes ejecutantes de laúd y había dejado que Toby los escuchara en una habitación que llamaba su estudio y estaba forrada por entero de libros.

Esta casa de campo se parecía a aquella casa de Mandeville.

Yo lo observaba. Observaba su rostro y sus ojos, y veía esas imágenes en su memoria y en su corazón.

Es verdad que los ángeles no comprendemos los corazones humanos. Es muy cierto. Lloramos a la vista del pecado, a la vista del sufrimiento. Pero no poseemos corazones humanos. Sin embargo, los teólogos que anotan observaciones como ésa no tienen en consideración el poder de nuestra inteligencia. Podemos poner en relación un número infinito de gestos, expresiones, cambios en la respiración y movimientos, y deducir de todo ello conclusiones profundamente conmovedoras. Somos capaces de conocer la pena.

Yo me formé mi concepto de Toby mientras lo hacía, y escuché la música que oía él en aquella remota casa de Mandeville, una antigua grabación de un tañedor de laúd judío que interpretaba temas de Dowland. Y observé a Toby de pie bajo los pinos hasta casi helarse de frío.

Toby regresó despacio a la casa. No podía dormir. La noche no tenía el menor significado para él.

Luego ocurrió una cosa extraña cuando se aproximó a las paredes de piedra cubiertas de hiedra, algo totalmente inesperado. Del interior de la casa le llegó una música sutil y estremecedora. Seguramente una ventana quedó abierta a pesar del frío y le permitió escuchar un fragmento de tanta ternura, de una belleza tan sutil. Supo que era un fagot o un clarinete. No estaba seguro. Pero venía de la ventana situada delante de él, alta, de cristales emplomados y abierta al frío exterior. De ahí venía la música: una larga nota grávida, y luego una melodía meditativa.

Se acercó más.

Era el sonido del despertar de algo, pero luego a la melodía de los vientos se unieron otras voces, ásperas como el sonido de una orquesta al afinar los instrumentos, pero unidas en una rígida disciplina. Luego la orquesta calló y emergieron de nuevo los vientos, y de nuevo una extraña urgencia volvió a henchir las voces de la orquesta mientras los vientos se remontaban con un tono más agudo y penetrante.

Se quedó quieto junto a la ventana.

De pronto la música enloqueció. Atacaron los violines, y la percusión resonó como una locomotora lanzada en la noche. Él casi se llevó las manos a los oídos, tan feroz era aquel sonido. Los instrumentos gimieron. Lloraron. Parecía la locura, el chillido de las trompetas, el vertiginoso torrente de las cuerdas, el batir de los timbales.

No pudo ya identificar lo que estaba oyendo. Por fin el trueno se apagó. Emergió de él una melodía más suave, apoyada en una sensación de paz, en transcripciones musicales de soledad y de despertares.

Él estaba ahora recostado en el pretil de la ventana, la

cabeza inclinada, los dedos en las sienes, como para detener a cualquiera que se interpusiera entre la música y él.

Aunque empezaron a entrelazarse al azar melodías más suaves, por debajo de ellas palpitaba una urgencia oscura. De nuevo aumentó el volumen de la música. El volumen de los vientos creció hasta un punto casi insoportable. El tono se hizo inquietante.

De pronto toda la composición parecía preñada de amenazas, el preludio y reconocimiento de la vida que él había vivido. No puedes confiar en los repentinos remansos de ternura y quietud, porque la violencia volverá a irrumpir con un redoble de tambores y gritos de violines.

Una y otra vez la melodía se apagaba hasta una quietud casi perfecta y luego se producía una nueva erupción de violencia industrial tan fiera y oscura que lo paralizaba.

Entonces tuvo lugar la transformación más extraña. La música dejó de ser un asalto. Se convirtió en la sabia orquestación de su propia vida, de sus sufrimientos, de su sentimiento de culpa y su terror.

Era como si alguien hubiera arrojado una red envolvente sobre todo lo que él había llegado a ser, sobre cómo había destruido todas las cosas que tenía como sagradas.

Apretó la frente contra el cristal exterior helado de la ventana abierta.

El estruendo orquestado se le hizo insoportable, y cuando creyó que no podía resistirlo más, cuando casi se estaba ya tapando los oídos, cesó de pronto.

Abrió los ojos. En el interior de la habitación en penumbra, iluminada sólo por el fuego de la chimenea, había un hombre sentado en un gran sillón de piel, mirándolo. El reflejo del fuego centelleaba en el borde plateado de las gafas cuadradas de aquel hombre, y en su cabello blanco muy corto, y en la sonrisa de su boca.

Hizo a Toby una seña con un lánguido movimiento de su mano derecha, para que fuera hacia la puerta principal, y con la izquierda me hizo a mí el gesto de que entrara.

El hombre que estaba en la puerta principal dijo:

—El jefe quiere verte ahora, chico.

Toby recorrió una serie de habitaciones decoradas con dorados y terciopelos, con pesados cortinajes. Las cortinas estaban sujetas con cuerdas de flecos dorados. Dos fuegos estaban encendidos, uno en lo que parecía ser una gran biblioteca, y justo a continuación había una habitación con vidrios pintados de blanco y una pequeña piscina humeante en el centro, de aguas azules.

En la biblioteca, y no podía ser otra cosa con todos sus estantes abarrotados de libros, estaba sentado «el jefe» tal como Toby lo había visto desde la ventana, en su sillón de respaldo alto tapizado en cuero.

Todo lo que había en la habitación era exquisito. El escritorio era negro, de madera tallada. Había una vitrina de libros a la izquierda del hombre con figuras talladas a ambos lados de las puertas. Las figuras intrigaron a Toby.

Todo aquello parecía alemán, como si el mobiliario procediera directamente de Europa, del Renacimiento alemán.

La alfombra había sido tejida para aquella habitación, un mar inmenso de flores oscuras enmarcadas por el oro que relucía en las paredes y las altas repisas bruñidas. Toby nunca había visto una alfombra hecha a propósito para una habitación, recortada alrededor de las semicolumnas que flanqueaban las dobles puertas o de los bordes salientes de la base de las ventanas.

—Siéntate y hablemos, hijo —dijo el hombre.

Toby tomó asiento en el sillón de cuero situado enfrente, pero no dijo nada. Nada podía salir de su boca. La música sonaba aún en sus oídos.

—Voy a decirte exactamente lo que quiero que hagas —dijo el hombre. Y entonces lo explicó.

Muy estudiado, sí, pero un desafío casi imposible, aunque elegante.

—¿Pistolas? Las pistolas son chapuceras —dijo el hombre—. Esto es más sencillo, pero sólo tienes una oportunidad. —Suspiró—. Clavas la aguja en la base del cuello, o en la mano, y sigues andando. Sabes cómo hacerlo, sigues andando con la mirada al frente como si no hubieras llegado a rozar siquiera a ese tipo. La gente estará comiendo y bebiendo, descuidada. Creen que los hombres de fuera impedirán la entrada de los pistoleros a los que temen. ¿Vacilas? Entonces tu oportunidad desaparece, y si te atrapan con esa aguja...

—No me atraparán —dijo Toby—. No parezco peligroso.

—¡Es verdad! —dijo el hombre. Abrió las manos, como sorprendido—. Eres un chico guapo. No puedo localizar tu acento. Me parece que no eres de Boston. De Nueva York, tampoco. ¿De dónde vienes?

Aquello no sorprendió a Toby. Muchos descendientes de irlandeses y alemanes que vivían en Nueva Orleans tenían acentos que nadie podía adivinar. Y Toby había cultivado el acento de los ricos de la parte alta, cosa que aumentaba aún más la confusión.

—Pareces inglés, alemán, suizo, estadounidense —dijo el hombre—. Eres alto. Y eres joven, y tienes los ojos más fríos que jamás he visto.

—Quieres decir que me parezco a ti —dijo Toby.

El hombre pareció de nuevo sorprendido, pero luego sonrió.

—Supongo que sí. Pero yo tengo sesenta y siete años, y tú no llegas a los veintiuno. ¿Por qué no sueltas esa pistola y hablas conmigo?

—Puedo hacer todo lo que me pidas —dijo Toby—. Estoy impaciente por hacerlo.

—¿Lo entiendes?, no hay más que una oportunidad. —Toby asintió—. Si lo haces bien, ni se dará cuenta. Tardará por lo menos veinte minutos en morir. En ese tiempo, tú estarás ya fuera del restaurante, caminando a paso normal. Sigues caminando como si nada, y te recogeremos.

Toby se sentía de nuevo poderosamente excitado. Pero no cedió a ese sentimiento. La música no había parado en su cabeza. Aún escuchaba el primer acorde mayor de cuerdas y timbales.

Yo supe al verlo, lo excitado que estaba. Pude verlo en su respiración y en el calor de su mirada, que posiblemente el hombre no advirtió. Durante un momento Toby se pareció a Toby, inocente, lleno de planes.

—¿Qué quieres por todo esto, además de dinero? —preguntó el hombre.

Ahora fue Toby el que se sobresaltó. Y hubo un cambio radical en su rostro. El hombre se dio cuenta de la sangre que coloreó las mejillas de Toby, del brillo de su mirada.

—Más trabajo —dijo Toby—. Montones de trabajo. Y el mejor laúd que puedas comprar.

El hombre lo estudió.

—¿Cómo has llegado a todo esto? —le preguntó el hombre. De nuevo hizo un pequeño gesto con las manos abiertas. Se encogió de hombros—. ¿Cómo conseguiste hacer las cosas que hiciste?

Yo conocía la respuesta. Conozco todas las respuestas. Conocía la euforia que sentía Toby; sabía cuánto desconfiaba de aquel hombre, y cómo se deleitaba en el reto que suponía llevar a cabo lo que el hombre le pedía y luego tratar de seguir con vida. Después de todo, ¿por qué no había de matarlo aquel hombre después de haber hecho el trabajo para él? ¿Por qué no, en efecto?

Una idea azarosa se apoderó de Toby. No era la primera vez que le ocurría desear estar muerto. Así pues, ¿qué importancia tenía que ese hombre lo matara? Ese hombre no sería cruel. Sería rápido, y luego la vida de Toby O'Darc habría desaparecido, pensó. Intentó imaginar, como les ocurre a innumerables seres humanos, lo que significa ser aniquilado. La desesperación se apoderó de él como si fuera la cuerda más baja que pellizcaba de su laúd, y su reverberación siguió sonando sin fin.

La cruda excitación del trabajo inminente era el único contrapeso, y el fuerte temblor de la cuerda en su oído le prestó lo que suele considerarse valor.

El hombre parecía accesible. Pero la verdad es que Toby no confiaba en nadie. A pesar de todo, valía la pena probar. El hombre era educado, desenvuelto, cortés. A su manera, era un hombre muy seductor. Su calma era fascinante. Alonso nunca había tenido esa calma. Toby pretendía alcanzarla. Pero en realidad no conocía su significado.

—Si nunca me traicionas —dijo Toby—, haré cualquier cosa por ti, absolutamente cualquier cosa. Cosas que otros no pueden hacer. —Recordó a la muchacha que sollozaba, que rogaba, recordó la forma en que extendió los brazos, mostrando las palmas como para rechazarlo—. En serio, haré absolutamente cualquier cosa. Pero llegará el momento en que no querrás seguir viéndome a tu alrededor.

—O no —dijo el hombre—. Tú me sobrevivirás. Es indispensable que confíes en mí. ¿Sabes lo que significa «indispensable»?

Toby asintió.

—Absolutamente —dijo—. Y de momento no creo tener muchas opciones de modo que sí, confío en ti.

El hombre se quedó pensativo.

—Podrías ir a Nueva York, hacer el trabajo y largarte —dijo el hombre.

—¿Y quedarme sin la paga? —argumentó Toby.

—Podrías quedarte con la mitad que recibirás por adelantado, y sencillamente desaparecer.

—¿Es eso lo que quieres que haga?

—No —dijo el hombre. Siguió pensando.

»Podría quererte —dijo el hombre entre dientes—. Lo digo en serio. Oh, no es que quiera que seas mi amante, ¿sabes?, no es eso lo que quiero decir. Nada de ese estilo. Aunque a mi edad, no me importa mucho que sea chico o chica, ¿sabes? No, si son jóvenes y fragantes y tiernos y hermosos. Pero no me refiero a eso. Quiero decir que puedo quererte. Porque hay algo hermoso en ti, en tu modo de mirar y de hablar y en la forma en que te desplazas por una habitación.

¡Exacto! Eso era lo que estaba yo pensando. Y ahora comprendía lo que dicen que los ángeles no podemos comprender acerca de sus dos corazones, de los corazones de los dos.

Pensé en el padre de Toby y en que solía llamarlo

«Cara Bonita» y provocarlo. Pensé en el miedo y en la quiebra total de su amor. Pensé en la forma en que la belleza de la tierra sobrevive a pesar de las espinas y las deformaciones que continuamente tratan de agredirla. Pero mis pensamientos eran sólo un trasfondo. Lo importante era lo que ocurría en escena.

—Quiero parar los pies a esos rusos —dijo el hombre, la mirada perdida, pensativo, el dedo doblado un instante bajo el labio—. Nunca conté con esos rusos. Nadie lo hizo. Ni siquiera se me ocurrió que hubiera nada parecido a esos rusos. Quiero decir que no pensé que operarían en tantos niveles. No te puedes imaginar las cosas que hacen, las estafas, los fraudes. Retuercen el sistema legal de todas las maneras concebibles. Es lo que hicieron en la Unión Soviética. De eso viven. No tienen un concepto de lo que está mal.

»Y aparecen esos chapuceros, los primos terceros de alguien, y se les antoja la casa de Alonso y su restaurante. —Hizo una mueca de disgusto y sacudió la cabeza—. Es estúpido.

Suspiró. Miró el portátil abierto sobre la mesita situada a su derecha. Toby no lo había advertido antes. Era el portátil que le robó al abogado.

—Tú los mantendrás a raya para mí, una y otra vez —dijo el hombre—, y yo te querré más aún de lo que te quiero ahora. Nunca te traicionaré. Dentro de unos días comprenderás que nunca traiciono a nadie, y que por eso soy..., bueno, soy el que soy.

Toby asintió.

—Creo que ya lo he comprendido —dijo—. ¿Qué hay del laúd?

—Conozco a gente, desde luego —contestó el hombre con un gesto de conformidad—. Veré lo que hay en el mercado. Te lo conseguiré. Pero no podrá ser el mejor. El mejor laúd sería demasiado llamativo. Daría que hablar. Dejaría un rastro.

—Sé lo que significa esa palabra —dijo Toby.

—Los buenos laúdes se alquilan a solistas jóvenes, no creo que nunca se vendan en realidad. Sólo hay unos cuantos en el mundo entero.

—Comprendo —dijo Toby—. Yo no soy tan bueno. Sólo quiero tocar uno que esté bien.

—Te conseguiré el mejor que pueda comprar sin crearme problemas —dijo el hombre—. Sólo has de prometerme una cosa.

Toby sonrió.

—Desde luego. Tocaré para ti. Siempre que quieras.

El hombre se echó a reír.

—Dime de dónde vienes —insistió—. De verdad, quiero saberlo. Puedo situar a la gente así —chascó los dedos—, por su forma de hablar, por muchos estudios que hayan hecho después, por mucho barniz que lleven encima. Pero no consigo localizar tu acento. Dímelo.

—No te lo diré nunca —dijo Toby.

—¿Ni siquiera si te digo que ahora trabajas para los Chicos Buenos, hijo?

—Eso no importa —dijo Toby. Un asesinato es siempre un asesinato. Casi sonrió—. Puedes pensar que no vengo de ninguna parte. Que soy tan sólo alguien que ha brotado de la nada en el tiempo oportuno.

Me quedé atónito. Era precisamente lo que yo estaba pensando. Es alguien que ha brotado de la nada en el Tiempo oportuno.

—Y una cosa más —dijo Toby al hombre.

El hombre sonrió y abrió las manos.

—Pide.

—El nombre de la pieza musical que acaba de sonar. Quiero un ejemplar.

El hombre rio.

—Eso es muy fácil —dijo—. *La consagración de la primavera,* de Igor Stravinsky.

El hombre miró radiante a Toby, como si hubiera encontrado algo de un valor inmenso. Lo mismo me ocurría a mí.

Hacia el mediodía del día siguiente Toby dormía profundamente y soñaba con su madre. Soñaba que ella y él caminaban por una hermosa casa de techos abovedados. Y él le contaba lo importante que iba a ser, y que su hermanita iría a las Hermanas del Sagrado Corazón. Jacob estudiaría en los jesuitas.

Sólo que había algo equívoco en aquella casa espectacular. Se convirtió en un laberinto, imposible de abarcar como una vivienda en su conjunto. Las paredes se alzaban como riscos, los suelos se ladeaban. Había un gigantesco reloj negro del abuelo en la sala de estar, y frente a él la imagen del Papa, como si colgara de una horca.

Toby despertó, solo, y por un instante asustado e inseguro de dónde se encontraba. Luego empezó a llorar. Intentó reprimirse, pero su llanto era incontrolable. Se volvió boca abajo y enterró la cara en la almohada.

Vio de nuevo a la chica. La vio tendida, muerta con su pequeño top blanco de seda y sus ridículos zapatos de tacón alto, como una niña jugando a vestirse de persona mayor. Tenía cintas en su largo cabello rubio.

Su ángel de la guarda posó una mano en la cabeza de Toby. Su ángel de la guarda le hizo ver algo. Le dejó ver el alma de la muchacha elevándose, manteniendo la forma del cuerpo por hábito y por la ignorancia de que ahora no estaba sujeta a esos límites.

Toby abrió los ojos. Luego su llanto se agravó, y la cuerda baja de la desesperación vibró con más intensidad que nunca.

Se levantó y empezó a caminar. Miró en su maleta abierta. Hojeó el libro sobre los ángeles.

Volvió a tenderse y lloró hasta quedarse dormido, igual que podría haberlo hecho un niño. También recitaba una oración mientras lloraba: «Ángel de Dios, mi querido custodio, haz que los "Chicos Buenos" me maten más pronto que tarde.»

Su ángel guardián, al oír la desesperación de aquella súplica, al oír su dolor y su absoluta desolación, había vuelto la espalda y se tapaba el rostro.

Yo, no. Malaquías, no.

«Es él», pensé.

«Da un salto de diez años de tu tiempo hasta el punto donde empecé: él es Toby O'Dare para mí, no Lucky el Zorro. Y yo voy tras él.»

5

Los cantos del serafín

Si alguna vez me había sentido estupefacto en mi vida, no fue nada comparado con lo de ahora. En mi sala de estar, sólo poco a poco empezaron a emerger las formas y los colores de la neblina en la que flotaba desde que Malaquías dejó de hablar.

Volví a mi propio ser, sentado en el sofá y mirando al frente. Y lo vi a él con toda claridad, de pie contra la pared forrada de libros.

Yo estaba abrumado, roto, y era incapaz de hablar.

Todo lo que me había mostrado había sido tan vívido, tan inmediato, que yo aún seguía tanteando para encontrarme a mí mismo en el momento presente, o bien anclado a buen recaudo en cualquier otro momento.

Era tal mi sensación de pena, de profundo y terrible remordimiento, que aparté la vista de él, y muy despacio hundí la cara en mis manos.

Me sostenía una casi imperceptible esperanza de salvación. En lo profundo de mi corazón susurré: «Señor, perdóname por haberme apartado de ti.» Pero al mismo tiempo que pronunciaba esas palabras, sentía: «No lo crees. No lo crees, por más que te lo haya revelado a ti mismo más íntimamente de lo que tú mismo podías haberlo hecho. No lo crees. Tienes miedo de creerlo.»

Le oí acercarse y entonces volví de nuevo a mi ser, con él a mi lado.

—Reza para tener fe —susurró a mi oído.

Y lo hice.

Recordé un antiguo ritual.

En las tardes de crudo invierno, cuando me daba miedo volver a casa de la escuela, había llevado a Emily y Jacob a la iglesia del Santo Nombre de Jesús, y allí había rezado: «Señor, enciende el fuego de la fe en mi corazón, porque estoy perdiendo la fe. Señor, toca mi corazón, y enciéndelo.»

Las viejas imágenes habituales volvieron a mí, tan frescas como si fuera ayer. Vi la silueta borrosa de mi corazón y la llama amarilla que brotaba de él. A mi memoria le faltaba el color vibrante y el movimiento de todo lo que Malaquías me había mostrado. Pero recé con todo mi ser. Las viejas estampas se desvanecieron de pronto y me quedé solo con las palabras de la oración.

No fue un «quedarse solo» ordinario. Me encontré delante de Dios sin haberme movido. Tuve la relampagueante visión de ascender por una ladera de hierba suave y ver delante de mí una figura envuelta en una túnica..., y volvieron a mí los viejos pensamientos: «Ésta es su gloria; han pasado miles de años, pero puedes seguir sus pasos de cerca.»

—Oh, Dios mío, me duele de corazón —susurré. «Por miedo al infierno por todos mis pecados, pero sobre todo, sobre todo, sobre todo, por haberme apartado de Ti.»

Me senté de nuevo en el sofá y me sentí perdido, peligrosamente próximo a perder el sentido, como si todo lo que había visto me golpeara, merecidamente, y mi cuerpo no pudiera encajar tantos golpes. ¿Cómo podía haber amado tanto a Dios, y arrepentirme tan completamente de lo que había llegado a ser, y sin embargo no tener fe?

Cerré los ojos.

—Mi Toby —susurró Malaquías—. Sabes la magnitud de lo que has hecho, pero no puedes comprender la magnitud de lo que Él conoce.

Sentí el brazo de Malaquías sobre mi hombro. Sentí el apretón de sus dedos. Y luego me di cuenta de que se había levantado, y oí sus suaves pisadas cuando cruzó la habitación.

Levanté la vista y lo vi de pie frente a mí; de nuevo presentaba el mismo colorido vivo y la forma nítida y seductora. Emanaba de él una luz tan sutil como real. Sin estar del todo seguro, me pareció haber visto aquella luz incandescente la primera vez que apareció delante de mí en la Posada de la Misión. No se me ocurrió ninguna explicación entonces y lo rechacé como algo casual, sin ningún significado.

Ahora no lo rechacé. Me maravillé. Su rostro parecía conmovido. Era feliz. Parecía incluso dichoso. Y vino a mi mente una frase de las Escrituras acerca de la alegría en el cielo por un pecador que se arrepiente.

—Acabemos deprisa con esto —dijo impaciente. Y esta vez no hubo imágenes hirientes que acompañaran a sus palabras dichas en voz baja—. Sabes muy bien lo que ocurrió después. Nunca revelaste al Hombre Justo tu verdadero nombre a pesar de su insistencia, y más adelante, cuando las agencias te llamaron Lucky, el afortunado, también fue ése el nombre que te aplicó el Hombre Justo.

Tú lo aceptaste con una ironía amarga, y llevaste a cabo una misión tras otra, y pediste que no te tuviera cruzado de brazos, aunque sabías lo que eso significaba.

No dije nada. Me di cuenta de que lo veía a través de un tenue velo de lágrimas. Cómo me había jactado en mi desesperación. Había sido un joven que al tiempo que se ahogaba luchaba contra un monstruo marino, como si eso tuviera importancia cuando las olas se agolpaban sobre su cabeza.

—En esos primeros años, trabajaste en Europa a menudo. El disfraz importaba poco, porque tu estatura y tu cabello rubio te servían con eficacia. Entrabas en los bancos y en los restaurantes de lujo, en los hospitales y en los mejores hoteles. Nunca volviste a usar un arma de fuego, porque no tuviste necesidad de hacerlo. «El francotirador de la aguja», te llamaban en los reportajes que reseñaban tus éxitos, siempre con mucho retraso respecto de los hechos. En vano repasaban una y otra vez las imágenes borrosas de vídeo en las que aparecías.

»Fuiste solo a Roma y paseaste por la basílica de San Pedro. Viajaste al norte por Asís, Siena y Perugia, y luego fuiste a Milán, Praga y Viena. En una ocasión fuiste a Inglaterra sólo para visitar el paisaje desolado donde las hermanas Brontë habían vivido y escrito sus grandes libros; fuiste solo a ver representaciones de las obras de Shakespeare. Vagaste por la Torre de Londres, anónimo y perdido entre los demás turistas. Has vivido una vida desprovista de testigos. Has vivido tu vida más perfectamente solo de lo que nadie podría imaginar, excepto tal vez el Hombre Justo.

»Pero pronto dejaste de visitarlo. No te importaron su risa fácil ni sus observaciones agradables, ni la forma casual en que discutía las cosas que quería que hicieras.

Por teléfono podías tolerarlo; en una mesa de comedor lo encontrabas insoportable. La comida perdía todo su sabor y se te secaba en la boca.

»Y de ese modo te alejaste de ese último testigo, que pasó a convertirse en un fantasma al otro lado de una línea telefónica, y ya no en un pretendido amigo.

Dejó de hablar. Se volvió y pasó los dedos por los lomos de los libros alineados en los estantes. Parecía tan sólido, tan perfecto, tan distinto de un ser imaginario...

Creo que me oí tragar saliva a mí mismo, o puede que fuera un sollozo ahogado para reprimir mis lágrimas.

—En esto se convirtió tu vida —dijo en el mismo tono de voz, baja, sin prisas—, en estos libros tuyos y en viajes seguros por el interior del país, porque era demasiado peligroso para ti arriesgarte a cruzar fronteras. Y te instalaste aquí, hace menos de nueve meses, y bebiste la luz del sur de California con tanta ansia como si antes hubieras pasado tus días encerrado en una habitación oscura.

»Te quiero ahora —dijo—. Pero tu redención depende del Creador, de tu fe en Él. La fe se agita en tu interior. Lo sabes, ¿no es así? Ya has pedido perdón. Ya has admitido la verdad de todo lo que te he revelado, y setenta veces más. ¿Sabes que Dios te ha perdonado?

—No pude contestar nada. ¿Cómo podía alguien perdonar las cosas que yo había hecho?—. Estamos hablando de Dios Todopoderoso —susurró.

—Estoy dispuesto —murmuré—. ¿Qué puedo hacer? ¿Qué es lo que quieres que haga para redimir siquiera la mínima parte de todo esto?

—Convertirte en mi ayudante —dijo—. Ser mi instrumento humano para ayudarme a hacer lo que debo hacer en la Tierra.

Se reclinó en la pared cubierta de libros y juntó las

manos, como podría hacerlo un hombre, cruzando los dedos justo debajo de sus labios.

—Deja esa vida vacía que has modelado para ti mismo —dijo—, y préstame tu ingenio, tu valentía, tu agudeza y tu poco común apostura física. Muestras un valor notable en circunstancias en las que otros serían tímidos. Eres hábil donde otros se muestran torpes. Yo puedo servirme de todo lo que eres.

Yo sonreí al oírlo. Porque sabía a qué se refería. Lo cierto es que comprendía todo lo que me iba diciendo.

—Oyes hablar a otros humanos con los oídos de un músico —continuó—. Y amas lo que es armonioso, lo que es hermoso. A pesar de todos tus pecados, el tuyo es un corazón educado. Todo eso lo puedo poner a la obra para responder a las plegarias que el Creador quiere que sean atendidas. He buscado un instrumento humano para cumplir con su petición. Tú eres ese instrumento. Confíate a Él y a mí.

Sentí el primer estremecimiento de verdadera felicidad que había conocido en muchos años.

—Quiero creerte —susurré—. Quiero ser ese instrumento, pero pienso, quizá por primera vez en mi vida, que me da auténtico miedo hacerlo.

—No, no tienes miedo. No has aceptado Su perdón. Debes confiar en que Él puede perdonar a un hombre como tú. Y Él lo ha hecho. —No esperó a que le respondiera—. No puedes imaginar el universo que te rodea. No puedes verlo como lo vemos desde el cielo. No puedes oír las plegarias que se elevan desde todas partes, desde todos los siglos, desde todos los continentes, desde un corazón tras otro.

»Nos necesitan, a ti y a mí, en lo que para ti va a ser una edad antigua, pero no para mí, que puedo ver esos años con la misma claridad que veo este momento. Tú te trasladarás de un Tiempo Natural a otro Tiempo Natural. Pero yo existo en el Tiempo del Ángel, y tú también viajarás conmigo a través de ese tiempo.

—El Tiempo del Ángel... —susurré. ¿Qué era lo que estaba viendo?

Él habló de nuevo.

—La mirada del Creador abarca todo el tiempo. Él conoce todo lo que es, ha sido y será. Conoce lo que podría haber sido. Y es el Maestro del resto de nosotros, en la medida en que podemos comprenderlo.

Algo estaba cambiando en mi interior, de una manera radical. Mi mente se esforzaba en captar la suma total de todo lo que él me había revelado, y por mucha teología y filosofía que supiese, únicamente podía hacerlo sin palabras.

Recordé algunas frases de Agustín, citadas por el Aquinate, y las murmuré para mí entre dientes:

«Aunque nosotros no podemos medir el infinito, sin embargo éste puede ser abarcado por Aquél, cuyos conocimientos no tienen límites.»

Él sonrió. Meditaba.

Ahora se había producido en mi interior un gran cambio.

Yo estaba tranquilo.

Continuó.

—No puedo mover las sensibilidades de los que me necesitan como he zarandeado la tuya. Necesito que entres tú en su sólido mundo bajo mi dirección, un ser humano como son humanos ellos mismos, un hombre igual a ellos. Necesito que intervengas, no para llevar la muerte, sino desde el lado de la vida.

»Di que estás dispuesto y que tu vida se ha apartado

del mal, confírmalo y de inmediato te verás sumergido en los peligros y las penalidades de intentar hacer algo que es incuestionablemente bueno.

Peligros y penalidades.

—Lo haré —dije. Quise repetir esas palabras, pero parecían flotar en el aire delante de nosotros—. Donde sea. Basta que me expliques lo que quieres de mí, que me digas cómo he de cumplir tu petición. ¡Enséñamelo! No me importa el peligro. No me importan las penalidades. Dime que es bueno, y lo haré. «¡Dios querido, creo que me has perdonado! ¡Y que Tú me ofreces esta oportunidad! Soy tuyo.»

Sentí una felicidad inmediata e inesperada, una levedad henchida de gozo.

De nuevo cambió la atmósfera que me rodeaba.

Los colores de la habitación se emborronaron y se hicieron más brillantes. Pareció como si me sacaran del marco de un cuadro, y el cuadro mismo se hiciera más amplio y menos nítido, y luego se disolviera a mi alrededor en una neblina tenue, ingrávida y trémula.

—¡Malaquías! —grité.

—Estoy a tu lado —dijo su voz.

Ascendíamos. El día se había diluido en una penumbra purpúrea, pero la oscuridad se llenaba de una luz suave y acariciante. Luego estalló en mil millones de chispas de fuego.

Un sonido me sobrecogió, era tan hermoso como indescriptible. Parecía sostenerme con tanta firmeza como me elevaban las corrientes de aire, con tanta firmeza como me guiaba la cálida presencia de Malaquías, aunque yo no podía ver otra cosa que el cielo estrellado, y el sonido se convirtió en una gran y hermosa nota profunda, como el eco de un gran gong de bronce.

Se había alzado un viento penetrante, pero el resonar de la nota se impuso sobre él, y luego llegaron otras notas, moduladas, vibrantes, como un repique de muchas campanas puras e ingrávidas. Poco a poco la música disolvió enteramente el soplo del viento en sí misma, y creció y se hizo más rápida, y yo escuché un canto más fluido y rico que nada que hubiera oído anteriormente. Trascendía los himnos terrestres de manera tan indescriptible que perdí todo sentido del tiempo. Sólo podía imaginar oír aquellas canciones por siempre, y la conciencia de mí mismo desapareció.

«Dios querido, y yo que te he abandonado, que te he vuelto la espalda... Soy tuyo.»

Las estrellas habían multiplicado su número hasta parecer las arenas del mar. De hecho, su brillo hacía desaparecer la oscuridad, aunque cada estrella titilaba con una perfecta luz iridiscente. Y a mi alrededor, por encima, debajo, a los lados, vi lo que parecían ser estrellas fugaces, que cruzaban veloces sin el menor sonido.

Me sentí incorpóreo en medio de aquel espacio que no deseaba abandonar nunca más. De pronto, como si me lo hubiera dicho alguien, me di cuenta de que las estrellas fugaces eran ángeles. Lo supe sin más. Supe que eran ángeles que viajaban arriba y abajo y a través y en diagonal, y que esos viajes veloces e inevitables formaban parte de la urdimbre y la trama de aquel gran reino universal.

Yo no viajaba a la misma velocidad. Yo iba a la deriva. Pero incluso en esa palabra está implicada la fuerza de la gravedad para que exprese adecuadamente la fácil naturalidad con la que me movía.

De forma muy gradual, la música dio paso a otro sonido. Empezó en un tono muy bajo y fue haciéndose más urgente, un coro de susurros que venían de muy abajo. Muchas voces cuchicheadas, secretas, se unían en aquel susurro que se fundía con la música hasta el punto en que parecía que todo el mundo situado debajo de nosotros, o en torno a nosotros, estaba lleno de aquel cuchicheo. A pesar de que distinguí multitud de sílabas, todas parecían expresar un mismo ruego.

Miré abajo, asombrado de conservar algún sentido de orientación. La música se hizo más tenue al aparecer a la vista un gran planeta sólido. Añoré la música. Sentí que no podría soportar perderla. Pero nos sumergíamos en dirección a aquel planeta, y supe que aquello era justo y bueno, y no me resistí en forma alguna.

Por todas partes las estrellas fugaces seguían cruzando de un lado a otro, y en mi mente no tuve la menor duda de que todas eran ángeles que atendían plegarias. Eran los mensajeros activos de Dios, y me sentí un privilegiado por ver aquello, a pesar de que la música más etérea que jamás había oído ahora casi había desaparecido por completo.

El coro de susurros era muy vasto y a su manera su sonido era también perfecto, aunque más oscuro. «Son los cantos de la tierra —pensé con plena conciencia—, y están llenos de tristeza, y necesidad, y adoración, y reverencia, y respeto.»

Vi aparecer masas oscuras de tierra en las que espejeaban miríadas de luces, y la gran capa satinada de los mares. Las ciudades eran visibles para mí en la forma de grandes redes de iluminación que aparecían y desaparecían bajo una capa tras otra de nubes opacas. Luego distinguí formas más pequeñas, a medida que nos aproximábamos.

La música había desaparecido ahora casi por completo, y el coro de plegarias era el sonido que atronaba en mis oídos.

Durante una fracción de segundo me hice una multitud de preguntas, pero de inmediato quedaron contestadas. Nos acercábamos a la Tierra..., pero en una época distinta.

—Recuerda —dijo Malaquías en voz baja a mi oído— que el Creador conoce todas las cosas, todo lo pasado y lo presente, todo lo que ha sucedido y sucederá, y también lo que podría haber sucedido. Recuerda que no hay pasado ni futuro donde está el Creador, sino sólo un vasto presente de todos los seres vivos.

Yo estaba plenamente convencido de la verdad de sus palabras, y absorto en ello, y de nuevo me sentí henchido de una inmensa gratitud, una gratitud tan abrumadora que empequeñecía cualquier emoción que nunca hubiera experimentado de forma consciente. Estaba viajando con Malaquías a través del Tiempo del Ángel y de regreso al Tiempo Natural, y me sentía a salvo porque era él quien me sostenía.

La miríada de chispas de luz que se movían a gran velocidad iba ahora adelgazándose o desvaneciéndose ante mi vista. Debajo mismo de nosotros, en un borbotón de rezos susurrantes y frenéticos, vi un gran grupo de tejados cubiertos de nieve y de chimeneas que arrojaban al aire su humo enrojecido.

Llegó a mi olfato el delicioso olor de los fuegos de leña. Las oraciones tenían distintas palabras e intensidades variables, pero no conseguí comprender lo que decían.

Sentí que todo mi cuerpo adquiría forma de nuevo, cuando aquel susurro me envolvió, y también me di cuenta de que mis viejos vestidos habían desaparecido. Ahora llevaba algo que parecía ser de lana gruesa.

Pero no me preocupé de mí mismo ni de cómo iba vestido. Estaba demasiado intrigado por lo que veía abajo.

Creí ver un río que fluía entre las casas, una cinta de plata en la oscuridad, y la forma vaga de lo que debía de ser una catedral muy grande, con su inevitable forma de cruz. Sobre una altura se asentaba lo que debía de ser un castillo. Y todo el resto eran tejados apiñados, algunos completamente tapizados de blanco y otros tan empinados que la nieve había resbalado en algunas partes.

De hecho la nieve caía, con una blandura deliciosa que pude oír.

Más y más fuerte llegaba hasta mí el gran coro de susurros superpuestos unos a otros.

—Están rezando, y están asustados —dije en voz alta, y oí mi voz muy inmediata y próxima a mí mismo, como si yo no estuviera en el amplio espacio del cielo. Sentí un frío intenso. El aire me envolvió. Sentí la nieve en la cara y las manos. Quise con desesperación oír por última vez la música perdida, y para mi asombro la oí resonar como un eco poderoso, que enseguida se extinguió.

Quise llorar de gratitud por aquello, pero tenía que descubrir lo que había venido a hacer. Yo no merecía oír aquella música. Y me aferré a la idea de que podía hacer alguna cosa buena en este mundo, mientras me esforzaba por reprimir las lágrimas.

—Están rezando por Meir y Fluria —dijo Malaquías—. Ruegan por toda la judería de la ciudad. Tú serás la respuesta a sus rezos.

—Pero ¿cómo, qué haré?

Me costaba pronunciar las palabras, pero ahora estábamos muy cerca de los tejados y podía distinguir los callejones y las calles que rodeaban la plaza, y la nieve que cubría las torres del castillo, y la cubierta de la catedral que relucía como si la luz de las estrellas brillara a través de la nevada, y empequeñecía todo el resto de aquella pequeña ciudad.

—Anochece en la ciudad de Norwich —dijo Malaquías, y su voz íntima y perfecta no se vio alterada por nuestro descenso ni por los rezos que llegaban a mis oídos—. Las representaciones navideñas han concluido hace unos instantes, y empieza un tiempo de dificultades para la judería.

No tuve que pedirle más explicaciones. Conocía la voz «judería», que en este caso designaba a los habitantes judíos de Norwich y el pequeño barrio separado donde vivía la mayor parte de ellos.

Nuestro descenso se había hecho más rápido. Vi el río, y por un momento me pareció ver los rezos mismos que se elevaban, pero el cielo se oscurecía, los techos de las casas se alzaban como fantasmas debajo de mí, y de nuevo sentí la caricia húmeda de la nieve que caía.

Nos encontrábamos ahora en el interior de la ciudad misma, y mis pies entraron suavemente en contacto con tierra firme. Estábamos rodeados de casas construidas en parte de madera, peligrosamente inclinadas, que parecían a punto de derrumbarse sobre nosotros en cualquier momento. En algunas ventanas estrechas y gruesas se veía la débil claridad de una luz encendida.

Sólo pequeños copos de nieve revoloteaban en el aire frío.

Me miré a mí mismo a aquella luz mortecina y vi que iba vestido de monje, y reconocí el hábito de inmediato. Llevaba la túnica blanca, el largo escapulario también blanco y el manto negro con la capucha de un dominico. Ceñía mi cintura la familiar soga nudosa, pero la tira de tela blanca del escapulario la ocultaba. De mi hombro izquierdo colgaba una bolsa de piel para libros. Yo estaba atónito.

Me llevé las manos a la cabeza, inquieto, y descubrí que había sido tonsurada, y llevaba el área circular rasurada y el borde anular de cabellos cortos característicos de los monjes de aquella época.

—Has hecho de mí lo que siempre quise ser —dije—. Un fraile dominico.

Sentía tal excitación que apenas podía contenerme. Quise saber lo que llevaba en la bolsa de piel.

—Ahora escucha —dijo, y aunque no pude verlo, su voz despertó ecos en las paredes. Parecíamos perdidos entre las sombras. De hecho, él no era visible en absoluto. Yo estaba solo.

Pude oír voces airadas en la noche, no muy lejos. Y el coro de plegarias se había extinguido.

—Estoy a tu lado —dijo. Durante un instante el pánico me dominó, pero entonces sentí la presión de su mano en la mía—. Escúchame. Lo que oyes es un tumulto en la calle vecina, y el tiempo apremia. El rey Enrique de Winchester se sienta en el trono inglés —explicó—. Y tú mismo te darás cuenta de que estamos en el año 1257, pero ninguno de esos datos te será de interés aquí. Conoces la época como tal vez ningún humano de tu propio siglo, y la conoces como ella misma no puede conocerse. Meir y Fluria quedan a tu cargo, y toda la judería está rezando porque Meir y Fluria corren grave peligro, y como puedes comprender por ti mismo, ese peligro podría extenderse a toda la pequeña comunidad judía de esta ciudad. El peligro podría llegar incluso a Londres.

Yo estaba totalmente fascinado, y sentía una excitación desconocida para mí en mi vida natural. Y sí que conocía aquella época y el peligro que había acechado a los judíos de Inglaterra en todas partes.

También me estaba quedando helado.

Miré hacia abajo y vi que llevaba zapatos con hebillas. Mis piernas estaban cubiertas por medias de lana. Gracias a Dios no era un franciscano, obligado a llevar sandalias en los pies desnudos, pensé, y entonces me sentí avergonzado de mi frivolidad. Tenía que dejar de desbarrar, y concentrarme en lo que debía hacer.

—Exactamente —oí la voz íntima de Malaquías—. Pero ¿te dará satisfacción lo que has venido a hacer aquí? Sí, te la dará. No hay ningún ángel de Dios que no sienta alegría cuando ayuda a los humanos. Y ahora tú trabajas para nosotros. Eres nuestro hijo.

—¿Puede verme esa gente?

—Con toda claridad. Te verán y te escucharán, y tú los comprenderás y ellos te comprenderán a ti. Sabrás cuándo estás hablando en francés o inglés o hebreo, y cuándo ellos te hablan en esas lenguas. Cosas así resultan fáciles para nosotros.

—Pero ¿y tú?

—Yo estaré siempre contigo, ya te lo he dicho —dijo—. Pero sólo tú me verás y me oirás. No intentes hablar conmigo con los labios. Y no me llames a menos que te veas obligado a hacerlo.

»Ahora ve a ese tumulto, y métete en medio de todos, porque está degenerando en algo que no debería ser. Eres un monje viajero y has venido desde Italia, cruzando Francia, hasta Inglaterra. Eres el hermano Tobías, lo cual te será bastante fácil de recordar.

Yo estaba más impaciente por hacerlo de lo que podía expresar.

—¿Qué más necesito saber?

—Confía en tus dones —dijo—. Los dones por los que te he elegido. Hablas bien, incluso con elocuencia, y tienes una gran confianza cuando desempeñas un papel con un propósito determinado. Confía en el Creador y confía en mí.

Oí que las voces subían de tono en la calle vecina. Sonó una campana.

—Debe de ser el toque de queda —dije rápidamente. Mis pensamientos se agolpaban. Lo que sabía de aquel siglo acudía a mi mente de forma espontánea, y de nuevo sentí aprensión, casi miedo.

—Es el toque de queda —dijo Malaquías—. E irritará a los que están provocando el alboroto, porque están impacientes por llegar a un desenlace. Ahora ve.

6

El misterio de Lea

Era un tumulto grave, y atemorizador en apariencia, porque no todos los que participaban en él eran chusma ni mucho menos. Unos llevaban linternas y otros antorchas, y unos pocos cirios, y muchos llevaban ricas vestiduras de terciopelo y de piel.

Las casas a ambos lados de la calle eran de piedra, y recordé que los judíos habían construido las primeras casas de piedra de Inglaterra, por buenas razones.

Mientras me acercaba, oía la voz íntima de Malaquías.

—Los canónigos vestidos de blanco pertenecen al priorato de la catedral —dijo, mientras yo echaba una mirada a los tres hombres bien abrigados que estaban más cerca de la puerta de la casa—. Los dominicos se han reunido allí en torno a lady Margaret, que es sobrina del sheriff y prima del arzobispo. Junto a ella está su hija Nell, una niña de trece años. Son ellas quienes han acusado a Meir y Fluria de envenenar a su hija y enterrarla en secreto. Recuérdalo, Meir y Fluria están a tu cargo, y tú has venido aquí para ayudarles.

Había mil preguntas que quería hacer. Sólo contaba con el dato de que una niña tal vez había sido asesinada. Y de una forma muy vaga establecí la relación obvia: aquellas personas eran acusadas del mismo crimen que yo había cometido de forma habitual.

Me abrí paso en medio de la multitud, y Malaquías se esfumó y yo lo supe. Ahora era mi turno.

Era lady Margaret quien llamaba a la puerta cuando me acerqué. Iba maravillosamente ataviada, con un vestido ceñido de mangas amplias, orlado de piel, y encima un manto amplio forrado de piel y con capucha. Su rostro estaba húmedo de lágrimas, y su voz rota.

—¡Salid y responded! —decía. Parecía enteramente sincera y presa de angustia—. Meir y Fluria, os lo pido. Enseñadnos a Lea ahora mismo o explicadnos por qué no está aquí. No toleraremos más vuestras mentiras, lo juro.

Se dio la vuelta de modo que su voz fuera oída por toda la multitud.

—No nos contéis más historias fantásticas de que la niña ha sido llevada a París.

La muchedumbre emitió un gran rugido de aprobación.

Yo fui a saludar a los otros dominicos, que se acercaron al verme, y les dije entre dientes que era el hermano Tobías, un peregrino que había recorrido muchas tierras.

—Bueno, pues llegas en el momento justo —dijo el más alto y autoritario de los frailes—. Soy fray Antonio, el superior de este lugar como sin duda sabes si vienes de París, y estos judíos han envenenado a su propia hija por haberse atrevido a entrar en la catedral la noche de Navidad.

Aunque se esforzó en hablar en voz baja, arrancó de

inmediato un sollozo de lady Margaret y de su hija Nell. Y muchos gritos y voces de apoyo de los que nos rodeaban.

La joven Nell estaba vestida de forma tan exquisita como su madre, pero parecía mucho más angustiada; sacudía la cabeza y sollozaba.

—Todo ha sido por mi culpa, por mi culpa. Yo la llevé a la iglesia.

De pronto, los canónigos de hábitos blancos del priorato empezaron a discutir con el fraile que había hablado conmigo.

—Ése es fray Jerónimo —susurró Malaquías—, y como verás es quien dirige la oposición a esta campaña para hacer mártir y santa a una judía.

Me sentí más tranquilo al oírlo, pero ¿cómo pedirle más información?

Noté que me empujaba adelante y de pronto me encontré con la espalda apoyada en la puerta de la gran casa de piedra en la que obviamente vivían Meir y Fluria.

—Perdonadme, soy un extraño aquí —dije, y mi propia voz sonó enteramente natural a mis oídos—, pero ¿por qué estáis tan seguros de que ha habido un crimen?

—Porque no aparece por ninguna parte, por eso lo sabemos —dijo lady Margaret. Era sin la menor duda una de las mujeres más atractivas que yo había visto en mi vida, a pesar de sus ojos enrojecidos y húmedos—. Nos llevamos con nosotras a Lea porque quería ver al Niño Jesús —me dijo en tono amargo, con los labios temblorosos—. Nunca imaginamos que sus propios padres la envenenarían y velarían sobre su lecho de muerte con sus corazones de piedra. Hazles salir. Haz que respondan.

Toda la multitud empezó a gritar al oír esas palabras, y el clérigo vestido de blanco, fray Jerónimo, pidió silencio.

Me miró ceñudo.

—Ya tenemos suficientes dominicos en esta ciudad —dijo—. Y también a un mártir perfecto en nuestra catedral, el pequeño san Guillermo. Los malvados judíos que lo asesinaron murieron hace mucho tiempo, y no quedaron sin castigo. Tus hermanos dominicos quieren ahora su propio santo, porque el nuestro no es lo bastante bueno para ellos.

—Es a la pequeña santa Lea a quien queremos celebrar ahora —dijo lady Margaret con su voz ronca y trágica—. Y Nell y yo hemos sido la causa de su desgracia. —Contuvo el aliento—. Todos sabemos la historia del pequeño Hugo de Lincoln, y los horrores...

—Lady Margaret, ésta no es la ciudad de Lincoln —insistió fray Jerónimo—. Y no tenemos pruebas como las que se encontraron en Lincoln para pensar que ha habido un asesinato. —Se volvió hacia mí—. Si habéis venido a rezar ante las reliquias del pequeño san Guillermo, sois bienvenido —dijo—. Veo que sois un fraile instruido, y no un mendicante común. —Dirigió una mirada sombría a los otros dominicos—. Y os puedo decir ahora mismo que el pequeño san Guillermo es un verdadero santo, famoso en toda Inglaterra, mientras que esta gente ni siquiera tiene constancia de que la hija de Fluria, Lea, haya sido bautizada.

—Sufrió el bautismo de sangre —insistió el dominico fray Antonio. Hablaba con la confianza de un predicador—. ¿No nos dice el martirio del pequeño Hugo lo que son capaces de hacer los judíos, si se les permite hacerlo? Esta muchacha murió por su fe, murió por haber entrado en la iglesia en la Nochebuena. Y este hombre y esta mujer han de responder, no sólo del crimen innatural de matar a su propia carne y sangre, sino de la muerte de una cristiana, porque eso es lo que era Lea.

La multitud lanzó un gran rugido de aprobación, pero comprobé que muchos de los presentes no creían que fuera cierto lo que había dicho.

¿Cómo y qué se suponía que debía hacer yo? Me volví, llamé a la puerta y dije en voz suave:

—Meir y Fluria, estoy aquí para defenderos. Por favor, contestad.

Ni siquiera sabía si podían oírme.

Mientras, media ciudad parecía haberse sumado a la multitud, y de pronto empezó a sonar en una torre el toque de alarma de una campana. Más y más gente se apiñaba en la calle de las casas de piedra.

De pronto la multitud fue apartada a empujones por soldados que llegaban. Vi a un hombre a caballo, bien vestido, con la cabellera blanca flotando al viento y una espada colgando de la cadera. Detuvo su montura a pocos metros de la puerta de la casa, y allí se reunieron a su espalda por lo menos cinco o seis jinetes.

Algunas personas se marcharon al instante. Otras empezaron a gritar: «Arrestadlos. Arrestad a los judíos. Arrestadlos.» Otros volvieron a acercarse cuando el hombre desmontó y se acercó a quienes estábamos junto a la puerta; sus ojos pasaron sobre mi rostro sin que su expresión cambiara lo más mínimo.

Lady Margaret habló antes de que el hombre pudiera hacerlo.

—Señor sheriff, sabéis que los judíos son culpables —dijo—. Sabéis que les han visto en el bosque llevando un fardo pesado, y sin duda han enterrado a esa niña debajo del gran roble.

El sheriff, un hombre alto y fornido con una barba tan blanca como sus cabellos, miró a su alrededor disgustado.

—Que pare ya esa campana de alarma —gritó a uno de sus hombres.

Me dirigió otra mirada, pero yo no me aparté de su paso.

Se volvió para dirigirse a la multitud.

—Os recuerdo, buenas gentes, que estos judíos son propiedad de Su Majestad el rey Enrique, y que si causáis algún daño a ellos, a sus casas o a sus propiedades, estáis dañando al rey, y os tendré bajo arresto y os haré enteramente responsables de lo que ocurra. Éstos son judíos del rey. Son siervos de la Corona. Ahora marchaos de aquí. ¿Es que vamos a tener un mártir de los judíos en todas las ciudades del reino?

Aquello provocó un aluvión de protestas y de razones.

Lady Margaret le tomó del brazo.

—Tío —le imploró—. Aquí ha ocurrido una cosa horrible. No, no ha sido una profanación ruin como la del pequeño san Guillermo o la del pequeño san Hugo. Pero ha sido igual de malvada. Por el hecho de haber llevado a esa niña con nosotras a la iglesia por la Nochebuena...

—¿Cuántas veces voy a tener que oír lo mismo? —le contestó él—. Día tras día hemos sido amigos de esos judíos, ¿y ahora hemos de volvernos contra ellos porque una muchacha se haya marchado sin despedirse de sus amigos gentiles?

La campana había enmudecido, pero la calle seguía abarrotada de gente, y me pareció ver que algunos incluso se habían subido a los tejados.

—Volved a vuestras casas —dijo el sheriff—. Ya ha sonado el toque de queda. ¡Cometéis un delito si os quedáis aquí!

Los soldados intentaron juntar un poco más sus monturas, pero no era fácil.

Lady Margaret hizo señas furiosas a determinadas personas para que se adelantaran, y al poco aparecieron dos individuos andrajosos que apestaban a vino. Vestían las sencillas túnicas de lana y las calzas de la mayoría de los hombres presentes, pero llevaban los pies envueltos en trapos y los dos parecían aturdidos por la luz de las antorchas y los muchos brazos que tiraban de ellos o les empujaban para verlos mejor.

—Vamos, estos testigos vieron a Meir y Fluria en el bosque con un saco —gritó lady Margaret—. Les vieron junto al gran roble. Señor sheriff, querido tío, de no haberse helado la tierra, ya habríamos sacado el cuerpo de la niña del lugar donde lo enterraron.

—Pero estos hombres son unos borrachos —dije, sin pensar—. Y si no tenéis el cuerpo, ¿cómo podéis probar que ha habido un crimen?

—Ésa es exactamente la cuestión —dijo el sheriff—. Y aquí tenemos un dominico que no está medio loco para pretender convertir en santa a una muchacha que a estas horas debe de estar acompañando a sus queridos parientes en la ciudad de París. —Se volvió hacia mí—. Son vuestros hermanos quienes han atizado este fuego. Haced que recobren la sensatez.

Los dominicos se enfurecieron al oír aquello, pero fue otro aspecto de su actitud el que me llamó la atención. Eran sinceros. Era evidente que estaban convencidos de tener razón.

Lady Margaret se puso frenética.

—Tío, ¿no entiendes mi responsabilidad en esto? He de perseguirlos. Fui yo, con Nell que está aquí, quien llevó a la niña a misa y a ver las representaciones de Navidad. Fuimos nosotras las que le explicamos los himnos, las que respondimos a sus inocentes preguntas...

—¡Sus padres le perdonaron todo eso! —declaró el sheriff—. ¿Quién en la judería tiene mejor carácter que Meir, el maestro? Vamos, fray Antonio, vos habéis estudiado hebreo con él. ¿Cómo podéis acusarlo de esas cosas?

—Sí, yo estudié con él —dijo fray Antonio—, pero sé que es débil y que está dominado por su mujer. Ella es a fin de cuentas la madre de la apóstata...

La multitud aclamó ese término.

—¿Apóstata? —gritó el sheriff—. ¡No sabéis si la niña apostató! Hay demasiadas cosas que sencillamente no sabemos.

Era obvio que la multitud estaba fuera de su control, y que él se daba cuenta.

—Pero ¿por qué estáis tan seguro de que la niña ha muerto? —pregunté a fray Antonio.

—Se puso enferma la mañana del día de Navidad —dijo—. Por eso. Fray Jerónimo lo sabe bien. Es físico además de monje. Él la atendió. Empezaron a envenenarla ya entonces. Y pasó todo el día en la cama con dolores cada vez más fuertes, mientras el veneno le mordía en el estómago, y ahora ha desaparecido sin dejar huella y esos judíos tienen el descaro de decir que sus primos se la han llevado a París. ¿Con este tiempo? ¿Haríais vos un viaje así?

Parecía como si todos los que escuchaban tuviesen algo que decir sobre el asunto, pero alcé la voz para hacerme oír.

—Bueno, yo he venido aquí con este tiempo, ¿no es cierto? —respondí—. No podéis acusar a nadie de un crimen sin pruebas. Así son las cosas. ¿No hubo un cuerpo del pequeño san Guillermo? ¿No hubo una víctima en el caso del pequeño san Hugo?

Lady Margaret volvió a recordar a todo el mundo que la tierra estaba helada alrededor del roble.

La muchacha gritó desesperada:

—Yo no pensé que hubiera nada malo. Ella sólo quería escuchar la música. Le gustaba la música. Le gustaba la procesión. Quería ver al Niño en el pesebre.

Aquello provocó nuevos gritos en la multitud que nos rodeaba.

—¿Por qué no hemos visto a los primos que vinieron a llevársela a ese viaje inesperado? —nos preguntó fray Antonio, a mí y al sheriff.

El sheriff miró a su alrededor, inquieto. Alzó la mano e hizo una señal a sus hombres, y uno de ellos se alejó al trote. Entre dientes me dijo a mí:

—Le he enviado a traer más hombres para proteger toda la judería.

—Yo pido —intervino lady Margaret— que Meir y Fluria respondan. ¿Por qué se han encerrado esos malvados judíos en sus casas? Porque saben la verdad.

Fray Jerónimo intervino de inmediato:

—¿Malvados judíos? ¿Meir y Fluria, y el viejo Isaac, el médico? ¿No eran esas mismas personas nuestros amigos? ¿Y ahora son todos malvados?

Fray Antonio, el dominico, replicó de inmediato:

—Les debéis la mayor parte de vuestros vestidos, de vuestros cálices, del mismo priorato —dijo—. Pero no son amigos. Son prestamistas.

De nuevo empezaron los gritos, pero ahora la multitud se hizo a un lado y un anciano de cabello gris suelto y espalda encorvada se abrió paso a la luz de las antorchas. Su túnica y su manto aparecían salpicados por el barro que siguió a la nevada. Sus zapatos lucían finas hebillas de oro.

Enseguida vi el parche amarillo cosido al pecho que revelaba su condición de judío. El parche estaba recortado con la silueta de las tablas de los Diez Mandamientos, y me pregunté cómo alguien, en todo el mundo, podía haber considerado aquella imagen en particular como una señal vergonzosa. Y, sin embargo, así había sido, y los judíos de toda Europa fueron obligados a llevarla durante muchos años. Yo sabía y comprendía aquello.

Fray Jerónimo dijo en tono seco a todos que dejaran paso a Isaac, hijo de Salomón, y el anciano se colocó sin aparentar temor junto a lady Margaret, delante de la puerta.

—¿Cuántos de nosotros —preguntó fray Jerónimo— hemos acudido a Isaac en busca de pociones, de vomitivos? ¿Cuántos hemos sanado por sus hierbas y sus conocimientos? Yo mismo he recurrido a la sabiduría y el juicio de este hombre. Sé que es un gran físico. ¿Cómo os atrevéis a desoír lo que dice ahora?

El anciano permaneció resuelto y en silencio hasta que todos los gritos se apagaron. Los canónigos de ropajes blancos de la catedral se habían aproximado a él, para defenderlo. Por fin el anciano habló, con una voz profunda y algo temblorosa.

—Yo atendí a la niña —dijo—. Es verdad que entró en la iglesia en la noche misma de Navidad, sí. Es verdad que quiso ver las hermosas funciones. Quiso escuchar la música. Sí que hizo todo eso, pero volvió a la casa de sus padres como una niña judía, tal como la había dejado. ¡Sólo era una niña, y olvidó con facilidad! Enfermó, como podía haberle ocurrido a cualquiera con este tiempo inclemente, y pronto la fiebre hizo que delirara.

Pareció que los gritos iban a reproducirse otra vez, pero tanto el sheriff como fray Jerónimo reclamaron silencio con sus gestos. El anciano miró a su alrededor con una dignidad marchita, y continuó:

—Supe lo que era. Era la pasión ilíaca. Sentía un fuerte dolor en un costado. Ardía de fiebre. Pero luego la fiebre cedió, el dolor desapareció, y antes de que abandonara estas tierras para marchar a Francia, era otra vez ella misma, y yo hablé con ella, y también fray Jerónimo, vuestro propio físico, aunque mal podéis decir que yo no haya sido el físico de la mayoría de vosotros.

Fray Jerónimo asintió con vigor a sus palabras.

—Os repito lo que os he dicho antes —dijo—. Yo la vi antes de que se fuera de viaje, y estaba curada.

Empecé a darme cuenta de lo que ocurría. La niña había padecido seguramente una apendicitis, y cuando el apéndice reventó, el dolor disminuyó naturalmente. Pero empecé a sospechar que el viaje a París era una invención desesperada.

El anciano no había terminado.

—Vos, pequeña dama Eleanor —dijo a la joven—, ¿no le llevasteis flores? ¿No la visteis tranquila y sosegada, antes de su viaje?

—Pero nunca he vuelto a verla —gritó la niña—, y nunca me dijo que iba a hacer un viaje.

—¡Toda la ciudad estaba pendiente de las continuas funciones, de las representaciones en la plaza! —dijo el viejo médico—. Sabes que fuisteis, todos vosotros. Y nosotros no asistimos a esos espectáculos. No forman parte de nuestro modo de vida. Sus primos vinieron, se la llevaron y ella se fue, y vosotros no os enterasteis.

Supe al instante que no decía la verdad, pero parecía decidido a decir lo que fuera preciso para proteger, no sólo a Meir y Fluria, sino a toda su comunidad.

Algunos jóvenes que se habían colocado detrás de los dominicos se adelantaron ahora, y uno de ellos dio un empujón al anciano y le llamó «sucio judío». Los otros zarandearon al viejo médico de un lado para otro.

—Basta —declaró el sheriff, y dio una señal a sus jinetes. Los jóvenes brutos echaron a correr. La multitud se apartó delante de los caballos.

»Arrestaré a cualquiera que ponga la mano sobre estos judíos —dijo el sheriff—. ¡Sabemos lo que ocurrió en Lincoln cuando las cosas se salieron de madre! Estos judíos no son propiedad vuestra, sino de la Corona.

El anciano estaba muy agitado. Yo alargué la mano para sostenerlo. Me miró, y vi de nuevo en él desdén y dignidad ultrajada, pero también una tenue gratitud por mi comprensión.

Llegaron más gritos de la multitud y la muchacha se echó a llorar de nuevo con desconsuelo.

—Si por lo menos tuviéramos un vestido que hubiese pertenecido a Lea... —lloriqueó—. Eso confirmaría lo que ha sucedido, porque sólo con tocarlo muchos podrían sanar.

Era una superstición asombrosamente popular, y lady Margaret insistió en que sin duda encontraríamos toda la ropa dentro de la casa, porque la niña había muerto y no se la había llevado de viaje.

Fray Antonio, el superior de los dominicos, alzó las manos y pidió paciencia.

—Voy a contaros una historia antes de seguir con

esto —anunció—, y os ruego, señor sheriff, que vos la escuchéis también.

Oí la voz de Malaquías junto a mi oído.

—Recuerda que tú también eres un predicador. No dejes que los convenza.

—Hace muchos años —dijo fray Antonio—, un malvado judío de Bagdad se enfureció al saber que su hijo se había convertido al cristianismo, y arrojó al niño a un horno ardiente. Cuando parecía que la víctima inocente iba a consumirse, bajó de los cielos la bendita Virgen María en persona y rescató al niño, que salió sano y salvo de entre las llamas. Y el fuego consumió en cambio al malvado judío que había intentado causar un daño tan grande a su hijo cristiano.

Pareció que la multitud iba a asaltar la casa después de oír aquello.

—Esa historia es muy vieja —grité yo a mi vez, furioso—, y se cuenta por todo el mundo. Cada vez el judío es diferente y la ciudad también, y el desenlace es siempre el mismo, pero ¿quién de vosotros ha visto nada parecido con sus propios ojos? ¿Por qué todo el mundo está dispuesto a creer una cosa así? —Seguí hablando tan fuerte como pude—. Tenéis aquí un misterio, pero no tenéis ni a Nuestra Señora bendita ni la menor prueba, y habéis de deteneros.

—¿Y quién eres tú, para venir aquí y hablar en defensa de estos judíos? —preguntó fray Antonio—. ¿Quién eres para desafiar al superior de nuestra propia casa?

—No ha sido mi intención faltaros al respeto —dije—, sino tan sólo señalar que esa historia no prueba nada, y menos aún la culpabilidad o inocencia de nadie de este lugar. —Se me ocurrió una idea, y alcé de nuevo la voz tanto como pude—. Todos vosotros creéis en vuestro niño santo —grité—. El pequeño san Guillermo, cuyas reliquias se guardan en vuestra catedral.

»Pues bien, id a verle ahora y rezadle para que os guíe. Que el pequeño san Guillermo os aconseje. Rezad para descubrir la tumba de la muchacha, si tanto empeño tenéis en ello. ¿No será el santo el intercesor perfecto? No podríais encontrar a nadie mejor. Id todos a la catedral, ahora mismo.

—Sí, sí —gritó fray Jerónimo—, eso es lo que hemos de hacer.

Lady Margaret parecía un poco aturdida por aquel giro de la situación.

—¿Quién mejor que el pequeño san Guillermo? —dijo fray Jerónimo, después de dirigirme una rápida mirada—. Él mismo fue asesinado por los judíos de Norwich, hace cien años. Sí, id a su capilla de la catedral.

—Id todos a la capilla —dijo el sheriff.

—Yo os digo —intervino fray Antonio—, que tenemos otra santa aquí, y que es nuestro derecho exigir a sus padres que nos entreguen las ropas que ha dejado esa niña. Ya ha ocurrido un milagro junto al roble. Todas las ropas que haya aquí han de ser consideradas reliquias santas. Yo digo que hundáis la puerta, si es necesario, y os llevéis las ropas.

La multitud se exaltaba. Los jinetes se adelantaron, y obligaron a la gente a dispersarse o a retroceder. Algunos abuchearon a los soldados, pero fray Jerónimo se mantuvo firme con la espalda pegada a la puerta de la casa y los brazos extendidos, gritando:

—¡A la catedral, al pequeño san Guillermo, vamos todos juntos ahora!

Fray Antonio se abrió paso por entre el sheriff y yo, y empezó a golpear la puerta.

El sheriff se puso furioso. Se volvió a la puerta.

—Meir y Fluria, estad preparados. Me propongo llevaros al castillo para vuestra salvaguarda. Si es necesario, me llevaré también al castillo a todos los judíos de Norwich.

La multitud se sentía frustrada, pero reinaba la confusión y muchos coreaban el nombre del pequeño san Guillermo.

—¿Y después? —dijo el viejo médico judío—. Si os lleváis a Meir y Fluria y a todos nosotros a la torre, esta gente saqueará nuestras casas y arrojará al fuego nuestros libros sagrados. Por favor, os lo ruego, llevaos a Fluria, la madre de esa infortunada, pero dejadme hablar con Meir, y tal vez podamos hacer alguna donación, fray Antonio, a vuestro nuevo priorato. Los judíos siempre se han mostrado generosos en estas cuestiones.

En otras palabras, ofrecía un soborno. Pero la sugerencia tuvo un efecto milagroso en quienes la oyeron.

—Sí, que paguen —murmuró alguien. Y otro:

—¿Por qué no?

Y la noticia circuló rápidamente entre los allí reunidos.

Fray Jerónimo gritó que encabezaría ahora una procesión a la catedral, y que todos los que sintieran temor por el destino de su alma inmortal debían acompañarlo.

—Los que tenéis antorchas y velas, adelantaos para alumbrar el camino.

Como había mucha gente que corría el riesgo de verse pisoteada por los caballos, y fray Jerónimo se había adelantado decididamente para encabezar la procesión, muchos lo siguieron, y otros volvieron las espaldas refunfuñando.

Lady Margaret no se había movido, y ahora se acercó al anciano médico:

—¿Y éste no les ayudó? —preguntó, taladrándolo con la mirada. Se volvió al sheriff con una mueca de complicidad—. ¿No ha sido, según sus propias palabras, parte en todo este asunto? ¿Creéis que Meir y Fluria son tan listos como para fabricar veneno sin su ayuda? —Se volvió al anciano—. ¿Y también vais a perdonarme mis deudas con la misma facilidad, para comprar mi silencio?

—Si eso ha de calmar vuestro corazón y encaminaros a la verdad, sí —respondió el anciano—. Perdonaré vuestras deudas en atención a las preocupaciones y los disgustos que os ha causado esta historia.

Aquello hizo callar a lady Margaret, pero sólo de forma provisional. Era demasiado importante para ella no ceder en esta cuestión.

Ahora el gentío había disminuido mucho, y más y más personas se unían a la procesión.

El sheriff se dirigió a dos de sus hombres montados.

—Escoltad a Isaac, hijo de Salomón, hasta su casa —dijo—. Y vosotros, todos, marchaos e id con los sacerdotes a rezar a la catedral.

—No hay que apiadarse de ninguno de ellos —insistió lady Margaret, aunque no alzó la voz para dirigirse a los rezagados—. Son culpables de una multitud de pecados, y leen libros de magia negra que tienen en más aprecio que la Santa Biblia. Oh, yo he causado todo esto por apiadarme de esa niña. Y cuánto dolor siento al encontrarme deudora de la misma gente que la asesinó.

Los soldados dieron escolta al anciano, y sus caballos acabaron de dispersar a los últimos mirones. Pude darme cuenta entonces con más claridad de que muchos habían ido detrás de las linternas de la procesión.

Tendí entonces mi mano a lady Margaret.

—Señora —dije—, dejadme entrar y hablar con ellos.

No soy de esta ciudad. No pertenezco a ninguno de los dos bandos en este conflicto. Dejad que vea si puedo descubrir la verdad. Y estad segura de que este misterio podrá quedar resuelto con la luz del día.

Ella me dirigió una mirada casi tierna, y luego asintió con un gesto cansado. Se volvió, y de la mano de su hija se unió a la cola de la procesión que se dirigía a la capilla del pequeño san Guillermo. Alguien puso en sus manos un cirio encendido cuando miró hacia atrás, y ella lo tomó agradecida y siguió su camino.

Los soldados montados dispersaron a todo el resto. Sólo siguieron allí los dominicos, que me miraban como si yo fuera un traidor. O peor aún, un impostor.

—Perdonadme, fray Antonio —dije—. Si encuentro alguna prueba de que esa gente es culpable, os lo comunicaré al instante.

El hombre no supo qué contestar.

—Vosotros los estudiantes pensáis que lo sabéis todo —dijo fray Antonio—. Yo también he hecho mis estudios, aunque no en Bolonia ni en París. Pero sé distinguir el pecado cuando lo veo.

—Sí, y yo os prometo un informe completo —respondí.

Finalmente, él y los demás dominicos se dieron la vuelta y se alejaron. La oscuridad se los tragó.

El sheriff y yo seguimos junto a la puerta de la casa de piedra, con lo que ahora parecía un exceso de soldados a caballo en las proximidades.

La nieve caía aún con mucha suavidad, como lo había hecho durante todo el alboroto. De pronto lo vi todo limpio y blanco a pesar del gentío que se había apiñado en aquel mismo lugar, y también me di cuenta de que me estaba helando.

En aquella calle estrecha los caballos de los soldados parecían nerviosos. Pero llegaban más hombres montados, algunos de ellos provistos de linternas, y pude oír el eco de los cascos en las vías vecinas. Ignoraba si el barrio de la judería era muy grande, pero estaba seguro de que ellos sí lo sabían. Sólo ahora me di cuenta de que todas las ventanas de esta parte de la ciudad estaban a oscuras, a excepción de las del piso alto de la casa de Meir y Fluria.

El sheriff golpeó la puerta.

—Meir y Fluria, salid —pidió—. Por vuestra propia seguridad, venid conmigo ahora. —Se volvió a mí y habló entre dientes—. Si es necesario me los llevaré de aquí y los tendré a buen recaudo hasta que acabe esta locura, porque si no, esa gente es capaz de prender fuego a todo Norwich sólo para quemar la judería.

Me recosté de nuevo contra la pesada puerta de madera, y dije en voz suave pero audible:

—Meir y Fluria, estoy aquí para ayudaros. Soy un hermano que cree en vuestra inocencia. Por favor, dejadnos entrar.

El sheriff se limitó a mirarme.

Pero un instante después oímos que levantaban la tranca de la puerta, y ésta se abrió.

7

Meir y Fluria

Una brillante rendija de luz reveló a un hombre alto, de cabello oscuro, con ojos hundidos que nos atisbaban desde un rostro muy pálido. Llevaba un manto de seda castaña y la acostumbrada etiqueta amarilla en el pecho. Sus pómulos salientes parecían haber sido bruñidos, tan tensa estaba la piel.

—Se han ido por el momento —dijo el sheriff en tono familiar—. Déjanos entrar. Y preparaos tú y tu mujer para venir conmigo.

El hombre desapareció, y el sheriff y yo nos deslizamos en el interior de la casa.

Seguí al sheriff por una escalera estrecha muy iluminada y alfombrada hasta una hermosa sala, donde una mujer esbelta y elegante estaba sentada junto a una gran chimenea.

Dos sirvientas aguardaban entre las sombras.

El suelo estaba cubierto por ricas alfombras turcas, y de todas las paredes colgaban tapices, aunque éstos tenían sólo dibujos geométricos. Pero el mayor ornato de la sala era la mujer.

Era más joven que lady Margaret. Su cofia blanca y su tocado ocultaban sus cabellos por completo, y ponían de relieve una tez morena y unos hermosos ojos de un color castaño oscuro. Vestía un brial de un color rosa vivo, con mangas abotonadas, y debajo una camisa con bordados de hilo de oro. Calzaba zapatos fuertes, y vi su manto colgado del respaldo de la silla. Se había vestido y preparado para salir de la casa.

Había un gran estante para libros adosado a una de las paredes, abarrotado de volúmenes encuadernados en piel, y un amplio escritorio de madera sobre el que se amontonaban lo que parecía ser libros de cuentas y hojas de pergamino cubiertas de escritura. Unos pocos volúmenes de lomos oscuros estaban colocados a un lado. Y en otra pared vi lo que podía ser un mapa, pero quedaba demasiado lejos de la luz del fuego para que pudiera estar seguro.

El hogar era alto y el fuego muy vivo, y había sillas dispersas a su alrededor, de gruesa madera oscura tallada y con almohadones en el asiento. También se veían en la zona de sombra bancos dispuestos en filas, como si de vez en cuando vinieran aquí estudiantes.

La mujer se puso en pie de inmediato, y recogió su manto con capucha del respaldo de la silla. Habló en tono suave y tranquilo.

—¿Puedo ofreceros un poco de vino especiado caliente antes de marcharnos, señor sheriff?

El hombre parecía paralizado a la vista de los acontecimientos, como si no pudiera resolverse a actuar en un sentido u otro, y aquello le avergonzara. Era bien parecido desde cualquier punto de vista, y tenía unas manos finas y elegantes, y una profundidad soñadora en la mirada. Parecía infeliz. Casi desesperado. Me pareció imposible animarlo.

—Sé que es lo que se ha de hacer —dijo la mujer—. Me llevaréis al castillo por mi propia seguridad.

Me recordó a alguien que había conocido antes, pero no identifiqué a quién ni por qué razón, y tampoco tuve tiempo para hacerlo. Ella decía:

—Hemos hablado con los ancianos, con el Magister de la sinagoga. Hemos hablado con Isaac, y con sus hijos. Todos estamos de acuerdo. Meir escribirá a París, a sus primos de allí. Así conseguirá una carta de mi hija que verifique que está viva...

—No bastará —la interrumpió el sheriff—. Y es peligroso que Meir se quede aquí.

—¿Por qué decís eso? —preguntó ella—. Todo el mundo sabe que no se irá de Norwich sin mí.

—Es verdad —reflexionó el sheriff—. Muy bien.

—Y suscribirá la entrega de mil marcos de oro para el priorato de los dominicos.

El sheriff alzó las manos en señal de que lamentaba la situación, y asintió.

—Dejad que me quede aquí —dijo Meir con voz tranquila—. Debo escribir esas cartas y también hablar más de estas cosas con los demás.

—Correrás peligro —dijo el sheriff—. Cuanto antes consigas algo de dinero, incluso entre los judíos de la ciudad, mejor será para ti. Pero a veces el dinero no basta para detener estas cosas. Yo propongo que vayas a buscar a vuestra hija y vuelvas a traerla a casa.

Meir sacudió la cabeza.

—No quiero obligarla a viajar de nuevo con este tiempo —dijo, pero su voz era insegura y supe que no decía la verdad y se avergonzaba de ello—. Mil marcos de oro y cuantas deudas podamos condonar. Yo carezco de la habilidad de mi pueblo para comerciar con dinero

—siguió diciendo—. Soy un hombre de estudios, como bien sabéis vos y saben vuestros hijos, señor sheriff. Pero puedo volver a hablar con todos los de aquí, y sin duda podremos llegar a una suma...

—Es probable —dijo el sheriff—. Pero hay algo que te pido antes de seguir protegiéndoos. Vuestro libro sagrado, ¿cuál es?

Meir, de piel ya de por sí clara, palideció aún más. Se acercó despacio al escritorio y tomó de allí un gran volumen encuadernado en cuero. Tenía unas letras hebreas profundamente grabadas en oro.

—La Torá —susurró. Miraba desolado al sheriff.

—Pon la mano en él y júrame que sois inocentes de toda culpa en este asunto.

Pareció que el hombre iba a perder el conocimiento. En sus ojos vi una luz remota, como si soñara y su sueño fuera una pesadilla. Pero no perdió el conocimiento, por supuesto.

Yo deseaba desesperadamente intervenir, pero ¿qué podía hacer? «Malaquías, ayúdalo.»

Por fin, sosteniendo el pesado libro en su mano izquierda, Meir puso la derecha sobre la cubierta y, en voz baja y temblorosa, dijo:

—Juro que nunca en mi vida he hecho daño a ningún ser humano, y nunca lo haría a la hija de Fluria, Lea. Juro que no la he perjudicado en ningún aspecto, de ninguna manera, y que siempre la he tratado con el amor y la ternura que cabe esperar de un padrastro, y que ella está..., se ha ido de aquí.

Miró al sheriff.

Ahora el sheriff sabía que la niña había muerto.

Pero el sheriff hizo sólo una pequeña pausa, y luego asintió.

—Vamos, Fluria —dijo el sheriff. Se volvió a Meir—. Cuidaré de tu seguridad y de que tengas toda clase de comodidades. Haré que los soldados lo comenten por la ciudad. Yo mismo hablaré con los dominicos. ¡Hacedlo vos también! —Me miró a mí. Luego se dirigió de nuevo a Meir—. Consigue el dinero tan pronto como te sea posible. Condona las deudas en la medida de vuestras posibilidades. Será un duro esfuerzo para toda la comunidad, pero no ruinoso.

Las sirvientas y la mujer bajaron la escalera, y el sheriff las siguió. Abajo, oí que alguien atrancaba la puerta detrás del grupo.

Ahora el hombre me miraba en silencio.

—¿Por qué queréis ayudarme? —preguntó. Parecía tan abatido y desanimado como un mortal puede estarlo.

—Porque has rezado pidiendo ayuda —respondí—, y si puedo ser la respuesta a esa petición, lo haré.

—¿Os burláis de mí, hermano? —preguntó.

—Nunca —dije—. Pero la muchacha, Lea, está muerta, ¿no es así?

Se limitó a mirarme largo rato sin decir nada. Luego tomó asiento en la silla que estaba detrás del escritorio.

Yo me senté en la silla oscura de respaldo alto situada delante de él. Quedamos los dos frente a frente.

—Ignoro de dónde venís —dijo Meir entre dientes—. No sé por qué confío en vos. Sabéis tan bien como yo que son vuestros compañeros los frailes dominicos los que atizan la persecución contra nosotros.

»Hacer campaña para un nuevo santo, ésa es su misión. Como si Norwich no tuviera bastante para siempre con la obsesión del pequeño san Guillermo.

—Conozco la historia del pequeño san Guillermo

—dije—. La he oído a menudo. Un niño crucificado por la Pascua judía. Un montón de mentiras. Y unas reliquias para atraer peregrinos a Norwich.

—No digáis esas cosas fuera de esta casa —dijo Meir—. Os despedazarían miembro a miembro.

—No estoy aquí para discutir con ellos sobre ese tema. Estoy aquí para ayudarte a resolver el problema con el que te enfrentas. Dime lo que ha ocurrido, y por qué razón no habéis huido.

—¿Huido? —exclamó—. Si huyéramos seríamos culpables, condenados y perseguidos, y esta locura se tragaría no sólo Norwich sino cualquier judería en la que buscáramos refugio. Creedme, en este país un motín en Oxford puede prender la chispa de otro motín en Londres.

—Sí, me consta que tienes razón. ¿Qué ha ocurrido?

Sus ojos se llenaron de lágrimas.

—Murió —dijo en un susurro—. De la pasión ilíaca. Al final el dolor desapareció, como sucede con frecuencia. Estaba serena. Pero sólo estaba fría al tacto porque la habíamos cubierto de paños fríos. Y cuando recibió a sus amigas lady Margaret y Nell, la bajada de la fiebre era sólo aparente. Al día siguiente de madrugada murió en los brazos de Fluria, y Fluria... pero no puedo cantároslo todo.

—¿Está enterrada bajo el gran roble?

—Claro que no —dijo, despectivo—, y esos borrachos nunca nos vieron sacarla de aquí. Nadie nos vio. Yo la llevé en brazos, apretada contra mi pecho, con la ternura con que se lleva a una novia. Y caminamos durante horas por el bosque hasta llegar a la ribera de un arroyo, y allí la restituimos a la tierra en una tumba poco profunda, envuelta tan sólo en una sábana, y rezamos juntos mientras colocábamos unas piedras sobre la tumba. Es todo lo que pudimos hacer por ella.

—¿Hay alguien en París que pueda escribir una carta que sea creída aquí? —pregunté.

Alzó la vista como si despertara de un sueño y pareció maravillarse de mi disposición a colaborar en un engaño.

—Sin duda habrá allí una comunidad judía...

—Oh, por supuesto —dijo—. Vinimos aquí de París, los tres, hace poco, porque yo heredé esta casa y otros bienes que me dejó mi tío al morir. Sí, hay una comunidad en París, y hay un dominico en esa ciudad que muy bien podría ayudarnos, y no tendría escrúpulos en escribir una carta simulando que la niña está viva. Lo haría porque es amigo nuestro, y se pondría de nuestro lado en este asunto, y nos creería, y abogaría por nosotros.

—Eso podría ser todo lo que necesitáramos. Ese dominico ¿es hombre de estudios?

—Brillante, y discípulo de los mayores maestros de allí. Doctor en leyes además de estudiante de teología. Y muy agradecido a nosotros por un favor muy poco corriente. —Se detuvo un instante—. Pero ¿y si me equivoco? ¿Y si me equivoco por completo y se vuelve contra nosotros? También tiene motivos para eso, el cielo lo sabe.

—¿Puedes explicármelo?

—No, no puedo.

—¿Cómo podrás decidir si va a ayudarte o va a volverse en tu contra?

—Fluria lo sabrá. Fluria sabrá a la perfección qué hemos de hacer, y sólo Fluria podrá explicároslo. Si Fluria dice que es conveniente que yo escriba a ese hombre...

De nuevo hizo una pausa. No confiaba en ninguna de sus propias decisiones. Ni siquiera se les podía llamar decisiones.

—Pero yo no puedo escribirle. Me vuelvo loco sólo de pensarlo. ¿Y si se presenta aquí y nos señala con el dedo?

—¿Qué clase de hombre es? —pregunté—. ¿Cómo está relacionado contigo y con Fluria?

—Oh, ésa es precisamente la cuestión —dijo.

—¿Y si voy yo a verle, si hablo con él en persona? ¿Cuánto se tarda en llegar a París? ¿Crees que podrás condonar suficientes deudas y reunir suficiente oro, todo con mi promesa de que volveré con cantidades mayores? Háblame de ese hombre. ¿Por qué piensas que podría ayudaros?

Se mordió el labio con tanta fuerza que pensé que se haría sangre. Se reclinó en su silla.

—Pero no tengo aquí a Fluria —murmuró—. Yo no puedo convencerle de que haga esto, aunque él podría muy bien salvarnos a todos. Si es que alguien puede hacerlo.

—¿Hablas de la familia paterna de la niña? —pregunté—. ¿De un abuelo? ¿Piensas en él para que te proporcione los marcos de oro? He oído que hablabas de ti mismo como un padrastro.

Hizo un gesto como para apartar las preguntas.

—Tengo un montón de amigos. El dinero no es problema. Puedo conseguir esa cantidad. Puedo conseguirla en Londres, si es el caso. Mencioné París sólo para darnos un poco más de tiempo, y porque hemos dicho que Lea se ha ido allí, y que una carta de París lo probaría. Mentiras. ¡Mentiras! —Inclinó la cabeza—. Pero ese hombre...

De nuevo se detuvo.

—Meir, ese doctor en leyes puede ser un factor decisivo. Tienes que confiar en mí. Si ese poderoso dominico viene aquí, podrá controlar a esta pequeña comunidad y detener esa búsqueda loca de un nuevo santo, porque ése es el objetivo que está atizando el fuego, y sin duda un hombre de su educación y su talento lo comprenderá. Norwich no es París.

Su rostro estaba triste hasta un extremo indescriptible. No podía hablar. Era evidente que se sentía destrozado.

—Oh, nunca he sido más que un estudiante —dijo con un suspiro—. No tengo astucia. No sé lo que ese hombre hará o dejará de hacer. Puedo reunir mil marcos, pero ese hombre... Si por lo menos no se hubieran llevado a Fluria.

—Dame permiso para hablar con tu mujer, si eso es lo que quieres que haga —dije—. Escribe aquí mismo una nota para que el sheriff me permita ver a tu esposa a solas. Me admitirán en el castillo. Ese hombre ya se ha formado una opinión favorable de mí.

—¿Guardaréis el secreto, sea lo que sea lo que ella os cuente, lo que os pregunte, lo que os revele?

—Sí, como si fuera un sacerdote, aunque no lo soy. Meir, confía en mí. Estoy aquí por ti y por Fluria, y por ninguna otra razón.

Sonrió con una inmensa tristeza.

—Recé porque viniera un ángel del Señor —dijo—. Yo escribo poemas, rezo. Imploro al Señor que derrote a mis enemigos. Soy un soñador y un poeta.

—Un poeta —dije pensativo, y le sonreí. Era tan elegante como su esposa, allí sentado en la silla, esbelto e idealista de una manera que yo encontraba conmovedora. Y ahora se había adjudicado a sí mismo aquella hermosa palabra, y se sentía avergonzado.

Y allá fuera, había gente que tramaba su muerte. Estaba seguro de eso.

—Eres un poeta y un hombre piadoso —dije—. Rezaste con fe, ¿no es cierto?

Él asintió. Dirigió una mirada a sus libros.

—Y he jurado sobre mi libro santo.

—Y has dicho la verdad —dije. Pero me di cuenta de que seguir hablando con él no me conduciría a ninguna parte.

—Sí, lo hice, y ahora el sheriff lo sabe.

Estaba a punto de desmoronarse bajo la presión.

—Meir, no tenemos tiempo en realidad de divagar sobre estas cosas —dije—. Escribe la nota ahora, Meir. Yo no soy un poeta ni un soñador. Pero puedo intentar ser un ángel del Señor. Hazlo.

8

Los infortunios de un pueblo

Sabía lo suficiente sobre ese período de la historia para darme cuenta de que en general la gente no salía a pasear en plena noche, y menos aún en medio de una tormenta de nieve, pero Meir había escrito para mí una carta elocuente y urgente en la que explicaba al sheriff y también al capitán de la guardia, al que Meir conocía por su nombre, de que yo debía ver a Fluria sin demora. También había escrito una carta a Fluria, que yo leí, urgiéndola a hablar conmigo y a confiar en mí.

Me encontré con que había de trepar una cuesta empinada para llegar al castillo, y, con gran decepción por mi parte, Malaquías sólo me dijo que estaba desempeñando mi misión de una forma magnífica. No hubo más informaciones ni consejos.

Y cuando finalmente fui admitido en los aposentos de Fluria en el castillo, estaba helado, empapado y exhausto.

Pero el entorno hizo que me recuperara de inmediato. En primer lugar la habitación misma, en lo alto de la torre más fuerte del castillo, era digna de un palacio, y aunque Fluria posiblemente no prestaba atención a las imágenes de los tapices, éstos cubrían por entero los muros de piedra, y también los suelos estaban revestidos de alfombras bellamente tejidas.

Había varios altos candelabros de hierro forjado en cada uno de los cuales ardían cinco o seis velas, y la habitación aparecía suavemente iluminada por ellas así como por el fuego que crepitaba en el hogar.

Era obvio que a Fluria se le había asignado únicamente aquella habitación, de modo que nos encontramos a la sombra de su enorme lecho provisto de pesadas colchas.

Frente al lecho estaba el hogar redondo de piedra, y el humo se evacuaba a través de un simple agujero abierto en el techo.

Colgaban sobre la cama cortinajes de color escarlata, y había también sillas de madera tallada en las que tomar asiento, un lujo poco habitual, y un escritorio que podíamos colocar entre los dos para una charla más íntima.

Fluria se sentó a la mesa y me indicó con un gesto que hiciera lo mismo en la silla del lado opuesto.

La habitación estaba caldeada, quizá demasiado caldeada, y yo puse mis zapatos a secar junto al fuego con permiso de la dama. Me ofreció vino especiado, como lo había hecho antes con el sheriff, pero sinceramente yo no sabía si me estaba permitido beber vino en caso de que deseara hacerlo, y lo cierto es que tampoco lo deseaba.

Fluria leyó la carta escrita por Meir en hebreo, en la que le pedía que me hablara y confiara en mí. Plegó rápidamente el rígido pergamino y guardó la carta en un libro de lomo de piel que había sobre la mesa, mucho más pequeño que los volúmenes que yo había visto en su casa.

Llevaba la misma cofia de antes, que cubría por completo su cabeza, pero se había quitado el velo y el brial de seda ceñido, y llevaba una túnica gruesa de lana con una hermosa esclavina forrada de piel sobre los hombros y la capucha echada hacia atrás. Un sencillo velo blanco con un adorno circular dorado le cubría los hombros y la espalda.

De nuevo tuve la impresión de que me recordaba a alguien que había conocido en mi vida natural, pero tampoco ahora me dio tiempo a precisar aquel barrunto.

Guardó la carta.

—Lo que yo os diga, ¿será enteramente confidencial, como me ha escrito mi marido?

—Sí, absolutamente. No soy sacerdote, sólo un hermano. Pero respetaré la confidencia como cualquier sacerdote guarda un secreto de confesión. Créeme que he venido aquí con el único propósito de ayudarte. Piensa en mí como la respuesta a una plegaria.

—Así os ha descrito él —dijo ella, pensativa—. Y por eso estoy encantada de recibiros. Pero ¿sabéis lo que ha sufrido mi pueblo en Inglaterra en los últimos tiempos?

—Vengo de muy lejos, pero algo sé —respondí.

Era evidente que hablar le resultaba mucho más fácil a ella que a Meir. Reflexionó, y siguió diciendo:

—Cuando yo tenía ocho años, todos los judíos de Londres fueron llevados a la Torre como medida de protección, debido a los alborotos que se produjeron por la boda del rey con la reina Eleanor de Provenza. Yo me encontraba en París, pero tuve noticia de ello, y también en nuestra ciudad hubo problemas.

»Cuando tenía diez años, un sábado, cuando todos los judíos de Londres estaban dedicados a sus rezos, requisaron todos los ejemplares de nuestro libro sagrado, el Talmud, y los quemaron en público. Por supuesto no se llevaron todos nuestros libros. Se apoderaron sólo de los que vieron.

Sacudí la cabeza, consternado.

—Cuando tenía catorce años y vivíamos en Oxford mi padre, Elí, y yo, los estudiantes organizaron un tumulto y saquearon nuestras casas para recuperar el dinero que nos debían por sus libros. De no haber sido por alguien... —Se detuvo, y luego prosiguió—: De no ser porque alguien nos avisó, más personas habrían perdido sus libros sagrados, y sin embargo los estudiantes de Oxford siguen pidiéndonos préstamos incluso ahora, y alquilan habitaciones en casas que son de nuestra propiedad.

Hice un gesto para indicar mi conmiseración, y la dejé continuar.

—Cuando yo tenía veintiún años —dijo—, a los judíos de Inglaterra se les prohibió comer carne durante la cuaresma, o en los días en que los cristianos no la comían. —Suspiró—. Las leyes y las persecuciones son demasiado numerosas para que os hable de todas ellas. Y en Lincoln, hace tan sólo dos años, ocurrió lo más espantoso de todo.

—Te refieres al pequeño san Hugo. Oí hablar de él a la gente del tumulto de esta noche. Algo sé del asunto.

—Supongo que sabéis que todas las acusaciones contra nosotros eran absolutas mentiras. ¿Podéis imaginar que secuestramos a ese niño cristiano, lo coronamos de espinas, le atravesamos las manos y los pies y nos burlamos de él como si fuera Cristo? ¿Os lo imagináis? ¿Y que vinieron judíos de toda Inglaterra para participar en ese ritual malvado? Y sin embargo, eso es lo que se dice que hicimos. De no haber sido torturado un desdichado miembro de nuestro pueblo y forzado a dar los nombres de otros, la locura no habría llegado tan lejos. El rey se presentó en Lincoln y condenó al pobre desdichado Copín, que había confesado esas cosas indecibles, y lo colgaron, pero después de haberlo llevado a rastras por toda la ciudad amarrado a la cola de un caballo.

Me estremecí.

—Muchos judíos fueron llevados a Londres y encarcelados. Muchos judíos fueron juzgados. Murieron muchos judíos. Y todo por la fantástica historia de un niño atormentado, y ahora ese mismo niño está enterrado en una capilla tal vez más gloriosa que la del pequeño san Guillermo que tuvo el honor de ser el protagonista de una historia parecida muchos años antes. El pequeño Hugo ha levantado a toda Inglaterra contra nosotros. La gente común ha plasmado esa historia en canciones.

—¿No hay un lugar en este mundo seguro para vosotros? —pregunté.

—Lo mismo me pregunto yo —respondió—. Me encontraba en París con mi padre cuando Meir me pidió en matrimonio. Norwich siempre había sido una buena comunidad, y había sobrevivido largo tiempo a la leyenda del pequeño san Guillermo, y Meir había heredado aquí la fortuna de su tío.

—Comprendo.

—En París también quemaron nuestros libros sagrados. Y lo que no se quemó, fue entregado a los franciscanos y a los dominicos...

Hizo una pausa y miró de reojo mi hábito.

—Sigue, te lo ruego —dije—. No pienses ni por un momento que estoy en contra de vosotros. Sé que hombres de las dos órdenes han estudiado el Talmud. —Deseé poder recordar algo más de las cosas que había leído—. Cuéntame, ¿qué más ocurrió?

—Sabéis que el gran gobernante, Su Majestad el rey Luis, nos detesta y nos persigue, y que confiscó nuestras propiedades para financiar su cruzada.

—Sí, lo sé —dije—. Las cruzadas esquilmaron a los judíos ciudad tras ciudad y en un país tras otro.

—Pero en París nuestros estudiosos, incluida mi propia familia, lucharon por el Talmud cuando nos lo quitaron. Apelaron al mismo papa, y el papa accedió a que el Talmud fuera sometido a juicio. Nuestra historia no se limita a persecuciones interminables. Tenemos nuestros estudiosos. Tenemos nuestros buenos momentos. Por lo menos en París, nuestros maestros hablaron con elocuencia de nuestros libros sagrados, de su bondad en general y de que el Talmud no supone ninguna amenaza para los cristianos que entren en contacto con nosotros. Pero el juicio fue inútil. ¿Cómo pueden nuestros hombres doctos estudiar cuando se les arrebatan sus libros? Y sin embargo, en nuestra época son muchos los que desean aprender el hebreo en Oxford y en París. Vuestros hermanos desean aprender el hebreo. Mi padre siempre se rodeó de estudiantes cristianos...

Se interrumpió. Algo la había afectado profundamente. Se llevó la mano a la frente, y rompió a llorar tan de súbito que me pilló desprevenido.

—Fluria —me apresuré a decir, reprimiendo cualquier caricia que ella podía considerar impropia—. Conozco esos juicios y esas tribulaciones. Sé que la usura fue prohibida en París por el rey Luis y que expulsó a quienes no quisieron acatar la ley. Sé por qué vuestro pueblo se ha dedicado a esa práctica y sé que ahora se ha asentado en Inglaterra sencillamente por esa razón, porque los judíos son considerados útiles en la medida en que prestan dinero a los barones y a la Iglesia. No necesitas defender a vuestro pueblo ante mí. Pero dime: ¿qué debemos hacer para solucionar la tragedia a la que nos enfrentamos?

Dejó de llorar. Buscó entre sus ropas y sacó un pañuelo de seda con el que se enjugó los ojos con delicadeza.

—Perdonad que me haya dejado llevar de esta manera. No hay ningún lugar seguro para nosotros. París no es diferente, a pesar de que haya tantas personas que estudien nuestra antigua lengua. París puede ser en ciertos aspectos un lugar donde la vida es más fácil, pero también Norwich nos pareció un lugar pacífico, por lo menos para Meir.

—Meir me habló de un hombre de París que podría ayudaros —dije—. Dijo que sólo tú puedes decidir si quieres recurrir a él. Y, Fluria, he de confesarte una cosa. Sé que tu hija, Lea, ha muerto.

Rompió a llorar de nuevo y volvió la cara de otro lado, cubriéndose con el pañuelo.

Esperé. Allí sentado escuché el crepitar del fuego y le dejé tiempo para recuperarse. Luego dije:

—Hace muchos años, yo perdí a mi hermano y a mi hermana. —Hice una pausa—. Pero no puedo imaginar el dolor de una madre que pierde a un hijo.

—Hermano Tobías, no sabéis ni la mitad del asunto. —Se volvió de nuevo hacia mí, con el pañuelo apretujado en la mano. Ahora sus ojos eran cálidos y enormes. Aspiró hondo—. He perdido dos hijas. Y por lo que se refiere al hombre de París, creo que cruzaría el mar para defenderme. Pero no sé qué es lo que hará cuando sepa que Lea ha muerto.

—¿No me permitirás que te ayude a tomar esa decisión? Si decides que quieres que vaya a París a buscar a ese hombre, lo haré. —Me miró con atención durante largo rato—. No dudes de mí —dije—. Soy un vagabundo, pero creo que es voluntad del Señor que me encuentre aquí. Creo que he sido enviado para ayudaros. Y me arriesgaré a cualquier cosa, sólo por hacerlo.

Ella siguió examinándome, pensativa. ¿Me aceptaría?

—Dices que has perdido a dos hijas. Cuéntame lo que ocurrió. Y háblame de ese hombre. Sea lo que sea lo que me digas, no será utilizado en perjuicio de nadie, sino sólo para ayudaros a encontrar una solución.

—Muy bien —dijo—. Os contaré toda la historia, y tal vez en el relato encontremos la decisión, porque no nos enfrentamos a una tragedia común..., y ésta tampoco es una historia común.

9

La confesión de Fluria

—Hace catorce años, yo era muy joven y muy imprudente, y una traidora a mi fe y a todo lo que me es querido. Estábamos en Oxford entonces, y mi padre daba clases allí a algunos estudiantes. Visitábamos Oxford con frecuencia porque él tenía alumnos allí, estudiantes que querían aprender el hebreo y le pagaban bien las clases.

»Por primera vez, a lo que parece, había personas que deseaban aprender la antigua lengua. Y salían a la luz más y más documentos de tiempos remotos. Mi padre estaba muy solicitado como profesor, y era respetado tanto por los judíos como por los gentiles.

»Él pensaba que era bueno para los cristianos aprender el hebreo. Discutía con ellos cuestiones de fe, pero siempre en términos amistosos.

»Lo que no podía saber es que yo había entregado mi corazón sin reservas a un joven que por entonces estaba terminando sus estudios de Artes en Oxford.

»Él tenía casi veintiún años, y yo sólo catorce. Sentía por él una pasión tan grande como para abandonar mi fe, el amor de mi padre y cualquier herencia que pudiera recibir. Y aquel joven también me amaba tanto como para abandonar su propia fe si era necesario.

»Fue ese joven quien vino a avisarnos antes de los disturbios de Oxford, y nosotros pasamos el aviso a tantos judíos como pudimos, y así escaparon. De no haber sido por aquel joven, habrían desaparecido muchos más libros de los que perdimos, y también muchos objetos de valor que poseíamos. Mi padre sentía un gran cariño por ese joven, por agradecimiento pero también en general porque le agradaba su aguda inteligencia.

»Mi padre no tenía hijos varones. Mi madre había muerto al dar a luz a unos gemelos, ninguno de los cuales sobrevivió.

»Aquel joven se llamaba Godwin, y todo lo que necesitáis saber de su padre es que era un conde poderoso, rico, y furioso cuando se enteró de que su hijo se había enamorado de una judía, furioso cuando supo que sus estudios le habían puesto en contacto con una muchacha judía por la que estaba dispuesto a abandonarlo todo.

»Se había creado un lazo muy profundo entre el conde y Godwin. Godwin no era el primogénito, pero sí el favorito de su padre, y el tío de Godwin, que había muerto sin descendencia, legó a Godwin una fortuna en Francia tan grande por lo menos como la que había de heredar el hermano mayor, Nigel, de su padre.

»Entonces el padre se vengó de su decepción en la persona de Godwin.

»Lo envió a Roma para apartarlo de mí y educarlo en el seno de la Iglesia. Amenazó con denunciar la seducción, como él la llamaba, a menos que yo no volviera a pronunciar el nombre de Godwin y que Godwin partiera de inmediato y jamás volviera a mencionar mi nombre tampoco. Lo cierto es que el conde temía la desgracia que sobrevendría si se llegaba a conocer que Godwin sentía una gran pasión por mí, o si intentábamos contraer un matrimonio secreto.

»Podéis imaginar el desastre que habría supuesto para todos el que Godwin ingresara realmente en nuestra comunidad. Ha habido conversos a nuestra fe, sí, pero Godwin era hijo de un padre orgulloso y lleno de poder. ¡Imaginad las persecuciones! Ha habido tumultos por mucho menos que el hecho de que el hijo de un noble abrazara nuestra fe, en estos tiempos azarosos en que nos vemos constantemente perseguidos.

»En cuanto a mi padre, no sabía de qué se nos podía acusar, pero estaba tan harto como furioso. Que yo me convirtiera era impensable para él, y pronto consiguió que también fuera impensable para mí.

»Se sintió traicionado por Godwin. Había acogido a Godwin bajo su techo, para estudiar hebreo, para hablar de filosofía, para sentarse a los pies de mi padre y, sin embargo, el alumno había cometido la fechoría de seducir a la hija del gran maestro.

»Era un hombre con un corazón que rebosaba cariño hacia mí, porque yo era todo lo que tenía, pero se puso furioso con Godwin.

»Godwin y yo nos dimos cuenta pronto de que no había esperanza para nuestro amor. Atraeríamos tumultos y desastres, no importaba lo que hiciéramos. Si me convertía al cristianismo, sería expulsada de mi comunidad, la herencia que recibiría de mi madre sería confiscada, y mi padre se vería solo en su vejez, una idea que me resultaba insoportable. Las desgracias no serían menores para Godwin si se convertía al judaísmo.

»De modo que decidimos que Godwin iría a Roma.

»Su padre dio a entender que todavía albergaba sueños de grandeza para su hijo, una mitra de obispo sin duda, si no un capelo de cardenal.

»Godwin contaba con parientes en el poderoso clero de París y en Roma. Sin embargo, para él era un duro castigo verse forzado a pronunciar sus votos, porque no creía en el Dios de una ni de la otra religión, y se comportaba como un joven en extremo mundano.

»Mientras yo amaba su inteligencia, su humor y su pasión, otros admiraban la cantidad de vino que era capaz de beber en una velada y su habilidad como espadachín, como jinete o en el baile. De hecho, su alegría y su encanto, que a mí me sedujeron, iban acompañados de una gran elocuencia y afición a la poesía y al canto. Había escrito mucha música para laúd, y a menudo tocaba ese instrumento y me cantaba cuando mi padre se había acostado ya y no podía oírnos en las habitaciones de la planta baja.

»Una vida de eclesiástico era algo enteramente desabrido para Godwin. De hecho, habría preferido tomar la cruz e ir a guerrear a Tierra Santa, al encuentro de aventuras allí y en el camino.

»Pero su padre no se lo permitió, y dispuso las cosas de forma que lo envió a la más estricta y más ambiciosa de sus relaciones clericales en la Ciudad Santa, y le dijo que o bien se ordenaba o sería desheredado.

»Godwin y yo nos vimos una última vez, y fue entonces cuando me dijo que nunca debíamos volver a vernos. No le importaba lo más mínimo su carrera en la Iglesia. Dijo que su tío de Roma, el cardenal, tenía dos queridas. A sus otros primos también los consideraba unos hipócritas consumados, y hablaba de ellos con desprecio.

»"Toda Roma está llena de clérigos malvados y licenciosos —me dijo—, y de malos obispos, y yo seré uno más. Con un poco de suerte algún día me uniré a los cruzados, y lo tendré todo. Pero no te tendré a ti. No tendré a mi amada Fluria."

»Por mi parte, me había dado cuenta de que no podía abandonar a mi padre, y me sentía muy desgraciada. No me parecía que pudiera seguir viviendo sin el amor de Godwin.

»Cuanto más nos repetíamos que no nos tendríamos el uno al otro, más nos indignábamos. Y creo que aquella noche estuvimos a punto de fugarnos juntos, pero no lo hicimos.

»Godwin ideó un plan.

»Nos escribiríamos. Sí, eso supondría por mi parte desobedecer a mi padre, sin la menor duda, y lo mismo ocurría con Godwin, pero las cartas nos parecían el medio a través del cual acumularíamos más fuerzas para obedecer a nuestros padres. Nuestras cartas, ignoradas por nuestros progenitores, nos ayudarían a aceptar sus exigencias.

»"Si pensara que no íbamos a tener ni siquiera eso —dijo Godwin—, la expansión de nuestros corazones por escrito, me faltaría valor para partir de aquí ahora."

»Godwin fue a Roma. Su padre hizo más o menos las paces con él, porque no podía soportar seguir enfadado. Y así fue como Godwin se marchó un día, muy temprano, sin más despedidas.

»Ahora bien, mi padre, a pesar de que era, y es, un gran estudioso, casi no veía, lo que da mayor valor aún a la buena educación que recibí, aunque creo que de no haber sido él casi ciego, mi educación habría sido la misma.

»Lo que quiero decir es que me resultó fácil mantener en secreto nuestras cartas, aunque lo cierto es que pensé que Godwin me olvidaría muy pronto y se vería arrastrado por la atmósfera licenciosa en la que sin duda se iba a sumergir.

»Mientras tanto, mi padre me sorprendió. Me dijo que sabía que Godwin me escribiría, y añadió: "No voy a prohibirte esas cartas, pero no creo que haya muchas, y con ellas no harás otra cosa que hipotecar tu corazón."

»Los dos estábamos del todo equivocados. Godwin escribió cartas desde cada una de las ciudades por las que pasó en su viaje. Las cartas fueron llegando, a veces al ritmo de dos por día, traídas por mensajeros tanto gentiles como judíos, y yo me encerraba en mi habitación siempre que podía y exprimía mi corazón en tinta. Lo cierto es que nuestro amor parecía crecer más aún en las cartas, y nos convertimos en dos seres profundamente unidos el uno al otro sin que nada, nada en absoluto, pudiera separarnos.

»No importa. Pronto tuve una preocupación mayor que las que había previsto. Pasados dos meses, la medida de mi amor por Godwin quedó perfectamente patente, y hube de decírselo a mi padre. Estaba embarazada.

»Otro padre me habría abandonado, o algo peor. Pero el mío siempre me había adorado. Era la única superviviente de sus hijos. Y creo que había en él un genuino deseo de tener un nieto, aunque nunca lo expresó en palabras. Después de todo, ¿qué le importaba a él que el padre fuera gentil, si la madre era judía? De modo que mi padre se trazó un plan.

»Empaquetó todas nuestras pertenencias y nos marchamos a una pequeña ciudad de Renania, donde había estudiosos que conocían a mi padre, pero no había familiares nuestros.

»Un rabino anciano, que admiraba mucho los escritos de mi padre sobre el gran maestro judío Rashi, accedió a casarse conmigo y presentar como suyo el hijo que yo esperaba. El suyo fue en verdad un gesto de una gran generosidad. Dijo: "¡He visto tanto sufrimiento en este mundo! Seré un padre para ese niño si así lo quieres, y nunca reclamaré los privilegios de un esposo, cosa para la que además me encuentro ya demasiado viejo."

»No tuve un hijo de Godwin sino dos, dos preciosas gemelas, tan exactamente iguales que ni yo misma podía distinguir siempre a la una de la otra y hube de atar una cinta azul al tobillo de Rosa para diferenciarla de Lea.

»Sé que me interrumpiríais ahora si pudierais, y sé también lo que estáis pensando, pero dejadme continuar.

»El anciano rabino murió antes de que las niñas cumplieran un año. En cuanto a mi padre, amaba a las dos pequeñas y daba las gracias al cielo por haberle concedido aún algo de vista para contemplar sus preciosas caras antes de quedarse completamente ciego.

»Sólo cuando regresamos a Oxford me confesó que había hecho gestiones para colocar a las niñas con una matrona de edad madura en Renania, y luego la había decepcionado debido a su amor por mí y por las pequeñas.

»Durante todo el tiempo que viví en Renania escribí a Godwin, pero no le dije una sola palabra de las niñas. Le había dado razones vagas para el viaje: que tenía relación con la adquisición de libros difíciles de encontrar tanto en Francia como en Inglaterra, y que mi padre me dictaba muchos trabajos y necesitaba esos libros para los tratados que ocupaban todos sus pensamientos.

»Esos tratados en los que trabajaba continuamente, y los libros, todo era verdad pura y simple.

»Nos instalamos en nuestra antigua casa de la judería de Oxford, en la parroquia de St. Aldate, y mi padre empezó de nuevo a aceptar discípulos.

»Como el secreto de mi amor por Godwin había sido crucial para ambas partes, nadie estaba enterado de él, y se aceptó sin más que mi anciano marido había muerto en el extranjero.

»Mientras viajé no recibí cartas de Godwin, de modo que había muchas esperándome cuando volví a Oxford. Me puse a abrirlas y leerlas mientras las niñas estaban con sus amas, y empecé a discutir frenéticamente conmigo misma sobre si debía hablar a Godwin de sus hijas, o no.

»¿Iba a decir a un cristiano que tenía dos hijas que serían criadas como judías? ¿Cuál sería su respuesta? Por supuesto, él podía tener cantidad de bastardos en la Roma que me describía y con las compañías mundanas que frecuentaba y de las que no hablaba sino con un desprecio nada disimulado.

»Lo cierto es que no quise causarle un disgusto ni confesarle los sufrimientos que había padecido por mi parte. Nuestras cartas estaban llenas de poesía y de pensamientos tan profundos que se despegaban tal vez de la realidad, y yo deseaba mantener así las cosas porque, en verdad, aquella relación era para mí más real que la vida de todos los días. Ni siquiera el milagro de aquellas dos niñas hizo disminuir mi creencia en el mundo que edificábamos con nuestras cartas. Nada podía conseguirlo.

»Pero justo en el momento en que tomé la decisión de guardar un escrupuloso silencio sobre ese tema, llegó una carta muy sorprendente de Godwin, que quiero recitaros de memoria tan bien como pueda. De hecho conservo la carta en mi poder, pero escondida en un lugar seguro entre mis cosas, y Meir nunca la ha visto, y no puedo soportar la idea de sacarla para darle lectura, de modo que os contaré su contenido con mis propias palabras.

»De todos modos, creo que mis palabras son las mismas que utilizó Godwin. Dejad que os lo explique.

»Empezaba como en otras ocasiones con sus descripciones de la vida en la Ciudad Santa.

»"De haberme convertido a tu fe —escribía—, y si nosotros dos fuéramos un hombre honrado y su esposa, pobres y felices con toda probabilidad, eso sería preferible a los ojos del Señor, si el Señor existe, que una vida como la que llevan aquí unos hombres para quienes la Iglesia no es otra cosa que una fuente de poder y de codicia."

»Pero luego explicaba un suceso extraño.

»Al parecer, había ido muchas veces a visitar una tranquila pequeña iglesia, y allí, sentado en el suelo de piedra con la espalda apoyada en el muro frío, hablaba con desprecio al Señor de las ingratas perspectivas que veía para sí mismo como sacerdote u obispo mujeriego y bebedor. "¿Cómo puedes haberme enviado aquí —preguntaba a Dios—, a vivir entre seminaristas al lado de los cuales mis amigos de francachelas de Oxford parecen unos santos?" Rechinaba los dientes mientras murmuraba estas frases, e incluso insultaba al Creador de todas las cosas recordándole que él, Godwin, no creía en Él y consideraba su Iglesia como un edificio construido sobre las mentiras más ignominiosas.

»Siguió con sus burlas despiadadas al Todopoderoso. "¿Por qué he de llevar los hábitos de tu Iglesia si sólo siento desprecio por lo que veo, y no deseo servirte? ¿Por qué me has negado el amor de Fluria, el impulso más puro y desinteresado de mi corazón sediento?"

»Podéis imaginar cómo me estremecí al leer esta blasfemia, que él dejó escrita, con todas las letras, antes de describir lo que ocurrió después.

»Cierta noche en que repetía los mismos reproches al Creador, lleno de odio y de rabia, meditando y hablando para sí mismo, e incluso recriminaba al Señor que le hubiera arrebatado no sólo mi amor sino el amor de su padre, apareció delante de él un joven, y sin más preámbulo empezó a hablarle.

»Al principio Godwin creyó que aquel joven estaba loco o era una especie de niño grande, porque era muy bello, bello como los ángeles pintados en los murales, y también porque hablaba de una forma tan directa que impresionaba.

»De hecho, por un momento Godwin llegó a sospechar que podía ser una mujer disfrazada de hombre, cosa no tan extraña como yo podría pensar, dijo Godwin, pero pronto se dio cuenta de que no se trataba en absoluto de una mujer, sino de un ser angélico que se le había aparecido.

»¿Y cómo lo supo Godwin? Lo supo por el hecho de que aquella criatura conocía los rezos de Godwin y le habló directamente de su dolor profundo y de sus ocultos propósitos destructivos.

»"A tu alrededor —dijo el ángel o la criatura o lo que quiera que fuese—, sólo ves corrupción. Ves lo fácil que es destacar en la Iglesia, lo sencillo que resulta estudiar palabras sólo por las palabras y codiciar sólo por codicia. Tienes ya una querida, y estás pensando en buscarte otra. Escribes cartas a la amante a la que renunciaste sin miramientos por cómo pueden afectarla a ella y a su padre, que la ama. Maldices tu destino a cuenta de tu amor por Fluria y de tu decepción, y buscas mantenerla todavía ligada a ti, sea ello bueno o malo para ella. ¿Vivirás una vida vacía y colmada de amargura, una vida egoísta y profana, porque te ha sido negado algo precioso? ¿Desperdiciarás todas las oportunidades de adquirir honores y de ser feliz en este mundo, sólo porque han frustrado tus esperanzas?"

»En ese momento, Godwin se dio cuenta de su locura. Estaba edificando su vida sobre la rabia y el odio. Y asombrado de que aquel ser le hablara de esa manera, le preguntó: "¿Qué puedo hacer?"

»"Entrégate a Dios —dijo el extraño—. Entrégale todo tu corazón, toda tu alma, toda tu vida. Colócate por encima de todos los demás, de tus compañeros egoístas que aman tu oro tanto por lo menos como a ti, y del padre furibundo que te ha enviado aquí para que seas un hombre corrompido e infeliz. Colócate por encima del mundo que quiere hacer de ti una persona corriente, cuando tú puedes ser excepcional. Sé un buen sacerdote, sé un buen obispo, y antes de llegar a serlo, despréndete de todo lo que posees, hasta el último de tus muchos anillos de oro, y conviértete en un humilde fraile."

»Godwin se sintió todavía más asombrado.

»"Conviértete en un fraile, y te resultará mucho más fácil ser bueno —dijo el extraño—. Esfuérzate en ser santo. ¿Qué mayor cosa puedes conseguir? Y la decisión te pertenece a ti. Nadie puede arrebatártela. Como sólo en tu mano está también el renunciar a ese camino y seguir para siempre en tu libertinaje y tu miseria, saliendo del lecho de tus amantes para escribir a la pura y santa Fluria, de modo que esas cartas sean lo único bueno de tu vida."

»Y entonces, tan silenciosamente como había venido, el extraño desapareció en la semioscuridad de la pequeña iglesia.

»Estaba allí, y en el instante siguiente ya no estaba.

»Godwin se quedó solo en el frío rincón de piedra de la iglesia, mirando las lejanas velas del altar.

»Me escribió que en ese momento la luz de las velas le pareció la luz del sol poniente o del sol naciente, algo precioso y eterno y un milagro de Dios, realizado en ese momento y sólo para sus ojos, para que comprendiese la magnitud de todo lo que Dios había hecho al crearle a él y crear todo el mundo que le rodeaba.

»"Procuraré ser santo —se juró allí y entonces—. Buen Dios, te entrego mi vida. Te entrego todo lo que soy y lo que puedo llegar a ser, y todo lo que puedo hacer. Renuncio a todo instrumento del mal."

»Eso es lo que escribió. Y ya veis que he leído la carta tantas veces que me la sé de memoria.

»La carta seguía diciendo que el mismo día se había dirigido a la orden de los dominicos y había pedido que lo admitieran entre ellos.

»Lo recibieron con los brazos abiertos.

»Les complació que fuera un hombre instruido, que conociera la lengua hebrea antigua, y todavía les gustó más que les entregara una fortuna en joyas y telas preciosas para que las vendieran y repartieran el producto entre los pobres.

»A imitación de Francisco, se despojó de las ropas lujosas que vestía, y les entregó también su bastón de oro y sus botas con incrustaciones de oro fino. Y recibió de ellos un hábito negro gastado y remendado.

»Llegó a decir que olvidaría su educación y rezaría de rodillas el resto de su vida, si era eso lo que querían de él. Bañaría leprosos. Atendería a los agonizantes. Haría todo lo que el prior le ordenara hacer.

»El prior se echó a reír. "Tu educación es un tesoro

para nosotros. Son demasiados los que quieren estudiar teología sin tener ningún conocimiento de las artes y las ciencias, pero tú lo posees todo, y podemos enviarte ya a la Universidad de París, a estudiar con nuestro gran maestro Alberto, que enseña allí. Nada nos hará más felices que tenerte en nuestra comunidad de París y enfrascado en las obras de Aristóteles y en las de tus colegas de estudios, para aguzar tu elocuencia a la luz de los espíritus más refinados."

»No fue eso todo lo que me contó Godwin.

»Se adentró en un autoexamen despiadado como nunca había leído antes en sus cartas.

»"Sabes perfectamente bien, mi amada Fluria —escribió—, que ésta ha sido la venganza más cruel contra mi padre que nunca habría podido imaginar: convertirme en fraile mendicante. De hecho, mi padre escribió inmediatamente a mis conocidos de aquí para que me secuestraran y me enviaran mujeres hasta que recuperase mi buen sentido y renunciara al capricho de convertirme en un mendigo y un predicador de pueblo, vestido de harapos. Puedes estar segura, bendita mía, de que no ha ocurrido nada así de sencillo. Voy camino de París. Mi padre me ha desheredado. Mi bolsa está tan vacía como lo estaría de habernos casado tú y yo. Pero he asumido mi Santa Pobreza, para decirlo con las palabras de Francisco, que es tan estimado entre nosotros como nuestro fundador Domingo, y únicamente serviré al rey mi señor en la medida en que el prior me ordene hacerlo."

»Y la carta seguía así: "He pedido a mis superiores tan sólo dos cosas: una, que me permitan conservar el nombre de Godwin, o mejor dicho, recibirlo como mi nuevo nombre porque el Señor nos impone un nombre nuevo cuando ingresamos en esta vida; y la otra, que me permitan escribirte. He de confesar que, para obtener esta última indulgencia, he mostrado algunas cartas tuyas a mis superiores y han quedado tan maravillados como yo mismo de la elevación y hermosura de tus sentimientos. Me han concedido los dos permisos, pero en adelante seré para ti el hermano Godwin, mi bendita hermana, y te amo como a una de las criaturas de Dios más tiernas y queridas, y sólo con los pensamientos más puros."

»Pues bien, la carta me dejó atónita. Y pronto me enteré de que Godwin había dejado igual de asombradas a otras personas. Por suerte, me escribió, sus primos lo habían dejado por imposible; lo veían como a un santo o un imbécil, y como ninguna de las dos condiciones les parecía de la menor utilidad, informaron a su padre de que ningún razonamiento conseguiría que Godwin abandonara la vida de fraile menor que él mismo había escogido.

»Recibí un flujo continuo de cartas de Godwin, como antes. Las de ahora se convirtieron en la crónica de su vida espiritual. Y en su fe renovada, tenía más en común con mi pueblo que en ningún momento anterior. El joven amante de los goces de la vida que me había seducido era ahora un grave estudioso parecido a mi propio padre, y ambos tenían en común algo inmenso y enteramente indescriptible que los aproximaba mucho en mi modo de pensar.

»Godwin me escribió sobre las muchas lecturas a las que se abocaba, pero también a menudo sobre su vida de oración: cómo había llegado a imitar los comportamientos de santo Domingo, el fundador de los monjes negros, y cómo había experimentado el sentimiento del amor a Dios de una forma plena y maravillosa. Todo juicio negativo había desaparecido de las cartas de Godwin. El joven que había ido a Roma tiempo atrás sólo tenía palabras duras para sí mismo y para todos los que lo rodeaban. Ahora el nuevo Godwin, que seguía siendo mi Godwin, me contaba las maravillas que descubría en cualquier lugar en el que se posaba su mirada.

»Pero os lo pregunto: ¿cómo podía yo contar a este Godwin, esta persona maravillosa y santa que había florecido a partir del joven vástago que yo amé antes, que tenía dos hijas que vivían en Inglaterra, educadas ambas para ser ejemplares muchachas judías?

»¿Qué bien podía hacerle esa confesión? ¿Y cómo podía reaccionar en su reciente celo religioso si, a pesar del cariño que me mostraba, llegaba a enterarse de que tenía hijas que vivían en la judería de Oxford, apartadas de toda posible exposición a la fe cristiana?

»Os he dicho que mi padre no me prohibió esas cartas. Al principio pensó que no durarían. Pero como si guieron llegando, yo se las di a conocer por más de una razón.

»Mi padre es un estudioso, como os he dicho, y no sólo de los comentarios del Talmud por el gran Rashi, que llegó incluso a traducir al francés para ayudar a los estudiantes que querían conocerlo pero no conocían la lengua hebrea en la que estaban escritos. Cuando perdió la vista, me dictaba a mí la mayor parte de su trabajo, y tenía la ambición de traducir la mayor parte de la obra del gran filósofo judío Maimónides al latín, si no al francés.

»No me sorprendió que Godwin empezara a escribirme sobre esos mismos temas, sobre cómo el gran maestro Tomás de su orden había leído algo de Maimónides en latín, y que él, Godwin, deseaba estudiar su obra. Godwin conocía el hebreo. Había sido el mejor discípulo de mi padre.

»Así pues, con el paso de los años leí a mi padre cartas de Godwin, e incluí con cierta frecuencia comentarios de mi padre sobre Maimónides, e incluso sobre la teología cristiana, en las cartas que escribí a Godwin.

»Mi padre nunca llegó a dictarme una carta a Godwin, pero creo que se dio cuenta de lo que yo hacía y que sintió mayor aprecio por el hombre del que creía que le había traicionado a él y a su hospitalidad, y que de alguna manera llegó a perdonarlo. Por lo menos, así era en lo que se refería a mí. Y cada día, después de acabar de escuchar las lecciones de mi padre a sus estudiantes, o de copiar sus meditaciones, o de ayudar a sus estudiantes a hacerlo, yo me retiraba a mi habitación y escribía a Godwin, para contarle lo que ocurría en Oxford y discutir con él todas esas cuestiones.

»Era natural que, pasado un tiempo, Godwin me hiciera la siguiente pregunta: ¿por qué no me había casado? Le di respuestas vagas, que el cuidado de mi padre consumía todo mi tiempo, y otras veces le dije sencillamente que no había encontrado al hombre indicado para ser mi marido.

»Mientras tanto, Lea y Rosa crecían y se habían convertido en dos niñas preciosas. Pero habréis de permitirme que me detenga en este punto, porque si no lloro por mis hijas no podré seguir hablando.

Llegados a este punto, ella rompió a llorar y supe que nada que yo pudiera hacer la consolaría. Era una mujer casada, y una judía piadosa, y yo no podía atreverme a rodearla con mis brazos. No sería apropiado. De hecho, me estaba explícitamente prohibido tomarme esa libertad.

Pero cuando alzó la mirada y vio que en mis ojos también había lágrimas, que no podía explicar muy bien si tenían que ver con lo que me había contado de Godwin o de ella misma, se sintió consolada de alguna manera, y también mi silencio la confortó, y así continuó su historia.

10

Fluria continúa con su historia

—Hermano Tobías, si alguna vez conocéis a mi Godwin, él os querrá. Si Godwin no es un santo, seguramente es que los santos no existen. Y bendito sea el Todopoderoso, que me ha enviado precisamente ahora un hombre tan parecido a Godwin, y tan parecido también a Meir, porque a los dos me recordáis.

»Os decía que las niñas crecían y de año en año estaban más bonitas, y más cariñosas con su abuelo, y representaban en su ceguera una alegría mayor de la que posiblemente pueden proporcionar los niños a un hombre capaz de ver.

»Pero dejad que mencione aquí de nuevo al padre de Godwin, sólo para decir que el hombre murió despreciando a Godwin por su decisión de convertirse en fraile dominico, y que por supuesto dejó toda su fortuna a su hijo mayor, Nigel. En su lecho de muerte, obligó a Nigel a prometer que nunca volvería a poner los ojos en su hermano Godwin, y Nigel, que era un hombre diplomático e inteligente, lo prometió con un encogimiento de hombros.

»Eso es lo que me contó Godwin en sus cartas, y que Nigel, en cuanto hubo depositado a su padre en su tumba en la iglesia, viajó a Francia para ver al hermano al que añoraba y amaba. Ah, cuando pienso en esas cartas, fueron para mí como el agua fresca para el sediento, durante tantos años, aunque no me fuera posible compartir con él las alegrías que me daban Lea y Rosa. Incluso entonces mantuve ese secreto encerrado en mi corazón.

»Llegué a ser una mujer que disfrutaba tres grandes placeres, una mujer que escuchaba tres bellas canciones. La primera canción era la instrucción diaria a mis preciosas hijas. La segunda era la lectura y la escritura para mi amado padre, que dependía casi por entero de mí en ese aspecto, aunque disponía de muchos estudiantes que le leían; y la tercera canción eran las cartas de Godwin, y las tres canciones se fundían en un pequeño coro que consolaba, educaba y mejoraba mi alma.

»No penséis mal de mí por haber mantenido el secreto de las niñas delante de su padre. Recordad lo que estaba en juego. Porque aun con Nigel y Godwin reconciliados y escribiéndose mutuamente con regularidad, yo no podía esperar que de mi revelación saliera nada que no fuera un desastre completo.

»Dejad que os hable más de Godwin. Él me lo contó todo sobre sus clases y sus controversias. No podía enseñar teología hasta haber cumplido los treinta y cinco años, pero predicaba con frecuencia ante grandes multitudes en París, y tenía muchos seguidores. Era más feliz de lo que nunca había sido en la vida, y repetía una y otra vez que deseaba que yo también fuera feliz, y me preguntaba por qué no me casaba.

»Decía que los inviernos eran fríos en París, como los de Inglaterra, y que el convento era frío. Pero que nunca había sentido aquella alegría cuando tenía una bolsa con dinero suficiente para comprar toda la leña, o la comida, que se le antojara. Todo lo que quería en este mundo era saber cómo me iba a mí, y que yo encontrara también la felicidad.

»Cuando me escribía esas cosas, la verdad no revelada me dolía, porque mi felicidad consistía en tener a nuestras dos hijas sentadas en mis rodillas.

»Poco a poco, me di cuenta de que deseaba que Godwin lo supiera. Quería que supiera que aquellas dos hermosas flores de nuestro amor habían crecido a salvo y desplegaban ahora toda su inocente belleza con la protección adecuada.

»Y lo que hacía más doloroso el secreto era el hecho de que Godwin seguía con tanto ardor sus estudios de hebreo, que a menudo debatía con estudiosos judíos de París, e iba a sus casas a estudiar con ellos, igual que tiempo atrás había viajado una y otra vez entre Londres y Oxford con la misma intención. Godwin era, entonces igual que antes, un enamorado de nuestro pueblo. Por supuesto, deseaba convertir a aquellos con quienes discutía, pero sentía un gran amor por sus mentes agudas, y por encima de todo por las vidas devotas que vivían, de las que solía decir que le enseñaban más acerca del amor que la conducta de algunos de los estudiantes de teología de la universidad.

»Muchas veces deseé confesarle mi verdadera situación, pero como os he dicho, me abstuve de hacerlo por dos consideraciones. Una, que Godwin se sentiría profundamente infeliz si supiera que me había dejado embarazada cuando se marchó. Y la segunda, que podría sentirse alarmado, como le ocurriría a cualquier padre gentil, por el hecho de que dos hijas suyas fueran educadas en el judaísmo, no tanto porque le pareciera mal lo que yo hice ni por temor por sus almas, sino porque era consciente de las persecuciones y la violencia a que se ve sujeto nuestro pueblo.

»Hace dos años se enteró de lo ocurrido en relación con el pequeño san Hugo de Lincoln. Y nos escribimos el uno al otro con toda sinceridad nuestros temores acerca de lo que podía pasar en la judería de Londres. Cuando se nos acusa en un lugar, la violencia puede surgir en otro distinto. El odio y las mentiras sobre nosotros se extienden como una plaga.

»Eran horrores como aquellos los que me impulsaban a guardar el secreto. Porque, ¿qué pasaría si Godwin se enteraba de que sus hijas corrían peligro de ser asaltadas y asesinadas? ¿Qué es lo que haría?

»Lo que finalmente me llevó a explicárselo todo, fue la llegada de Meir.

»Meir entró en nuestra casa igual que había hecho Godwin años atrás, para estudiar con mi padre. Como os he dicho antes, la ceguera de mi padre no detuvo la afluencia de estudiantes. La Torá está escrita en el corazón, solemos decir, y después de tantos años de comentarios sobre el Talmud, él lo conoce de memoria. Y también se sabe de memoria los comentarios de Rashi sobre el Talmud.

»Los maestros de las sinagogas de Oxford venían con frecuencia a nuestra casa a consultar a mi padre. Le presentaban incluso sus discusiones, para que las arbitrase. Y tenía muchos amigos cristianos que le pedían consejo en cuestiones sencillas y que, de vez en cuando, si necesitaban dinero ahora que hay leyes contra nuestros préstamos, recurrían a él para que se lo facilitara sin hacer constar por escrito ningún interés. Pero no quiero hablar de esas cosas. Nunca he gestionado personalmente mis propiedades.

»Y muy pronto después de llegar Meir a la casa de mi padre, empezó a gestionar mis asuntos, y de ese modo no me vi obligada a pensar en cuestiones materiales.

»Me veis aquí ricamente vestida y con esta cofia blanca y el velo, y no veis nada que empañe la imagen de una mujer acomodada a excepción de esta etiqueta de tafetán cosida a mi pecho que me identifica como judía, pero creedme cuando os aseguro que apenas me preocupo de las cosas materiales.

»Sabéis por qué somos prestamistas de dinero para el rey y para las personas de este reino. Lo sabéis perfectamente. Y probablemente sabéis también que desde que el rey nos prohibió prestar dinero con interés, se han encontrado formas de eludir la prohibición y todavía tenemos en nuestro poder la firma del rey en muchos pergaminos de deuda.

»Pues bien, como mi vida estaba dedicada a mi padre y a mis hijas, nunca se me ocurrió que Meir podría pedir mi mano, aunque no dejé de observar lo mismo que habría advertido cualquier mujer, y estoy segura de que incluso vos mismo, a saber que Meir es un hombre apuesto, de una gran amabilidad y de una inteligencia aguda.

»Cuando con el mayor respeto solicitó mi mano, lo planteó a mi padre en los términos más generosos: no era su intención privarlo de mí y de mi amor, sino muy al contrario invitarnos a todos nosotros a trasladarnos con él a la casa que acababa de heredar en Norwich. Tenía allí muchas relaciones y conocidos, y era amigo de los judíos más ricos de Norwich, que abundan en esta ciudad como os habréis dado cuenta simplemente al ver cuántas notables casas de piedra se levantan aquí. Sabéis por qué construimos de piedra nuestras casas. No tengo que explicároslo.

»Pero mi padre ya casi no veía nada. Podía decir cuándo había salido el sol y sabía cuándo era de noche, pero a mí y a mis hijas nos conocía por el tacto de sus suaves manos, y si había algo que amaba tanto como nos amaba a nosotras, era instruir a Meir y guiar sus lecturas. Porque Meir no sólo es un estudiante de la Torá y del Talmud, y de astrología y de medicina, y de todas las demás materias que han despertado el interés de mi padre, sino que además es poeta, y tiene la visión del poeta sobre las cosas, y descubre belleza en todo lo que ve.

»Si Godwin hubiera nacido judío, habría sido el gemelo de Meir. Pero hablo sin sentido, porque Godwin es la suma de muchas corrientes sorprendentes, como he explicado. Si Godwin entra en una habitación, es como si irrumpiera de pronto un grupo numeroso de personas. Meir en cambio aparece en silencio, como con un resbalar de sedas. Se parecen y al mismo tiempo son completamente distintos.

»Mi padre consintió de inmediato en que me casara con Meir, y estaba dispuesto a viajar a Norwich, donde sabíamos que la comunidad judía era muy próspera y que había reinado la paz durante muchos años. Después de todo, las horribles acusaciones de que los judíos mataron al pequeño san Guillermo databan de casi cien años atrás. Y sí, la gente visitaba la capilla y en su fervor nos miraba con miedo, pero contábamos con muchos amigos entre los gentiles, y las viejas injurias y los rencores a veces pierden su aguijón.

»Pero ¿debía casarme con Meir sin contarle la verdad? ¿Iba a dejar un secreto así entre nosotros, que mis hijas tenían un padre vivo?

»No podíamos pedir consejo a nadie, o así pensaba mi padre después de meditar mucho sobre el asunto, y no quería que yo hiciera nada antes de que de una u otra forma el problema quedara resuelto.

»De modo que, ¿qué pensáis que hice? Sin decirle nada a mi padre, me dirigí en busca de consejo al hombre en el que más confiaba en el mundo y a quien más amaba, y ése era Godwin. A Godwin, considerado un santo viviente por sus hermanos de París, y un gran estudioso de la ciencia de Dios, le escribí y le planteé la cuestión.

»Escribí la carta en hebreo, como hacía a menudo, y le conté toda la historia: "Tus hijas son hermosas de mente, de corazón y de cuerpo —le dije—, pero creen ser las hijas de un padre que ha muerto, y el secreto ha sido tan bien guardado que Meir, que me ha propuesto matrimonio, no sospecha la verdad.

»"Ahora te lo planteo a ti, que estás más allá del punto en que el nacimiento de esas niñas podría causarte dolor o preocupación, al tiempo que te aseguro que esas niñas preciosas reciben tantas atenciones como pueden desear: ¿qué debo contestar a la propuesta de Meir? ¿Puedo convertirme en la esposa de ese hombre sin darle una explicación completa?

»"¿Cómo puedo guardar un secreto así a un hombre que no aportará al matrimonio más que cariño y ternura? Y ahora que sabes, ¿qué es lo que deseas en el fondo de tu corazón para tus hijas? Acúsame ahora, si lo deseas, de no haberte dicho que esas jóvenes sin par son tus hijas. Acúsame ahora, antes de que contraiga matrimonio con ese hombre.

»"Te he dicho la verdad, y siento un gran alivio egoísta por haberlo hecho, debo confesarlo, pero también una alegría desinteresada. ¿Debo contar a mis hijas la verdad cuando tengan edad para entenderla, y qué debo hacer con ese buen hombre, Meir, ahora?"

»Le rogué que aquello no significara un golpe para él, y que me diera su piadoso consejo sobre lo que debía hacer. "Es al hermano Godwin a quien escribo —le dije—, al hermano que se ha entregado a sí mismo a Dios. En él confío para una respuesta que esté a un tiempo llena de amor y de sabiduría." También le dije que le había ocultado la verdad a sabiendas, pero que nunca podría saber si al obrar así lo había protegido o le había hecho daño.

»No recuerdo qué más escribí. Puede que le contara la viveza del ingenio de las dos niñas, y cómo progresaban en sus estudios. Desde luego le conté que Lea era la más callada de las dos, y que Rosa siempre había sido más alegre y bromista. También le dije que Lea desdeñaba las cosas mundanas porque no las consideraba importantes, mientras que Rosa nunca tenía suficientes vestidos o velos.

»Le dije que Lea estaba siempre pendiente de mí, a mi lado, mientras que Rosa espiaba desde la ventana todas las idas y venidas de Oxford o de Londres, cuando se veía obligada a quedarse en casa.

»Le conté que las dos hijas se parecían a él en algún aspecto, Lea en la piedad y la disciplina, y Rosa en la alegría irreprimible y la risa fácil. Le dije que las niñas habían heredado propiedades cuantiosas de su padre legal, y que también recibirían bienes de mi padre.

»Una vez despaché la carta, tuve miedo de irritar o decepcionar a Godwin, y de perderlo así para siempre.

Aunque ya no lo amaba como lo había hecho de joven, y ya no pensaba en él como hombre, lo amaba con todo mi corazón, y ponía mi corazón en cada carta que le escribía.

»Y ¿qué creéis que ocurrió?

He de confesar que no tenía idea de lo que había podido ocurrir, y las ideas se atropellaban en mi mente hasta el punto de que me costaba un gran esfuerzo seguir la narración de Fluria. Había mencionado que perdió a sus dos hijas. Mientras me hablaba, la emoción la embargaba. Y en buena medida, esa misma emoción había hecho presa en mí.

11

Fluria continúa su historia

—Pasadas dos semanas, Godwin vino a Oxford y se presentó a la puerta de mi casa.

»No era, desde luego, el Godwin que yo había conocido. Había perdido el filo aguzado de la juventud, su osadía inveterada, y lo había reemplazado por algo infinitamente más radiante. Era el hombre que conocía por nuestras cartas. Era suave al hablar y considerado, pero estaba henchido de una pasión interior que le resultaba difícil reprimir.

»Lo hice pasar sin decir nada a mi padre, y de inmediato lo presenté a las dos niñas.

»Me pareció que no tenía otra opción que hacerles saber que aquel hombre era su padre real, y de forma amable y llena de cariño fue eso lo que Godwin me pidió que hiciera.

»"No has hecho nada malo, Fluria —me dijo—. Has soportado durante todos estos años una carga que me correspondía a mí compartir. Te dejé embarazada, y ni siquiera se me ocurrió pensar en esa posibilidad. Ahora déjame ver a mis hijas, te lo ruego. No tienes nada que temer de mí."

»Llevé a las niñas a su presencia. Ocurrió hace menos de un año, y las niñas tenían trece.

»Sentí un orgullo inmenso y alegre al presentarlas, porque se habían convertido sin discusión posible en dos bellezas, y habían heredado la expresión radiante y feliz de su padre.

»Con la voz temblorosa les expliqué que aquel hombre era su padre real, y que era el hermano Godwin al que escribía con tanta frecuencia, y que hasta hacía tan sólo dos semanas él no sabía nada de su existencia, y ahora tan sólo deseaba conocerlas.

»Lea pareció confusa, pero Rosa sonrió de inmediato a Godwin. Y con la irreprimible espontaneidad que tenía declaró que siempre había sabido que algún secreto rodeaba su nacimiento, y que se sentía feliz al ver por fin al hombre que era su padre. "Madre —dijo—, éste es un día alegre."

»Godwin no pudo reprimir las lágrimas.

»Tendió a sus hijas unas manos amorosas, que colocó sobre ambas cabezas. Y luego se sentó a llorar, abrumado, con la mirada fija en las dos hijas que tenía ante él, y sin parar de sollozar en silencio.

»Cuando mi padre supo que estaba en la casa, cuando los sirvientes más antiguos le contaron que Godwin sabía ahora que tenía dos hijas y que ellas lo habían conocido a él, mi padre bajó de sus habitaciones y entró en la sala con amenazas de matar a Godwin con sus propias manos. "¡Oh, suerte tienes de que estoy ciego y no veo dónde estás! Lea y Rosa, os lo ordeno, llevadme delante de ese hombre."

»Ninguna de las dos niñas sabía qué hacer, y yo corrí a interponerme entre mi padre y Godwin, y rogué a mi padre que se tranquilizara.

»"¿Cómo te atreves a presentarte aquí con ese motivo? —exclamó mi padre—. He tolerado tus cartas e incluso de vez en cuando te he escrito yo mismo. Pero ahora que conoces las dimensiones de tu traición, me pregunto cómo tienes el atrevimiento de venir bajo mi techo."

»Conmigo empleó también un lenguaje muy duro.

»"Has contado a este hombre cosas sin mi consentimiento. ¿Y qué has dicho a Lea y Rosa? ¿Qué es lo que saben estas niñas?"

»Rosa intentó calmarlo. "Abuelo —dijo—, siempre hemos notado que existía algún misterio relacionado con nosotras. Hemos pedido muchas veces sin resultado escritos de nuestro supuesto padre, o algún recuerdo suyo, pero nunca hemos conseguido otra cosa que la confusión y el dolor de nuestra madre. Ahora sabemos que este hombre es nuestro padre, y no podemos evitar sentirnos felices al saberlo. Es un gran maestro, abuelo, y hemos oído mencionar su nombre todas nuestras vidas."

»Intentó abrazar a mi padre, pero él la rechazó.

»Oh, era espantoso verlo así, con la mirada ciega fija al frente, aferrado a su bastón pero desorientado, sintiéndose solo entre enemigos de su propia carne y sangre.

»Yo rompí a llorar y no supe qué decir.

»"Éstas son las hijas de una madre judía —dijo mi padre—, y son mujeres judías que algún día serán madres de hijos judíos, y tú no tienes nada que ver con ellas. No pertenecen a tu fe. Y debes irte de aquí. No me cuentes historias sobre tu santidad y tu fama en París. He oído ya bastante sobre eso. Sé quién eres en realidad, el hombre que traicionó mi confianza y mi hogar. Ve a predicar a los gentiles que te aceptan como un pecador reformado. Yo no admito ninguna confesión de culpabilidad por tu parte. Me sorprendería que no visitaras a una mujer cada noche en París. ¡Vete!"

»No conocéis a mi padre. No podéis saber cómo es en el paroxismo de la ira. Sólo os he dado una idea muy pálida de la elocuencia con la que fustigó a Godwin. Y todo ello en presencia de las niñas, que me miraban ahora a mí, ahora a su abuelo, y luego al fraile negro, que cayó de rodillas y dijo: "¿Qué puedo hacer sino implorar vuestro perdón?" Y mi padre respondió: "Acércate lo suficiente y te golpearé con todas mis fuerzas por lo que hiciste en mi casa."

»Godwin se limitó a ponerse de pie, se inclinó delante de mi padre, y después de dirigirme una mirada tierna y de hacer un gesto apenado de despedida a sus hijas, se volvió para salir de la casa.

»Rosa lo detuvo, e incluso le echó los brazos al cuello, y él la abrazó con los ojos cerrados largo rato..., cosa que mi padre no podía ver ni saber. Lea seguía inmóvil, rígida, llorosa, y luego se fue corriendo de la habitación.

»Mi padre rugió: "Fuera de mi casa." Y Godwin obedeció al instante.

»Yo estaba horrorizada al pensar en lo que haría o adónde iría, y me pareció que ya no podía hacer nada más, excepto confesar a Meir toda la historia.

»Meir vino aquella noche. Estaba inquieto. Le habían hablado de una pelea bajo nuestro techo y de que alguien había visto salir de la casa a un fraile negro en apariencia muy trastornado.

»Yo me encerré con Meir en el estudio de mi padre y le conté la verdad. Le dije que no sabía lo que iba a ocurrir. ¿Había vuelto Godwin a París, o seguía en Oxford o en Londres? No tenía la menor idea.

»Meir me dirigió una larga mirada con sus ojos dulces y amorosos. Luego me dejó completamente sorprendida: "Hermosa Fluria —dijo—, siempre he sabido que habías tenido a tus hijas con un amante joven. ¿Crees que en la judería nadie se acuerda del afecto que sentías por Godwin, y de la historia de su ruptura con tu padre hace muchos años? No dicen nada de forma explícita, pero todo el mundo lo sabe. Puedes estar tranquila en ese aspecto, por lo que se refiere a mí. A lo que te enfrentas ahora no es a mi retirada, porque te amo hoy tanto como te amaba ayer y el día antes. A lo que nos enfrentamos todos es a lo que Godwin se proponga hacer."

»Siguió hablándome con la mayor calma: "Un sacerdote o un monje acusado de tener hijos con una mujer judía puede esperar un castigo grave. Lo sabes bien. Y también son graves las consecuencias para la judía que confiese que sus hijas lo son de un gentil. Esas uniones están prohibidas por la ley, y la Corona está ansiosa de apoderarse de las propiedades de quienes la violan. Es imposible pensar que en esta situación pueda hacerse otra cosa que guardar el secreto."

»En efecto, él tenía razón. Era la misma situación de tablas por imposibilidad de hacer ningún movimiento válido a la que llegamos Godwin y yo cuando nos amábamos al principio, y Godwin fue enviado lejos. Las dos partes teníamos motivos para guardar el secreto. Y sin duda mis hijas, que eran inteligentes, lo comprendían muy bien.

»Las palabras de Meir tuvieron en mí un efecto tranquilizador no demasiado distinto de la serenidad que solía sentir al leer las cartas de Godwin, y en ese momento de profunda intimidad, porque verdaderamente de eso se trataba, vi con más claridad que antes el innato carácter apacible y cariñoso de Meir.

»Él repitió: "Tenemos que esperar a ver lo que hace Godwin. La verdad, Fluria, es que vi a ese fraile salir de tu casa, y me pareció un hombre humilde y amable. Yo estaba mirando porque no quería entrar si tu padre estaba con él en su estudio. Por eso lo vi con mucha claridad cuando salió. Su rostro estaba pálido y tenso, y parecía llevar sobre su alma una carga inmensa."

»Y yo le dije: "Ahora también tú la llevas, Meir."

»"No, yo no llevo ninguna carga. Sólo espero y rezo para que Godwin no pretenda quitarte a sus hijas, porque eso sería algo horroroso y terrible."

»Y le pregunté: "¿Cómo podría un fraile quitarme a mis hijas?"

»Pero en el momento en que acababa de preguntarlo, llamaron a la puerta y el ama de llaves, mi querida Amelot, vino a decirme que el conde Nigel, hijo de Arthur, estaba aquí con su hermano monje, el hermano Godwin, y que ella les había acomodado en la mejor habitación de la casa.

»Me levanté para ir allí, pero antes de que lo hiciera Meir se puso en pie a mi lado y me tomó la mano: "Te amo, Fluria, y quiero que seas mi esposa. Recuérdalo, y también que he conocido ese secreto sin que nadie tuviera que contármelo. Incluso supe que el hijo menor del conde era el probable padre. Cree en mí, Fluria, en que puedo amarte con abnegación, y si no quieres dar respuesta ahora a mi proposición, por estar las cosas como están, ten la certeza de que esperaré pacientemente a que decidas si vamos a casarnos o no."

»Bueno, nunca había oído a Meir decir tantas palabras seguidas en mi presencia, ni siquiera en la de mi padre. Y fue para mí un gran consuelo oírle, porque sentía terror al pensar en lo que me esperaba en la sala.

»Perdonadme si lloro. Perdonadme porque no puedo evitarlo. Perdonadme que no pueda olvidar a Lea, mientras cuento estas cosas.

»Perdonadme que llore también por Rosa.

»*"Señor, escucha mi oración,*
presta oídos a mis súplicas,
por tu fidelidad respóndeme, por tu justicia;
no entres en juicio con tu siervo,
pues no es justo ante ti ningún viviente."

»Conocéis este salmo tan bien como yo. Es mi oración constante.

»Fui a saludar al joven conde, que había heredado el título de su padre. A Nigel lo había conocido también como uno de los estudiantes de mi padre. Parecía preocupado, pero no furioso. Y cuando volví la vista a Godwin, me maravillé de nuevo de su dulzura y de la serenidad que lo rodeaba, de modo que estando como estaba, presente y vibrante, también parecía encontrarse en otro mundo.

»Los dos hombres me saludaron con todo el respeto que habrían mostrado a una mujer gentil, y yo los invité a tomar asiento y a beber un sorbo de vino.

»Mi alma temblaba. ¿Qué significado podía tener la presencia del conde?

»Entró mi padre y pidió saber quién estaba en la casa. Yo pedí a la sirvienta que llamara a Meir y lo invitara de mi parte a reunirse con nosotros, y luego, con voz insegura, expliqué a mi padre que estaba aquí el conde con su hermano Godwin, y que les había invitado a una copa de vino.

»Cuando llegó Meir y se colocó de pie junto a mi

padre, dije a los sirvientes, que estaban formados en fila ante el conde, que hicieran el favor de salir.

»"Muy bien, Godwin. ¿Qué has venido a decirme?"

»Procuré no llorar.

»Si la gente de Oxford se enteraba de que dos niñas gentiles habían sido educadas como judías, ¿no intentaría hacernos daño? ¿No existía una ley en virtud de la cual podíamos ser incluso ejecutados? No lo sabía. Había tantas leyes contra nosotros..., pero estas niñas no eran hijas legales de su padre cristiano.

»¿Y desearía para sí un fraile como Godwin la desgracia de que su paternidad fuera conocida por todo el mundo? Godwin, tan amado por sus estudiantes, posiblemente no querría una cosa así.

»Pero el poder del conde era considerable. Era uno de los hombres más ricos del reino, y tenía capacidad para llevar la contraria al arzobispo de Canterbury si así lo decidía, e incluso al rey. Algo terrible podía estar ahora tramándose entre cuchicheos y a escondidas del público.

»Mientras pensaba en esas cosas intenté no mirar a Godwin, porque cuando lo veía únicamente sentía por él un amor puro y elevado, y la expresión de preocupación de su cara y la de su hermano me llenaba de aprensión y dolor.

»Sentí de nuevo que estábamos en una situación de tablas. Me encontraba delante de un tablero de ajedrez con dos piezas enfrentadas, y ninguna de las dos disponía de una jugada ganadora.

»No me juzguéis con dureza por hacer cálculos en un momento así. Yo misma veía la culpa que me correspondía por todo lo que estaba ocurriendo. Incluso el silencioso y pensativo Meir pesaba ahora sobre mi conciencia, por haber pedido mi mano.

»Pero calculé lo mismo que si estuviera sumando cantidades: "Si nos denuncian, seremos condenados. Pero si alegamos en contra de ellos, Godwin caerá en desgracia."

»¿Y si me quitaban a mis hijas, y vivían una vida de cautividad insufrible en el castillo del conde? Era lo que temía por encima de todo.

»Reprimí en silencio mis temores, y supe que ahora las piezas del ajedrez estaban frente a frente, y esperé el siguiente movimiento.

»Mi padre, aunque le ofrecieron una silla, siguió de pie, y pidió a Meir que levantara la lámpara e iluminara el rostro de los dos hombres sentados frente a él. Me di cuenta de que a Meir le repugnaba hacer una cosa así, y me adelanté a hacerlo yo misma, después de pedir disculpas al conde, que se limitó a hacer un gesto de asentimiento y fijó la mirada más allá de la llama.

»Mi padre suspiró, reclamó una silla con un gesto, y tomó asiento. Con las dos manos agarraba la parte superior de su bastón: "No me importa quiénes sois —dijo—. Os desprecio. Si asaltáis mi casa, heredaréis el viento."

»Godwin se puso en pie y se adelantó. Mi padre, al oír sus pasos, levantó el bastón como para rechazarlo, y Godwin se detuvo en el centro de la sala.

»Oh, fue un momento de agonía, pero luego Godwin, el predicador, el hombre que conmovía a las multitudes en las plazas de París y en las aulas de la universidad, empezó a hablar. Su francés normando era perfecto, como lo era también el de mi padre y lo es el mío, como podéis comprobar.

»Dijo: "El fruto de mis pecados está ahora delante de mí. Veo las consecuencias de mis actos egoístas. Veo ahora que lo que hice de forma inconsciente ha acarreado consecuencias graves para otros, y que ellos han aceptado esas consecuencias con generosidad y gracia."

»Me sentí hondamente conmovida al oírle decir esas cosas, pero mi padre hizo un gesto de impaciencia: "Si te llevas a esas niñas de nuestro lado, te acusaré ante el rey. Somos, si es que por un instante lo has olvidado, judíos del rey, y tú no puedes hacer semejante cosa."

»Y Godwin, en el mismo tono dulce y elocuente, dijo: "No voy a hacer nada sin vuestro consentimiento, Magister Elí. No he venido a vuestra casa con pretensiones ni exigencias. Vengo con una súplica."

»"¿Y cuál es? ¡Cuidado! —respondió mi padre—, estoy preparado para empuñar este bastón y golpearte con él hasta la muerte."

»"Padre, por favor", le supliqué, para que callara y escuchara.

»Godwin aceptó aquello y habría tenido paciencia suficiente para ser apaleado en público sin levantar un dedo en su defensa. Luego explicó sus intenciones: "¿No son dos, estas preciosas niñas? —dijo—. ¿No nos las ha enviado Dios por nuestras dos fes? Mirad el regalo que nos ha hecho a Fluria y a mí. Yo, que nunca esperé tener la devoción o el amor de un hijo, ahora poseo el de dos, y Fluria vive feliz todos los días en la amorosa compañía de su descendencia, que una persona cruel podría arrebatarle... Fluria, te lo suplico: dame una de estas hermosas niñas. Magister Elí, os lo ruego, dejad que me lleve de esta casa a una de las dos niñas.

»"Dejad que me la lleve a París para educarla. Dejad que la vea crecer, cristiana y con la guía amorosa de un padre y un tío amantes.

»"Guardad siempre a la otra junto a vuestro corazón. Y aceptaré sin discutir la que me destinéis, porque vosotros conocéis sus corazones y sabéis cuál de las dos podrá ser feliz en París, viviendo una vida nueva, y cuál es tal vez más tímida y más apegada a su madre. De que las dos os aman, no me cabe la menor duda.

»"Pero, Fluria, te lo ruego, date cuenta de lo que significa para mí, como creyente en Jesucristo, que mis hijas no puedan estar junto a los suyos y no sepan nada de la resolución más importante que ha tomado su padre: servir a Nuestro Señor Jesucristo en pensamiento, palabra y obra, para siempre. No puedo regresar a París sin suplicártelo: déjame a mí una de las niñas. Deja que la eduque como mi hija cristiana. Partamos entre los dos los frutos de nuestra caída, y la suerte inmensa de que hayan venido a este mundo unas criaturas tan hermosas."

»Mi padre se puso furioso. Se levantó y empuñó su bastón: "Tú que trajiste la desgracia a mi hija —gritó—, ¿vienes ahora con la pretensión de repartir las hijas? ¿De dividirlas? ¿Te crees el rey Salomón? Si conservara la vista, te mataría. Nada me detendría. Te mataría con mis manos, y te enterraría en el patio trasero de esta casa para guardarla de tus hermanos cristianos. Da gracias a tu Dios de que estoy ciego, enfermo y viejo, y no puedo arrancarte el corazón. Tal como están las cosas, te ordeno que salgas de mi casa e insisto en que no vuelvas nunca ni intentes ver a tus hijas. La puerta está cerrada para ti. Y déjame que te aclare una cosa sobre este asunto: estas niñas son legalmente nuestras. ¿Cómo piensas probar lo contrario delante de nadie, sin contar con el escándalo que atraerás sobre ti mismo si no te vas de aquí en silencio y olvidas esa petición descarada y cruel?"

»Yo hice cuanto pude para apaciguar a mi padre, pero con un codazo me echó a un lado. Agitó su bastón, y sus ojos ciegos buscaron a su enemigo en la habitación.

»El conde estaba abatido por la pena, pero no hay palabras para describir la mirada de aflicción y el corazón roto de Godwin. En cuanto a Meir, no podría deciros cómo le afectaba aquella discusión porque todo lo que yo podía hacer era rodear con los brazos a mi padre y suplicarle que callara y dejara hablar a aquellos hombres.

»Estaba aterrorizada, no por Godwin, sino por Nigel. Era Nigel quien en último término tenía poder para llevarse a mis dos hijas, si así lo decidía, y someternos a un proceso implacable. Nigel quien contaba con dinero y hombres bastantes para secuestrar a las niñas y encerrarlas en un castillo a muchos kilómetros de Londres, y negarme la posibilidad de volver a verlas nunca más.

»Pero sólo vi dulzura en los rostros de los dos hombres. Godwin lloraba otra vez: "¡Oh, cuánto lamento haberos causado dolor!", dijo a mi padre.

»"¿Causarme dolor, perro? —respondió mi padre. Con dificultad volvió a su silla y tomó de nuevo asiento, temblando violentamente—. Has pecado contra mi casa. Pecas de nuevo contra ella. Márchate de aquí. Vete."

»Pero para sorpresa de todos, en ese momento de pasión Rosa entró en la sala y con voz clara pidió a su abuelo que por favor no dijera nada más.

»Con las gemelas ocurre que, por más idénticas que sean en lo físico, no son iguales de carácter ni de corazón. Como ya os he insinuado, una puede inclinarse más a la acción y al mando que la otra. Así les pasaba a mis dos hijas, como ya he dicho. Lea se comportaba siempre como si fuera más joven que Rosa; Rosa era casi siempre quien decidía qué hacer o no hacer. En eso se parecía a mí tanto como a Godwin. También se parecía a mi padre, que siempre era un hombre que hablaba con firmeza.

»Y bien, como era de esperar fue Rosa quien habló en ese momento. Me dijo a mí con mucha suavidad, pero con mayor firmeza todavía, que quería ir a París con su padre.

»Su declaración dejó hondamente conmovidos tanto a Godwin como a Nigel, y en cambio mi padre se quedó sin habla y agachó la cabeza.

»Rosa fue a él y lo estrechó entre sus brazos, y lo besó. Pero él no abrió los ojos, dejó caer su bastón al suelo y se apretó las rodillas con los puños, sin hacer caso de ella y como si no se diera cuenta de su abrazo.

»Yo quise devolverle su bastón porque nunca lo soltaba, pero no hizo el menor caso de ninguno de nosotros, como si se hubiera recogido en el interior de sí mismo.

»"Abuelo —dijo Rosa—, Lea no puede soportar verse separada de nuestra madre. Tú lo sabes, y sabes que se asustaría si fuera a un lugar como París. Tiene miedo incluso de ir con Meir y con madre a Norwich. Soy yo quien debe ir con el hermano Godwin. Sin duda te das cuenta de que es lo más juicioso, y la única manera de que todos nosotros vivamos en paz."

»Se volvió a mirar a Godwin, que la observaba con un arrobo tan grande que a duras penas pude soportar el verlo.

»Rosa siguió diciendo: "Supe que este hombre era mi padre antes incluso de verle. Supe que el hermano Godwin de París, al que mi madre escribía con tanta devoción, era el hombre que me había dado la vida. En cambio, Lea nunca lo sospechó, y ahora sólo desea estar junto a madre y a Meir. Lea cree en lo que cree, no en la fuerza de lo que ve, sino en lo que siente en su interior."

»Se acercó a mí entonces y me rodeó con sus brazos. En voz baja me dijo: "Quiero ir a París. —Frunció la frente y pareció esforzarse en articular las palabras, pero acabó por decir sencillamente—: Madre, quiero estar junto al hombre que es mi padre. —Siguió mirándome fijamente a los ojos—. Ese hombre no se parece a los demás hombres. Ese hombre es como los santos."

»Se refería con esa palabra a los judíos más estrictos que intentan vivir enteramente para Dios, y que observan la Torá y el Talmud de forma tan completa que entre nosotros reciben el nombre de *hasidim*.

»Mi padre suspiró, levantó la vista y pude ver que sus labios se movían en una oración. Inclinó la cabeza. Se puso en pie, se volvió hacia la pared dándonos la espalda a todos, y empezó a inclinarse hacia el suelo mientras rezaba.

»Pude ver que a Godwin lo llenaba de alegría la decisión de Rosa. Y lo mismo cabe decir de su hermano, Nigel.

»Y fue Nigel quien habló entonces, y explicó en voz baja y respetuosa que cuidaría de que Rosa tuviera todas las ropas y las comodidades que pudiera necesitar, y que se educaría en el mejor convento de París. Ya había escrito a las monjas. Fue a Rosa, la besó y le dijo: "Has hecho muy feliz a tu padre."

»Godwin rezaba al parecer, y luego dijo entre dientes:

»"Señor, has puesto un tesoro en mis manos. Te prometo que cuidaré siempre de esta niña, y que la suya será una vida plena de bendiciones terrenales. Por favor, Señor, concédele Tú una vida plena de bendiciones espirituales."

»Creí que mi padre iba a volverse loco cuando lo oyó. Desde luego Nigel era un conde, lo comprendéis, dueño de más de una provincia, y estaba acostumbrado a ser obedecido no sólo por la gente de su palacio sino por sus numerosos siervos y por todos los que se topaban con él. No se daba cuenta de hasta qué punto sus disposiciones ofendían en lo más profundo a mi padre.

»Sin embargo, Godwin sí se dio cuenta y de nuevo, como antes, se arrodilló delante de mi padre. Lo hizo con una total humildad, como si no fuera con él, y qué imagen daba con su hábito negro y sus sandalias, de rodillas delante de mi padre, rogándole que lo perdonara por todo y que confiara en que Rosa contaría con todo su cariño y sus atenciones.

»Mi padre no se conmovió. Por fin, con un profundo suspiro hizo seña a todo el mundo de que callara, porque en ese momento Rosa estaba rogándole, e incluso el orgulloso pero amable Nigel le pedía que reconociera lo justo de aquella solución. "¿Justo? —exclamó mi padre—. ¿Que la hija judía de una mujer judía sea bautizada y se convierta en cristiana? ¿Es eso lo que pensáis que es justo? Antes la vería muerta que dejar que ocurra semejante cosa."

»Pero Rosa, atrevida, se apretaba contra él y no le dejaba apartar sus manos de las de ella. "Abuelo —dijo—, tú vas a ser ahora el rey Salomón. Has de ver que Lea y yo hemos de separarnos, porque somos dos y no una, y tenemos dos padres, un padre y una madre."

»"Tú eres quien lo ha decidido —contestó mi padre. Su tono era irritado. Nunca lo había visto tan furioso, tan amargado. Ni siquiera cuando años atrás le dije que estaba embarazada había reaccionado con tanta ira—. Estás muerta para mí —le dijo a Rosa—. Te vas con el loco y mentecato de tu padre, ese diablo que se aprovechó de mi confianza, escuchó mis historias y leyendas y lo que había de ser mi enseñanza, sin quitar ni por un instante sus ojos malvados de tu madre. Vete, para mí estás muerta y llevaré luto por ti. Sal de mi casa. Sal y llévate contigo a ese conde que ha venido aquí para separar a una niña de su madre y de su abuelo."

»Salió él de la habitación, encontrando por sí solo el camino, y cerró la puerta con un fuerte golpe.

»En ese momento pensé que mi corazón se partía, y que nunca iba a conocer de nuevo la paz, la felicidad ni el amor. Pero ocurrió algo que me afectó más profundamente que cualquier palabra que se pronunciara.

»Cuando Godwin se levantó y se volvió hacia Rosa, ella corrió a sus brazos. Se sentía atraída hacia él de una forma irresistible, y lo cubrió de besos infantiles, y reclinó la cabeza en sus hombros, y él cerró los ojos y lloró.

»En ese momento me vi a mí misma, tal como lo había amado años atrás. Vi sólo la esencia de aquella escena, que era a nuestra hija a quien abrazaba. Y supe que no podía ni quería hacer nada que impidiese aquel plan.

»Sólo lo admitiré ante vos, hermano Tobías, pero sentí un alivio total. Y en mi corazón me despedí en silencio de Rosa y en silencio ratifiqué mi amor por Godwin, y fui a ocupar mi lugar al lado de Meir.

»Ah, ya veis cómo son las cosas. Ya lo veis. ¿Estaba equivocada? ¿Tenía razón?

»El Señor del cielo me ha arrebatado a Lea, la hija que seguía conmigo, mi leal, tímida y cariñosa Lea. Se la ha llevado, mientras en Oxford mi padre se niega incluso a dirigirme la palabra y llora a Rosa, que sigue con vida.

»¿Me ha castigado el Señor?

»Sin duda, mi padre se ha enterado de la muerte de

Lea. Sin duda, sabe con lo que nos enfrentamos aquí en Norwich y que la ciudad ha convertido la muerte de Lea en una gran causa para condenarnos y posiblemente ejecutarnos, y que el odio de nuestros vecinos gentiles puede desbordarse de nuevo contra toda nuestra comunidad.

»Es un castigo dirigido contra mí, porque permití que Rosa quedara bajo la custodia del conde y se marchara con él y con Godwin a París. Es un castigo, no puedo dejar de creerlo. Y mi padre, mi padre no me dirige una palabra ni me ha escrito una letra desde aquel instante. Ni siquiera ahora.

»Se habría marchado de nuestra casa aquel mismo día, si Meir no se me hubiese llevado de allí de inmediato, y si Rosa no se hubiese ido la misma noche. Y la pobre Lea, mi dulce Lea, se esforzaba en comprender por qué su hermana se iba a París, y por qué su abuelo se había encerrado en un silencio que parecía de granito, y se negaba a hablarle incluso a ella.

»Y ahora mi dulce cariño, traída a esta ciudad extraña de Norwich y amada por todos los que ponían sus ojos en ella, ha muerto sin remedio, de la pasión ilíaca, mientras nosotros nos veíamos incapaces de salvarla, y Dios me ha colocado en este lugar, prisionera, hasta el momento en que en la ciudad estallen los tumultos y todos nosotros seamos destruidos.

»Me pregunto si mi padre no se estará riendo amargamente de nosotros, porque sin duda estamos siendo castigados.

12

El final de la historia de Fluria

Fluria estaba deshecha en llanto cuando acabó de hablar. De nuevo deseé abrazarla, pero sabía que era un gesto impropio y que no sería tolerado.

Repetí en voz baja que no podía imaginar su dolor al perder a Lea, y sólo el silencio era capaz de rendir el adecuado homenaje a su corazón.

—No creo que el Señor se haya llevado a la niña para castigar a nadie por alguna cosa —dije—. Pero ¿qué sé yo de los caminos del Señor? Creo que hiciste lo que creíste correcto al dejar marchar a Rosa a París. Y Lea murió debido a circunstancias por las que cualquier niño puede morir.

Se calmó un poco cuando le hablé así. Estaba cansada, y tal vez fue su agotamiento más que cualquier otra cosa lo que la apaciguó.

Se levantó de la mesa, fue hasta la estrecha aspillera que servía de ventana y pareció mirar la nieve que caía en el exterior.

Yo me puse de pie y me coloqué detrás de ella.

—Tenemos que decidir muchas cosas ahora, Fluria,

pero la principal es ésta: si he de ir a París y convencer a Rosa de que venga aquí a representar el papel de Lea...

—Oh, ¿creéis que no he pensado en eso? —preguntó ella. Se volvió hacia mí—. Es demasiado peligroso. Y Godwin nunca admitirá ese engaño. ¿Cómo puede ser bueno un engaño así?

—¿No engañó Jacob a Isaac? —dije—. ¿Y se convirtió en Israel y en el padre de su tribu?

—Sí, así es, y Rosa es lista y tiene el don de la palabra. Pero ¿qué ocurrirá si Rosa no puede responder a las preguntas de lady Margaret ni reconoce a la pequeña Eleanor como su amiga? No, no puede hacerse.

—Rosa puede negarse a hablar con quienes os han insultado —dije—. Todo el mundo lo comprenderá. Sólo es necesario que aparezca.

Al parecer, eso no se le había ocurrido a Fluria.

Empezó a recorrer la habitación y a retorcerse las manos. Durante toda mi vida había oído esa expresión: retorcerse las manos. Pero nunca había visto a nadie hacerlo, hasta entonces.

Me vino a la mente de pronto la idea de que ahora conocía a esta mujer mejor que a nadie en el mundo. Era un pensamiento extraño y escalofriante, no porque yo la amara lo más mínimo, sino porque no podía soportar pensar en mi propia vida.

—Pero en caso de que sea posible traer aquí a Rosa —pregunté—, ¿cuántas personas saben en la judería que tienes dos hijas gemelas? ¿Cuántas conocen a tu padre y te conocieron a ti en Oxford?

—Demasiadas, pero ninguna lo contará —insistió—. Recordad que para mi pueblo una persona que se convierte está muerta y desaparecida, y nadie menciona su nombre. Nunca hablamos de ella cuando vinimos aquí.

Y nadie nos ha hablado a nosotros de Rosa. Y yo diría que en estos momentos es el secreto mejor guardado de la judería. —Siguió hablando como si tuviera necesidad de razonarlo todo—. Según nuestra ley, Rosa podría haber perdido todas las propiedades que heredó, por el solo hecho de haberse convertido. No, hay personas aquí que lo saben pero guardarán silencio, y nuestro físico y nuestros ancianos se dan cuenta de que deben callar.

—¿Qué hay de tu padre? ¿Le has escrito para contarle que Lea ha muerto?

—No, y si lo hubiera hecho, él habría quemado la carta sin abrirla. Juró que lo haría si alguna vez le escribía.

»Y por lo que se refiere a Meir, es tal su pena y su angustia que se culpa a sí mismo de que la niña enfermó porque él la trajo aquí. Imagina que, bien abrigada y resguardada en Oxford, nunca habría enfermado. Él tampoco ha escrito a mi padre. Pero eso no quiere decir que mi padre no lo sepa. Tiene demasiados amigos aquí para no estar informado. —Empezó de nuevo a llorar—. Él lo verá como un castigo de Dios —susurró en medio de sus lágrimas—, de eso estoy segura.

—¿Qué deseas que haga yo? —pregunté. No me sentía del todo seguro de que estuviésemos de acuerdo los dos, pero sin duda ella era inteligente y reflexiva, y se nos hacía ya muy tarde.

—Id a ver a Godwin —dijo, y sus facciones se dulcificaron al pronunciar ese nombre—. Id a verlo y pedidle que venga aquí y calme a los hermanos dominicos. Haced que insista en nuestra inocencia. Godwin es una persona muy admirada en la orden. Estudió con Tomás y Alberto antes de que ellos se fueran y empezaran a predicar y a enseñar en Italia. Sin duda los escritos de Godwin sobre Maimónides y Aristóteles son conocidos incluso aquí. Godwin vendrá si yo se lo pido, sé que lo hará, y también porque..., porque Lea era su hija.

De nuevo fluyeron las lágrimas. Parecía tan frágil allí de pie a la luz de las velas, con la espalda vuelta al frío que entraba por la ventana, que yo me sentí incapaz de soportarlo.

—Puede que Godwin decida revelar toda la verdad y cargar con sus consecuencias —dijo—, y hacer comprender a los monjes negros que nosotros no hemos matado a nuestra hija. Él puede testificar de mi carácter y de mi alma. —Aquello le daba esperanzas, y obviamente también me las dio a mí—. Oh, sería algo magnífico librarnos de esta terrible mentira —dijo—. Y mientras vos y yo hablamos, Meir está suscribiendo la entrega de sumas de dinero. Se perdonarán las deudas. Afrontaré la ruina si es preciso, la pérdida de todas mis propiedades, si puedo llevarme conmigo a Meir de este lugar terrible. Me bastaría con saber que no he provocado ningún daño a los judíos de Norwich, que tanto han sufrido en otras épocas.

—Ésa sería la mejor solución, sin duda —juzgué—, porque una impostura comportaría riesgos muy grandes. Incluso vuestros amigos judíos podrían decir o hacer algo que dejara al descubierto la verdad. Pero ¿y si la ciudad no acepta la verdad? ¿Ni siquiera de Godwin? Será demasiado tarde para volver al plan del engaño. Se habrá perdido la oportunidad de una impostura.

Otra vez se oían ruidos en la noche. Sonidos ahogados, informes, y otros más penetrantes. Pero la nieve que caía lo amortiguaba todo.

—Hermano Tobías —dijo ella—, id a París y plantead todo el caso a Godwin. A él podéis contárselo todo, y dejar que Godwin decida.

—Sí, es lo que haré, Fluria —dije, pero otra vez oí ruidos y lo que parecía el son lejano de una campana.

Le hice un gesto para que me dejara acercarme a la ventana, y ella se apartó.

—Es la alarma —dijo aterrorizada.

—Puede que no —dije. De pronto empezó a tocar otra campana.

—¿Están incendiando la judería? —preguntó ella, con un hilo de voz que apenas podía pasar de su garganta.

Antes de que pudiera contestarle, la puerta de madera de la habitación se abrió y apareció el sheriff con todas sus armas, los cabellos empapados de nieve. Se hizo a un lado para dejar pasar a dos criados que arrastraron unos leños hasta la chimenea, y detrás de ellos entró Meir.

Con la mirada fija en Fluria, se echó atrás la capucha cubierta de nieve.

Fluria se precipitó en sus brazos abiertos.

El sheriff estaba de pésimo humor, como era de esperar.

—Hermano Tobías —dijo—, vuestro consejo a los fieles de que fueran a rezar al pequeño san Guillermo ha tenido consecuencias imprevistas. La multitud ha forzado la entrada en la casa de Meir y Fluria en busca de reliquias de Lea, y se ha llevado todos sus vestidos.

»Fluria, querida, habría sido más prudente que empaquetaras toda esa ropa y te la trajeras contigo al venir aquí. —Suspiró otra vez y miró a su alrededor como buscando alguna superficie que golpear con el puño—. Ya se están proclamando milagros en el nombre de tu hija. El sentimiento de culpa de lady Margaret la ha impulsado a organizar una pequeña cruzada.

—¡Cómo no supe prever una cosa así! —dije, apenado—. Sólo quise quitarlos de en medio.

Meir abrazó más estrechamente a Fluria, como si quisiera protegerla de todas aquellas palabras. La cara de aquel hombre mostraba una resignación admirable.

El sheriff esperó hasta que los criados se hubieron ido y la puerta estuvo cerrada, y entonces habló directamente a la pareja.

—La judería está protegida por una guardia nutrida, y los pequeños fuegos que se han producido están ya apagados —dijo—. Gracias al cielo, vuestras casas son de piedra. Y gracias al cielo, las cartas de Meir para reunir dinero han sido ya despachadas. Y gracias al cielo, los ancianos han hecho generosos regalos en forma de marcos de oro a los frailes y al priorato. —Se detuvo y suspiró. Me dirigió por un instante una mirada de impotencia, y luego volvió su atención a ellos—: Pero os digo desde ahora mismo, que nada podrá impedir una matanza si vuestra hija no vuelve en persona a acabar con esta carrera enloquecida para convertirla en santa.

—Muy bien, pues eso es lo que vamos a hacer —dije antes de que ninguno de los dos pudiera hablar—. Parto para París ahora mismo. Supongo que encontraré al hermano Godwin en el convento capitular de los dominicos, junto a la universidad, ¿no es así? Saldré de viaje esta noche.

El sheriff parecía dudar. Miró a Fluria.

—¿Tu hija puede volver aquí?

—Sí —contesté yo—. Y sin duda vendrá con ella el hermano Godwin, que es un hábil abogado. Tenéis que resistir como podáis hasta ese momento.

Meir y Fluria se habían quedado sin habla. Me miraban como si dependieran por completo de mí.

—Y mientras tanto —añadí—, ¿permitiréis a los ancianos entrar en el castillo para consultar con Meir y con Fluria?

—Isaac, hijo de Salomón, el físico, está ya aquí por su seguridad —dijo el sheriff—. Y traeremos a los demás si es necesario. —Se pasó la mano enguantada por el blanco cabello húmedo—. Fluria y Meir, si no es posible que traigan aquí a vuestra hija, os pido que me lo digáis ahora mismo.

—Vendrá —dije—. Tenéis mi palabra. Y vosotros dos, rezad para que tenga un buen viaje. Iré tan deprisa como me sea posible.

Me acerqué a la pareja y puse mis manos sobre sus hombros.

—Confiad en el cielo, y confiad en Godwin. Me reuniré con él tan pronto como pueda.

13

París

Cuando por fin llegamos a París, yo ya tenía bastante viaje del siglo XIII para cubrir con creces cuatro vidas, y aunque me cautivaron en el camino mil paisajes inesperados, desde el torbellino de las casas apiñadas de Londres, construidas en parte de madera, hasta el espectáculo de los castillos normandos coronando las cimas de los riscos, y la nieve inacabable que caía sobre las aldeas y ciudades por las que pasaba, nuestro único afán era presentarnos ante Godwin y exponerle el caso.

Digo «nos y nuestro» porque Malaquías se me apareció de vez en cuando a lo largo del viaje e incluso hizo parte del camino en el carro que me llevó a la capital, pero no me dio ningún consejo, salvo el de recordarme que las vidas de Fluria y Meir dependían de lo que yo hiciera.

Cuando apareció, lo hizo vestido con hábito de dominico, y cada vez que los medios de transporte parecían fallar sin remedio, se manifestaba de nuevo y me recordaba que llevaba oro en mi bolsillo, y que yo era una persona fuerte y capaz de hacer lo que se me pedía.

Entonces, de pronto aparecía un carro, o una carreta, con un cochero amable dispuesto a llevarme con los bultos, o la leña, o lo que fuera que transportaba. Y así pude dormir en muchos vehículos distintos.

Si hubo una etapa especialmente penosa, fue el cruce del Canal con un tiempo que me tuvo continuamente mareado en la cubierta del pequeño barco. Hubo ocasiones en las que creí que todos íbamos a ahogarnos sin remedio, tan fuerte era la tormenta en aquel océano invernal, y más de una vez pregunté a Malaquías, sin tener respuesta, si era posible que yo muriera en el curso de mi misión.

Quise hablar con él de todo lo que estaba ocurriendo, pero se negó, recordándome que no era visible para otras personas y que yo parecería un loco si hablaba en voz alta a solas. En cuanto a hablar con él sólo mentalmente, insistió en que era algo demasiado impreciso.

Sus argumentos me parecieron evasivas. Supuse que quería que cumpliera mi misión con mis solos medios.

Por fin cruzamos las puertas de París sin contratiempos, y Malaquías, después de recordarme que encontraría a Godwin en el barrio de la universidad, me dejó con la áspera recomendación de que no me entretuviera yendo a ver la gran catedral de Notre Dame ni vagabundeara por los patios del castillo del Louvre, sino que buscara a Godwin sin tardanza.

El frío era tan crudo en París como lo había sido en Inglaterra, pero la simple proximidad de los seres humanos que se apretujaban en las calles de la capital proporcionaba cierto calor. También había pequeñas fogatas encendidas en todas partes, a las que se arrimaba la gente para calentarse, y muchos hablaban de aquel tiempo horrible y de lo poco habitual que era.

Yo sabía, por mis anteriores lecturas sobre la Europa de la época, que entrábamos en un período de frío muy pronunciado que iba a durar varios siglos, y de nuevo agradecí que a los dominicos se les permitiera llevar medias de lana y zapatos de piel.

A pesar de las recomendaciones de Malaquías, fui de inmediato a la Place de Grève y pasé un buen rato delante de la recién terminada fachada de Notre Dame. Me asombraron, igual que me había ocurrido en mi propia época, sus dimensiones y su magnificencia, y no me pasó por alto que el edificio empezaba apenas su andadura en el tiempo como una de las mayores catedrales que nadie haya contemplado nunca.

Pude ver andamios y obreros en torno a un sector del edificio más lejano, pero la construcción estaba casi completada.

Pasé al interior y lo encontré abarrotado de personas en las sombras, algunas recogidas en oración, otras paseando entre las capillas, y yo hinqué las rodillas sobre las losas desnudas, junto a una de las inmensas columnas, y recé para pedir valor y fortaleza. Al hacerlo, sin embargo, tuve la extraña sensación de que de alguna forma estaba dejando de lado a Malaquías.

Me recordé a mí mismo que eso no tenía sentido, que los dos trabajábamos para el mismo Señor, y de nuevo vino a mis labios la oración que había pronunciado antes, mucho antes: «Dios querido, perdóname por haberme apartado de Ti.»

Borré de mi mente todas las palabras, para atender sólo a la guía de Dios. El hecho mismo de estar arrodillado en ese enorme y magnífico monumento de la fe en la época misma en la que había sido construido, me llenó de una gratitud inexpresable. Pero por encima de todo, hice aquello para lo que fue concebida la inmensa catedral: me dispuse a escuchar la voz del Creador, e incliné la cabeza.

De súbito me asaltó la conciencia de que, a pesar de mis temores de fracasar en lo que tenía que hacer, y de la angustia que sentía por Fluria y Meir y toda la judería de Norwich, era más feliz de lo que nunca había sido. Tuve la fuerte sensación de que con esta misión había recibido un regalo tan inestimable que nunca podría agradecer bastante a Dios lo que me estaba ocurriendo, y la responsabilidad que había colocado en mis manos.

Aquello no me hizo sentir orgullo, sino más bien asombro. Y mientras pensaba en todo ello, sentí que hablaba a Dios sin palabras.

Cuanto más tiempo seguía allí, más honda era la conciencia de estar viviendo ahora de un modo como nunca había vivido en mi propio tiempo. Había vuelto de forma tan rotunda la espalda a mi propio tiempo que no conocía a una sola persona tanto como conocía a Meir y a Fluria, y no sentía por nadie el profundo apego que ahora sentía por Fluria. Y comprendí en toda su fuerza la locura que eso significaba, la desesperación deliberada y el vacío lleno de resentimiento de mi propia vida.

Dirigí la vista, a través de aquella penumbra polvorienta, hacia el lejano coro de la gran catedral, e imploré perdón. Qué instrumento tan despreciable era yo. Pero si mi falta de escrúpulos y mi astucia podían verse eclipsados en esta misión, si mi ingenio cruel y mi talento resultaban útiles aquí, lo único que yo podía hacer era maravillarme de la majestad de Dios.

Me asaltó una idea más profunda, que no pude acabar de precisar. Algo tenía que ver con la trama en que se entretejen el bien y el mal, con la forma cómo el Señor puede extraer gloria de los desastres que provocan los seres humanos. Pero era una idea demasiado compleja para mí. Me di cuenta de que yo no podía abarcar el significado de esa intuición (sólo Dios sabe en qué formas y medidas se funden o se distinguen la oscuridad y la luz), y sólo me restaba dar voz de nuevo a mi contrición y rezar para tener valor, para tener éxito. De hecho, percibí que había un peligro en meditar acerca de la razón por la que Dios permite el mal, y de las formas como lo utiliza. Sentí que únicamente Él lo comprende, y no nos corresponde a nosotros justificar el mal ni definir, mediante lecturas dudosas de lo que el mal ha significado cada día y en cada época, la función que desempeña. Me alegró no poder entender el misterio del funcionamiento del mal en el mundo. Y de pronto sentí algo sorprendente: fuera lo que fuese lo que estaba sucediendo, el mal no tenía ninguna relación con la gran bondad de Fluria y de Meir, que yo había podido comprobar de primera mano.

Para terminar recé una breve oración a la Madre de Dios para que intercediera por mí, me puse en pie y, caminando tan despacio como pude para saborear aquella dulce penumbra alumbrada por las velas, salí a la fría luz invernal.

No vale la pena describir con detalles la suciedad de París, con sus regueros encharcados en el centro de las calles, o el apiñamiento de las muchas viviendas precarias de hasta tres y cuatro pisos, o el hedor de los muertos en el enorme cementerio de los Inocentes, en el que la gente mercadeaba toda clase de objetos mientras caía la nieve sobre las tumbas. No vale la pena intentar capturar el aliento de una ciudad donde la gente (lisiados, jorobados, enanos o altos y escuálidos, apoyados en muletas, cargados con bultos enormes sobre los hombros, o con muestras de grandes prisas por alguna razón) seguía su camino atareada, y unos vendían, otros compraban, unos cargaban y otros escapaban, unos eran ricos y avanzaban llevados en volandas en sus literas o caminaban con denuedo en medio del barro con sus botas enjoyadas, la mayoría lucía atuendos sencillos y túnicas provistas de capucha, y todos se envolvían hasta los dientes en lana, o terciopelo o pieles de diferentes calidades, para defenderse del frío.

Una y otra vez los mendigos me asaltaron para pedirme una caridad, y fui sacando de mi bolsillo monedas que ponía en sus manos con un gesto de asentimiento a sus muestras de gratitud, porque al parecer llevaba conmigo un suministro inagotable de plata y de oro.

Mil veces me sedujo el espectáculo que se desplegaba ante mi vista, pero hube de resistirme. No había venido, como me dijo Malaquías, para curiosear por el palacio real, no, ni para ver los teatrillos de marionetas en los cruces de las calles, ni para maravillarme de cómo seguía la vida en medio de un tiempo infame, con las puertas de las tabernas abiertas, o cómo se vivía en aquel tiempo tan remoto y sin embargo familiar.

Me llevó menos de una hora abrirme paso por las calles abarrotadas y sinuosas hasta el barrio de los estudiantes, donde de pronto me vi rodeado por hombres y muchachos de todas las edades, vestidos como clérigos, con hábitos o sotanas.

Casi todos llevaban capucha, debido al crudo invierno, y algunos una especie de manta gruesa, y los ricos se distinguían de los pobres por la cantidad de piel visible en el forro de sus prendas de abrigo e incluso como adorno en el borde de las botas.

Hombres y muchachos iban y venían de muchas pequeñas iglesias y claustros, las calles eran estrechas y torcidas, y había linternas colgadas en alto para ahuyentar las lóbregas tinieblas.

Pero pude encontrar fácilmente el priorato de los dominicos, con las puertas de su pequeña iglesia abiertas, y encontré a Godwin, a quien los estudiantes me señalaron rápidamente en la persona de un hermano alto, encapuchado, de penetrantes ojos azules y piel pálida, subido a un banco y obviamente dictando una lección en el claustro al aire libre, ante un gentío nutrido y atento.

Hablaba con energía y sin esfuerzo aparente, en un latín hermoso y fluido, y era una pura delicia oír cómo hablaban en esa lengua, con tanta facilidad, él y los estudiantes que le replicaban y preguntaban.

La nieve había amainado. Aquí y allá había encendidos fuegos para calentar a los estudiantes, pero el frío era intenso y pronto supe, por algunas frases que me susurró alguien desde las últimas filas, que Godwin era tan popular ahora, en ausencia de Tomás y Alberto que se habían ido a enseñar a Italia, que sus oyentes sencillamente no cabían en ninguna sala cerrada.

Godwin se acompañaba con gestos elocuentes al dirigirse a aquel mar de rostros atentos; algunos estudiantes estaban sentados en bancos y escribían frenéticamente mientras él hablaba, y otros se sentaban en cojines de cuero o de lana sucia, o incluso en el suelo de piedra.

Que Godwin fuera una figura impresionante, no me sorprendió, pero no pude sino maravillarme de hasta qué punto impresionaba su presencia en la realidad.

Su estatura era de por sí notable, pero tenía además la irradiación que Fluria había intentado tan agudamente describirme. Las mejillas estaban coloreadas por el frío, y en los ojos ardía una pasión intensa por los conceptos y las ideas que expresaba. Parecía enteramente volcado en lo que decía y en lo que hacía. Una risa cordial puntuaba sus frases, y se volvía a derecha e izquierda con naturalidad para incluir a todos sus oyentes en el razonamiento que desarrollaba.

Sus manos estaban envueltas en trapos, a excepción de las puntas de los dedos. En cuanto a los estudiantes, la mayoría llevaba guantes. Yo también sentía mis manos heladas a pesar de llevar puestos guantes de piel desde que salí de Norwich. Me entristeció que Godwin careciera de unos guantes adecuados.

Los estudiantes reían a carcajadas alguna frase ingeniosa cuando encontré un sitio bajo las arcadas del claustro, apoyado en un pilar de piedra; luego, él les preguntó si recordaban una cita importante de san Agustín, que algunos se apresuraron a vocear, y a continuación pareció que se disponía a abordar un nuevo tema, pero nuestras miradas se encontraron, y dejó de hablar a mitad de una frase.

No estoy seguro de que alguien supiera por qué había parado. Pero yo sí lo sabía. Alguna comunicación silenciosa pasó entre nosotros, y yo me atreví a asentir con la cabeza.

Entonces, con breves palabras, dio por terminada la clase.

Se habría visto rodeado interminablemente por quienes le hacían preguntas, pero les dijo con paciencia atenta y una amabilidad exquisita que debía atender un asunto importante y además estaba helado, y en cuanto pudo se acercó a mí, me tendió la mano y me condujo tras él, a través del largo claustro de techo bajo y después de cruzar una arcada y muchas puertas interiores, hasta su propia celda.

Era una habitación no muy espaciosa y, gracias sean dadas al cielo, bien caldeada. No más lujosa que la de Junípero Serra en la misión de Carmel, de principios del siglo XXI, pero sí llena de objetos hermosos.

Una porción generosa de leña humeaba en un brasero y desprendía un calor delicioso. Godwin encendió rápidamente varias velas gruesas y las colocó sobre su escritorio y el facistol, ambos situados muy cerca de su estrecho catre, y luego me indicó que me sentara en uno de los bancos alineados en el lado derecho de la habitación.

Pude ver que con frecuencia daba allí sus lecciones, o lo había hecho antes de que la demanda de su elocuencia alcanzara los niveles actuales.

De la pared colgaba un crucifijo, y me pareció entrever varias pequeñas pinturas votivas, pero en la penumbra no pude distinguirlas bien. Había en el suelo un cojín muy duro y delgado delante del crucifijo y de una imagen de la Virgen, y supuse que era allí donde se arrodillaba a rezar.

—Oh, perdóname —me dijo en un tono lleno de afable generosidad—. Ven a calentarte junto al fuego. Estás blanco del frío, y tienes los cabellos mojados.

Rápidamente me ayudó a quitarme la capucha manchada y el manto, y se desprendió del suyo. Los colgó de unos clavos en la pared, donde el calor del brasero los secaría muy pronto.

Luego tomó una toalla pequeña y me secó con ella la cara y el pelo, y lo mismo hizo con el suyo.

Sólo entonces se quitó los trapos que envolvían sus manos, y acercó las palmas a las brasas. Me di cuenta entonces por primera vez de que su hábito blanco y su escapulario estaban gastados y remendados. Era un hombre de constitución delgada, y el corte sencillo de su cabello en forma anular le daba una expresión más vital y penetrante.

—¿Cómo me has conocido? —pregunté.

—Porque Fluria me ha escrito y me ha dicho que te conocería en cuanto te viese. La carta llegó hace tan sólo dos días. Uno de los maestros judíos que enseñan hebreo aquí me la trajo. Y desde entonces he estado preocupado, no por lo que ella me ha escrito, sino por lo que dejó de escribir. Y hay otra cuestión, y es que ella me ha pedido que te abra mi corazón por entero.

Lo dijo con entera confianza, y de nuevo percibí la gracia de su actitud y su generosidad cuando acercó uno de los bancos cortos al brasero y tomó asiento.

En sus menores gestos había tanta firmeza y sencillez como si para él estuviera ya muy lejana la época en que necesitaba algún artificio para subrayar cualquier cosa que hacía.

Metió la mano en uno de los abultados bolsillos colocados debajo de su escapulario blanco, y extrajo de él la carta, una hoja plegada de pergamino rígido, y la puso en mi mano.

La carta estaba escrita en hebreo, pero tal como Malaquías me había prometido, pude leerla sin el menor problema:

Mi vida está en las manos de este hombre, el hermano Tobías. Acógelo y cuéntale todo, y él te lo contará todo, porque no hay nada que no sepa de mi pasado y de mis circunstancias actuales, y no me atrevo a decir más en este mensaje.

Fluria había firmado únicamente con la inicial de su nombre.

Me di cuenta de que nadie conocía su letra mejor que Godwin.

—Desde hace algún tiempo me he dado cuenta de que algo iba mal —dijo, con la frente fruncida por la inquietud—. Tú lo sabes todo. Sé que lo sabes. De modo que te diré, antes de importunarte con preguntas, que mi hija Rosa estuvo muy enferma hace varios días, e insistía en que su hermana Lea sentía fuertes dolores.

»Ocurrió durante los días más hermosos de la Navidad, cuando los cuadros vivientes y las representaciones delante de la catedral son más lucidos que en ninguna otra época del año. Pensé que tal vez, por la novedad para ella de nuestras costumbres cristianas, se sentía asustada. Pero insistió en que su angustia se debía a los dolores de Lea.

»Las dos, como sabes, son gemelas, y por esa razón Rosa siente lo que le está ocurriendo a Lea, y hace tan sólo dos semanas me dijo que Lea ya no estaba en este mundo. Intenté consolarla, diciéndole que eso no era así. Le aseguré que Fluria y Meir me habrían escrito de haberle ocurrido algo a Lea, pero no ha habido forma de convencer a Rosa de que Lea vive.

—Tu hija tiene razón —dije con tristeza—. Ése es el fondo de todo el problema. Lea murió de la pasión ilíaca. No fue posible impedirlo de ninguna manera. Sabes lo que es eso tan bien como yo, una enfermedad del estómago y de las entrañas que causa grandes dolores. Las personas que la padecen mueren casi siempre. Y así ocurrió con Lea, que murió en los brazos de su madre.

Inclinó la cabeza y se llevó las manos a la cara. Por un instante pensé que iba a romper a llorar. Y sentí un leve escalofrío de temor. Pero se limitó a murmurar una y otra vez el nombre de Fluria, y rezó en latín al Señor para que la consolara por la pérdida de su hija.

Finalmente se reclinó en su asiento, me miró y susurró:

—Así pues, la hermosa niña que ella guardó a su lado le ha sido arrebatada. Y mi hija sigue aquí, fresca y sana, a mi lado. ¡Oh, qué cosa tan amarga!

Las lágrimas asomaron a sus ojos.

Pude ver el dolor en su rostro. Sus maneras cordiales habían desaparecido por completo, dando paso a la angustia. Y su expresión adquirió una sinceridad infantil cuando sacudió despacio la cabeza.

—Lo siento tanto —susurré, y él me miró. Pero no respondió.

Guardamos un largo silencio en homenaje a Lea. Durante un rato, dejó que su mirada se perdiera en el vacío. Y en una o dos ocasiones se calentó las manos, pero luego las dejó caer sobre las rodillas.

Después, poco a poco, vi en él la misma amabilidad y franqueza que antes. Susurró:

—Sabes que esa niña era mi hija, claro está. Te lo he dicho de alguna manera con mis propias palabras.

—Lo sé —dije—. Pero esa muerte muy natural de la niña es lo que ha traído después la desgracia sobre Fluria y Meir.

—¿Cómo puede ser? —preguntó. Lo hizo con toda inocencia, como si el conocimiento le hubiera dado una ingenuidad nueva. O tal vez la palabra «humildad» describa mejor su actitud.

No pude evitar darme cuenta de que era un hombre apuesto, no sólo por sus facciones regulares y la forma en que su cara parecía resplandecer, sino por la humildad a que he aludido y el atractivo que emanaba de ella.

Un hombre humilde puede conquistar a cualquiera, y aquel hombre parecía haberse desprendido por completo del habitual orgullo masculino que tiende a reprimir las emociones y la expresión.

—Cuéntamelo todo, hermano Tobías —dijo—. ¿Qué le ocurre a mi amada Fluria? —Un velo de lágrimas asomó a sus ojos—. Pero antes de que empieces, déjame decirte una cosa con toda sinceridad. Amo a Dios y amo a Fluria. Así es como me describo a mí mismo en mi corazón, y Dios me entiende.

—Yo lo entiendo también —dije—. Sé de vuestra larga correspondencia.

—Ha sido la luz que ha guiado mis pasos durante muchos años —respondió—. Y aunque lo abandoné todo para entrar en la Orden dominica, no abandoné mi correspondencia con Fluria, porque nunca ha significado para mí otra cosa que el mayor bien. —Meditó un momento, y luego añadió—: La piedad y la bondad de una mujer como Fluria son cosas que no se encuentran con frecuencia en las mujeres gentiles, aunque he de reconocer que ahora sé muy pocas cosas de ellas.

»Me parece que una cierta gravedad de carácter es común a las mujeres judías como Fluria, y nunca me ha escrito una sola palabra que yo no pudiera compartir con otros para provecho de ellos..., hasta que llegó este mensaje hace dos días.

Sus palabras tuvieron un efecto extraño en mí, porque creo que me sentía enamorado a medias de Fluria por las mismas razones, y por primera vez me di cuenta de la enorme seriedad que había mostrado Fluria, una cualidad que recibe el nombre de *gravitas*.

De nuevo en mi mente Fluria trajo a mi memoria a otra persona, a alguien que yo había conocido, pero no conseguí precisar quién era esa persona. Había un toque de tristeza y miedo en ese recuerdo impreciso. Pero no tenía tiempo para pensar en eso ahora. Me pareció un pecado llano y simple pensar en mi «otra vida».

Paseé la mirada por la habitación. Miré los numerosos libros de los estantes y las hojas de pergamino esparcidas por el escritorio. Miré a Godwin, que esperaba con paciencia, y se lo conté todo.

Hablé tal vez durante media hora seguida y expliqué todo lo que había ocurrido, y cómo los dominicos de Norwich se habían llamado a engaño con Lea, y cómo Meir y Fluria no podían compartir con nadie a excepción de sus hermanos judíos la horrible verdad sobre la pérdida de su amada niña.

—Imagina el dolor de Fluria —dije—, en unas circunstancias en que no puede mostrar ningún dolor porque se ve obligada a disimular. —Insistí en ese punto—. Es un momento para el disimulo, como lo fue para Jacob cuando engañó a su padre Isaac, y más tarde también a Labán para acrecer su propio rebaño. También ahora es necesario el engaño porque está en juego la vida de esas personas.

Sonrió y asintió a mi razonamiento. No puso ninguna objeción.

Se puso en pie y empezó a pasear de un lado a otro en un círculo estrecho, porque era todo lo que la habitación permitía.

Por fin se sentó ante el escritorio, y sin cuidarse de mi presencia empezó de inmediato a escribir una carta.

Yo seguí sentado bastante tiempo, viéndolo escribir, secar, escribir unas palabras más. Finalmente firmó la carta, secó la tinta por última vez, plegó el pergamino y lo selló con lacre, y levantó la vista en mi dirección.

—Ahora mismo enviaré esto a mis hermanos dominicos de Norwich, para fray Antonio, a quien conozco personalmente, y le expreso mi firme opinión de que están en el mal camino. Alabo a Fluria y Meir y admito con entera franqueza que Elí, el padre de Fluria, fue en tiempos mi maestro en Oxford. Creo que mejorará las cosas, pero quizá no lo bastante. No puedo escribir a lady Margaret de Norwich, y si lo hiciera, creo que ella no dudaría en arrojar mi carta al fuego.

—Esa carta tiene un peligro —dije.

—¿Cuál?

—Admites conocer a Fluria, cosa que seguramente ignoran otros dominicos. Cuando visitaste a Fluria en Oxford, cuando te fuiste de allí con tu hija, ¿no se enterarían de lo ocurrido tus hermanos de Oxford?

—¡El Señor me ayude! —suspiró—. Mi hermano y yo procuramos mantenerlo todo en secreto. Sólo mi confesor sabe que tengo una hija. Pero tienes razón. Los dominicos de Oxford conocen muy bien a Elí, el Magister de la sinagoga y maestro suyo en tiempos. Y saben que Fluria tiene dos hijas.

—Exacto —dije—. Si escribes una carta que despierte su atención sobre la relación que os une, no podremos llevar a cabo el engaño que podría salvar a Fluria y a Meir.

Arrojó la carta al brasero y observó cómo la devoraban las llamas.

—No sé cómo resolver esto —dijo—. Nunca he tenido que afrontar nada tan feo y tortuoso en mi vida. ¿Podemos atrevernos a intentar una impostura cuando los dominicos de Oxford pueden muy bien contar a los de Norwich que Rosa está sustituyendo a su hermana? No puedo poner a mi hija en ese peligro. No, es imposible que viaje.

—Hay demasiada gente que sabe demasiadas cosas. Pero algo ha de ocurrir para que cese el escándalo. ¿Te atreves a ir tú, y defender a la pareja ante el obispo y el sheriff?

Le expliqué que el sheriff sospechaba ya que Lea estaba muerta en realidad.

—¿Qué vamos a hacer? —preguntó.

—Intentar llevar adelante el engaño, pero hacerlo con más astucia y más mentiras —dije—. Es la única forma que veo de salir del paso.

—Explícate —dijo.

—Si Rosa está dispuesta a representar el papel de su hermana, la llevaremos a Norwich. Insistirá en que es Lea y en que ha estado con su hermana Rosa en París, y se mostrará muy indignada de que alguien haya acusado tan malignamente a sus amados padres. Y puede expresar su impaciencia por volver de inmediato con su hermana gemela. Al admitir la existencia de las gemelas y su conversión a la Iglesia, darás un motivo para el repentino viaje a París en mitad del invierno. Lea quería estar junto a su hermana, de la que llevaba separada muy poco tiempo. En cuanto al hecho de que tú seas su padre, ¿por qué ha de ser necesario mencionarlo?

—Ya sabes lo que dicen los rumores —me dijo de pronto—. Que Rosa es en realidad hija de mi hermano Nigel. Porque Nigel me acompañó en todas las etapas del viaje. Como te he dicho, sólo mi confesor conoce la verdad.

—Mejor que mejor. Escribe enseguida a tu hermano, si te parece, cuéntale lo que ha ocurrido, y dile que debe encaminarse a Norwich de inmediato. Ese hombre te quiere, Fluria me lo dijo.

—Oh, claro que sí, siempre me ha querido a pesar de lo que mi padre le obligó a pensar o a hacer.

—Muy bien pues, que vaya él y jure que las gemelas están juntas en París, y nosotros emprenderemos el viaje desde aquí en cuanto nos sea posible con Rosa, que asegurará ser Lea, indignada y dolida por la situación de sus padres, y se declarará impaciente por volver a París de inmediato junto a su tío Godwin.

—Veo un fallo en el plan —dijo él—. Dañará la reputación de Fluria.

—Nigel no tiene que decir abiertamente que es el padre. Dejaremos que lo piensen, pero no tiene por qué decirlo. Las niñas tienen un padre legal. Nigel sólo tiene que alegar su interés como amigo por una niña que se ha convertido a la fe cristiana cuando él era tutor de su hermana, que espera en París el regreso de Lea, la nueva conversa.

Escuchaba absorto lo que yo le decía. Me di cuenta de que estaba sopesando todos los aspectos. Las niñas, por su condición de conversas, podrían ser expulsadas de la comunidad judía y perder su fortuna. Fluria me había hablado de eso. Pero yo me aferraba a la idea de una Rosa apasionada pretendiendo ser una indignada Lea para rechazar a las fuerzas que amenazaban a la judería, y sin duda nadie en Norwich reclamaría que la otra gemela se presentara también allí.

—¿No lo ves? —dije—. Es una historia que se ajusta a todos los puntos importantes.

—Sí, muy bien pensada —contestó, pero seguía ensimismado.

—Explica por qué se fue Lea. La influencia de lady Margaret le hizo aceptar la fe cristiana. Y le entró el deseo de reunirse con su hermana cristiana. El Señor sabe bien que todo el mundo en Inglaterra y en Francia arde en deseos de convertir a la tribu de los judíos en cristianos. Y resulta sencillo explicar que Meir y Fluria han hecho tanto misterio del asunto porque para ellos se trataba de una doble desgracia. En cuanto a ti y a tu hermano, sois los tutores de las gemelas conversas. Todo está muy claro en mi mente.

—Lo veo —dijo despacio.

—¿Crees que Rosa podrá representar el papel de su hermana Lea? —preguntó—. ¿La crees capaz de una cosa así? ¿Nos ayudará tu hermano? ¿Te parece que Rosa estará dispuesta a intentarlo?

Pensó en esas cosas largo rato, y luego dijo sencillamente que teníamos que ir a ver a Rosa de inmediato, aunque era tarde y, como era evidente, ya oscurecía.

Cuando miré por la pequeña ventana de la celda, sólo vi oscuridad, aunque podía ser debido al espesor de la nieve que caía.

De nuevo tomó asiento y se dedicó a escribir una carta. Y me la iba leyendo en voz alta mientras escribía.

—Querido Nigel, tengo gran necesidad de ti, porque Fluria y Meir, mis queridos amigos y amigos de mis hijas, se encuentran en un grave peligro debido a sucesos recientes que no puedo explicarte, pero que te confiaré en cuanto nos encontremos. Te pido que vayas de inmediato a la ciudad de Norwich y allí me esperes, porque esta misma noche emprenderé viaje hacia allí. Preséntate al lord sheriff, que guarda a muchos judíos en la torre del castillo para protegerlos, y hazle saber que conoces bien a los judíos en cuestión, y que eres el tutor de sus dos hijas —Lea y Rosa—, que se han hecho cristianas y viven ahora en París, bajo la guía del hermano Godwin, su padrino y su devoto amigo. Ten en cuenta, por favor, que los habitantes de Norwich no saben que Meir y Fluria tienen dos hijas, y están muy extrañados por el hecho de que la única niña que conocen se haya marchado de la ciudad.

»Insiste en que el lord sheriff mantenga en secreto estas noticias hasta que yo pueda verte y te explique con más detalle por qué hemos de emprender estas acciones ahora.

—Espléndido —dije—. ¿Crees que tu hermano hará lo que le pides?

—Mi hermano hará cualquier cosa por mí —contestó—. Es un hombre amable y cariñoso. Le diría más cosas de estar seguro de que no hay peligro de que la carta caiga en malas manos.

De nuevo secó sus muchas frases y su firma, plegó la carta, la cerró con lacre y luego se levantó, me rogó que esperara un momento y salió de la habitación.

Estuvo algún tiempo ausente.

Al mirar a mi alrededor la habitación, con su olor a tinta y a pergamino viejo, a piel de encuadernar y a brasas, se me ocurrió la idea de que yo podría pasar aquí feliz mi vida entera, y que de hecho estaba viviendo una nueva vida tan superior a nada de lo que hubiera conocido antes, que casi me entraban ganas de llorar.

Pero no era momento para pensar en mí mismo.

Cuando Godwin volvió, estaba sin aliento y parecía algo más tranquilo.

—La carta partirá mañana por la mañana, y viajará con mucha más rapidez que nosotros camino de Inglaterra, porque la he enviado a la atención del obispo que rige la sede de St. Aldate y la mansión solariega de mi hermano, y él entregará la carta en propia mano a Nigel.

—Me miró y de nuevo asomaron las lágrimas a sus ojos—. Yo no podría haber hecho esto solo —me dijo, agradecido.

Tomó su manto del clavo del que colgaba, y el mío también, y nos abrigamos para afrontar la nieve que caía fuera. Empezó a envolverse las manos en los trapos que había dejado a un lado, pero yo metí la mano en mi bolso al tiempo que murmuraba una oración, y saqué un par de guantes.

«¡Gracias, Malaquías!»

Él miró los guantes y, con un gesto de asentimiento, tomó los que le ofrecía y se los puso. Vi que no le gustaban la piel fina ni el adorno del ribete, pero había una tarea que teníamos que llevar a cabo.

—Ahora, vamos a ver a Rosa —dijo—, para contarle lo que ya sabe y preguntarle qué quiere hacer. Si no quiere hacer lo que le pedimos, o piensa que no va a ser capaz, iremos nosotros a testificar a Norwich por nuestra cuenta.

Hizo una pausa y murmuró «testificar», y supe que le asustaba la cantidad de mentiras que implicaba.

—No pienses en ello —dije—. Habrá un baño de sangre si no lo hacemos. Y esas dos buenas personas, que no han hecho nada malo, morirán.

Asintió, y salimos al exterior.

Un chico con una linterna, y con el aspecto de un bulto de ropas de lana, nos esperaba fuera, y Godwin le dijo que íbamos al convento donde vivía Rosa.

Pronto caminábamos apresurados por las calles oscuras; pasamos más de una vez delante de la puerta de una taberna ruidosa, pero en general avanzamos a tientas detrás del chico que alzaba en alto la linterna, bajo la nieve espesa que volvía a caer.

14

Rosa

El convento de Nuestra Señora de los Ángeles era grande, macizo y lujosamente dispuesto. La inmensa sala en la que nos recibió Rosa contaba con el mobiliario más hermoso y lujoso que yo había visto nunca. El fuego del hogar fue de inmediato alimentado y atizado para nosotros, y dos jóvenes monjas, con gruesos hábitos de lana y algodón, nos sirvieron pan y vino en la larga mesa. Había muchos taburetes con almohadones y los tapices más espectaculares que nunca haya visto en ninguna parte. Los suelos brillantes de mármol estaban cubiertos por alfombras.

En los candelabros de las paredes ardían los velones, y era fascinador ver cómo los gruesos vidrios coloreados y emplomados en forma de rombo de los ventanales captaban el reflejo de las luces.

La abadesa, una mujer impresionante de cuya mera presencia emanaba un halo de autoridad, era sin duda buena amiga de Godwin, y se retiró tan pronto como anunciamos el motivo de nuestra visita.

En cuanto a Rosa, vestida con un hábito blanco superpuesto a una gruesa túnica que podía haber sido un camisón, era la imagen de su madre, a excepción de sus sorprendentes ojos azules.

Por un momento me asombré al ver fundidos en su rostro el color de la tez de la madre y la vibración del padre. Los ojos eran parecidos a los de Godwin hasta un punto desconcertante.

El cabello negro, espeso y rizado, caía suelto sobre sus hombros y su espalda.

A los catorce años era ya plenamente una mujer, tanto por sus formas como por el porte.

En su persona se habían reunido y fundido todas las cualidades de sus padres.

—Has venido a decirme que Lea ha muerto, ¿verdad? —dijo de inmediato a su padre, después de que él la besó en ambas mejillas y en la frente.

Él empezó a llorar. Se sentaron el uno junto a la otra, frente al fuego.

Ella sostuvo las manos de él entre las suyas, y asintió más de una vez como si hablara consigo misma sobre aquello. Y luego, dijo de nuevo en voz alta:

—Si te dijera que Lea se me ha aparecido en sueños, mentiría. Pero cuando me he despertado esta mañana, no sólo he sabido de cierto que ella había muerto, sino que mi madre me necesitaba. Ahora vienes con este monje y sé que no estarías aquí a estas horas si por alguna razón no se me necesitara con urgencia.

Godwin se apresuró a acercar un taburete para mí, y me pidió que le explicara el plan.

Con toda la brevedad posible, le expuse lo que había ocurrido y ella empezó a tragar saliva al darse cuenta del peligro en que se encontraban su madre y todos los judíos de la ciudad de Norwich, donde nunca había estado.

Me contó muy por encima que había estado en Londres cuando muchos judíos de Lincoln fueron juzgados y ejecutados por la muerte del pequeño san Hugo, un crimen totalmente inventado.

—¿Crees que podrás representar el papel de tu hermana?

—¡Quiero hacerlo! —exclamó—. Quiero presentarme delante de esas personas que se atreven a decir que mi madre dio muerte a su hija. Quiero reñirles por esas acusaciones insensatas. Puedo hacerlo. Puedo insistir en que yo soy Lea, porque en mi corazón soy Lea tanto como soy Rosa, y Rosa tanto como Lea. Y no será una mentira decir que estoy impaciente por marcharme de Norwich y volver con Rosa, mi propio yo, otra vez a París.

—No tienes que exagerar —dijo Godwin—. Recuerda que, por muy grande que sea la rabia y el disgusto con esos acusadores, has de hablar con la misma dulzura con que hablaba Lea, e insistir con tanta suavidad como la que Lea habría empleado.

Ella asintió.

—Mi rabia y mi indignación son para ti y para el hermano Tobías —dijo—. Podéis confiar en que sabré qué es lo que he de decir.

—Has de darte cuenta de que, si esto sale mal, estarás en peligro —dijo Godwin—, y nosotros también. ¿Qué clase de padre dejaría a su propia hija acercarse demasiado a un fuego voraz?

—Un padre que sabe que una hija tiene obligaciones para con su madre —respondió ella de inmediato—. ¿No ha perdido ella ya a mi hermana? ¿No ha perdido el amor de su padre? No tengo dudas, y creo que la admisión sincera de que somos dos gemelas será una gran ventaja, y sin ella el engaño sin duda no funcionaría.

Nos dejó entonces, diciendo que iba a prepararse para el viaje.

Godwin y yo conseguimos un coche que nos había de llevar a Dieppe, desde donde navegaríamos hasta Inglaterra cruzando de nuevo el traicionero Canal, esta vez en un barco alquilado.

Cuando salimos de París apenas había amanecido, y yo estaba lleno de dudas, tal vez porque veía a Rosa demasiado furiosa y confiada, y a Godwin demasiado inocente, incluso en la forma en que repartió el dinero de su hermano entre los criados al despedirse.

Ningún bien material significaba nada para Godwin. Ardía en deseos de soportar cualquier cosa a que lo forzaran la naturaleza, o el Señor, o las circunstancias. Y algo me hizo pensar que ese saludable deseo de sobrevivir que se encuentra en nuestro interior podría serle un poco más útil que su candorosa manera de aceptar lo que el hado pudiera depararle.

Estaba absolutamente comprometido con el engaño que planteábamos llevar a cabo. Pero en último término aquello le resultaba innatural.

Había sido él mismo en todos sus libertinajes, me dijo cuando su hija dormía aparte de nosotros, y en su conversión y su compromiso con Dios tampoco había habido otra cosa que su propio yo.

—No sé fingir —dijo—, y me temo que no conseguiré hacerlo bien.

Pero yo pensé para mí, más de una vez, que no sentía suficiente miedo. Casi parecía que, en su inveterada bondad se hubiera convertido en un simplón, un buenazo inocente, como a veces ocurre, creo, a quienes se entregan por completo a Dios. Una y otra vez repetía que confiaba en que Dios acabara por arreglarlo todo.

Es imposible relatar aquí todas las otras cosas de que hablamos durante el largo viaje hasta la costa; o las continuas conversaciones que tuvimos mientras el barco afrontaba las aguas embravecidas del Canal, y mientras nuestro carro recién alquilado avanzaba por los caminos helados y embarrados que conducen a Norwich desde Londres.

Lo más importante para mí es señalar que llegué a conocer a Rosa y a Godwin mejor de lo que había conocido a Fluria, y por muy tentado que estuve de asaetear a Godwin a preguntas sobre Tomás de Aquino y Alberto Magno (a quien ya llamaban por ese honroso sobrenombre), hablamos más de la vida de Godwin con los dominicos, de su entusiasmo por los estudiantes brillantes, y de su dedicación al estudio en hebreo de Maimónides y Rashi.

—No soy un gran experto en lo que se refiere a la escritura —dijo—, excepto tal vez en mis cartas informales a Fluria, pero espero que lo que soy y lo que hago sobrevivirán en las mentes de mis estudiantes.

En cuanto a Rosa, había sentido remordimientos por la vida de que gozaba entre los gentiles, y en no pequeña parte la causa había sido el placer vivísimo que había sentido al ver las representaciones navideñas delante de la catedral, hasta que sintió que Lea, a tantas leguas de distancia de ella, sufría atroces dolores.

Una vez me dijo, mientras Godwin dormía en el carro delante de nosotros:

—Siempre tendré presente que no abandoné la fe de mis antepasados por miedo ni porque ninguna persona malvada me incitara a hacerlo, sino debido a mi padre y al entusiasmo que vi en él. Sin duda adora al mismo Señor del Universo al que adoro yo. ¿Y cómo puede ser errónea una fe que lo ha hecho tan sencillo y tan feliz? Creo que sus ojos y sus gestos hicieron más para convertirme que nada de lo que me dijo. Y siempre encuentro en él un ejemplo brillante de lo que yo misma querría ser. Pero el pasado pesa mucho en mí.

»No puedo soportar pensar en el pasado, y ahora que mi madre ha perdido a Lea, sólo puedo rezar de todo corazón para que, como aún es joven, tenga muchos hijos con Meir; y por esa razón, por su vida los dos juntos, hago este viaje y me he decidido, quizá con demasiada facilidad, a hacer lo que es necesario hacer.

Parecía consciente de pronto de mil dificultades que antes ni siquiera se le habían ocurrido.

Lo primero y principal, ¿dónde nos alojaríamos al llegar a Norwich? ¿Iríamos de inmediato al castillo, y cómo representaría ella el papel de Lea ante el sheriff, cuando ni siquiera sabía si Lea había conocido a aquel hombre en persona?

Es más, ¿cómo podríamos siquiera acercarnos a la judería y buscar refugio junto al Magister de la sinagoga, porque para los mil judíos de Norwich no había más que una sinagoga, con una «Lea» que no conocía ni el aspecto que tenía el Magister ni su nombre?

Me sumergí en una plegaria silenciosa al pensar en esas cosas. «¡Malaquías, tienes que guiarnos!», insistí. El peligro de una confianza excesiva era muy real.

El hecho de que Malaquías me hubiera traído aquí no significaba que me ahorrara esfuerzos y sufrimientos en mi misión. Pensé de nuevo en la idea que me había asaltado en la catedral sobre la mezcla del bien y el mal. Sólo el Señor sabe a ciencia cierta lo que es en realidad bueno y malo, y nosotros sólo debemos esforzarnos en seguir cada palabra suya que Él nos ha revelado como buena.

En resumen, eso quería decir que podía ocurrir cualquier cosa. Y el número de personas implicadas en nuestro plan me preocupaba más de lo que me permitía dejar ver a mis compañeros.

Era la hora del mediodía, bajo un cielo plomizo y en medio de una nevada, cuando nos acercamos a las puertas de la ciudad, y yo me vi acometido por una excitación muy parecida a la de antes de cobrarme una vida, sólo que en esta ocasión había un aspecto nuevo muy llamativo. El destino de muchas personas dependía de lo bien o lo mal que yo actuara, y eso nunca había sucedido antes.

Cuando maté a los enemigos de Alonso, había dado pruebas de una temeridad parecida a la que ahora mostraba Rosa. Y no lo había hecho por Alonso. Ahora me daba cuenta. Lo había hecho para vengarme del mismo Dios por haber permitido lo que les ocurrió a mi madre, mi hermano y mi hermana. Y la monstruosa arrogancia de aquella actitud se apoderó de mí y me privó de cualquier posibilidad de paz.

Por fin, mientras nuestro carro tirado por dos caballos rodaba hacia Norwich, ideamos el siguiente plan.

Rosa dormiría febril en brazos de su padre, con los ojos cerrados, porque había enfermado en el viaje, y yo, que no conocía a nadie en la judería, preguntaría a los soldados si podíamos o no llevar a Lea a su propia casa, o debíamos dirigirnos al Magister de la sinagoga de Meir, si los soldados sabían dónde podíamos encontrarlo.

Yo podía alegar con toda naturalidad mi total desconocimiento de aquella comunidad, y lo mismo Godwin, y todos sabíamos que nuestro plan se vería inmensamente facilitado si lord Nigel había llegado ya y se encontraba en el castillo esperando a su hermano.

Era posible que los guardias de la judería estuvieran preparados para una cosa así. Pero ninguno de nosotros lo estaba para lo que ocurrió en realidad.

El sol era un pálido resplandor detrás de los nubarrones grises cuando entramos en la calle donde estaba la casa de Meir, y todos nos sorprendimos al ver luz en las ventanas.

Sólo se nos ocurrió pensar que Meir y Fluria habían quedado en libertad, de modo que salté del carro y llamé de inmediato a la puerta.

Casi de inmediato aparecieron unos guardias de entre las sombras, y un hombre muy belicoso, lo bastante grande como para aplastarme entre sus manos, me gritó que no molestara a los habitantes de la casa.

—Pero si vengo como amigo —susurré, para no despertar a la hija enferma. La señalé con un gesto—. Es Lea, la hija de Meir y de Fluria. ¿No puedo llevarla a la casa de sus padres mientras se repone lo bastante para ir a ver a sus padres al castillo?

—Entrad, pues —dijo el guardián, y llamó bruscamente a la puerta golpeándola con el dorso de la mano derecha.

Godwin bajó del carro, y tomó luego a Rosa en sus brazos. Ella se reclinó en su hombro mientras él la sostenía colocando el brazo derecho por debajo de sus rodillas.

La puerta se abrió, y vi allí a un hombre flaco de cabellos ralos muy blancos y frente amplia. Llevaba puesto un pesado chal negro sobre su larga túnica. Las manos eran huesudas y blancas, y su mirada apagada parecía dirigirse hacia Godwin y la muchacha.

Godwin tragó saliva, y al instante se detuvo con su carga.

—Magister Elí —dijo en un susurro.

El anciano dio un paso atrás, volvió el rostro hacia el soldado, y finalmente nos hizo gesto de que entráramos en la casa.

—Puedes decir al conde que su hermano ha llegado —dijo el anciano al guardián, y luego cerró la puerta.

Comprendí en ese momento que el hombre era ciego.

Godwin depositó con cuidado en el suelo a Rosa. También ella estaba pálida por la conmoción que le había producido la presencia de su abuelo en este lugar.

Él parecía frío y distante; aspiró profundamente, como si saboreara el tenue perfume de ella. Luego volvió la cabeza a otra parte, con desdén.

—¿He de creer que eres tu piadosa hermana? —preguntó—. ¿Crees que no sé lo que pretendes hacer? Oh, eres su doble exacto, lo recuerdo muy bien, ¿y no fueron tus malvadas cartas desde París lo que la indujo a ir con esos gentiles a la iglesia? Pero sé quién eres. Conozco tu olor. ¡Conozco tu voz!

Pensé que Rosa iba a echarse a llorar. Inclinó la cabeza. Noté que temblaba, aunque él no la había tocado. La idea de que había matado a su hermana debía de habérsele ocurrido en algún momento anterior, pero ahora la asaltó con toda su enorme fuerza.

—Lea —susurró—. Mi querida Lea. Me he quedado incompleta para el resto de mis días.

Otra figura salió de entre las sombras y se acercó a nosotros: un hombre joven y robusto, de cabello oscuro y cejas espesas, que también llevaba un grueso chal sobre los hombros para protegerse del frío de la casa. También él llevaba cosido el parche amarillo de los Diez Mandamientos.

Se detuvo, con la espalda vuelta hacia el fuego.

—Sí —dijo el desconocido—. Veo que eres su doble exacto. No podría haber distinguido entre las dos. Es posible que el plan funcione.

Godwin y yo lo saludamos, agradecidos por aquel comentario entusiasta.

El anciano volvió la cabeza hacia nosotros y se dirigió muy despacio al sillón colocado delante del fuego.

Por su parte, el hombre más joven miró a su alrededor y al anciano, y luego se acercó a él y le murmuró algo entre dientes.

El anciano hizo un ademán de desesperación.

El joven se volvió a nosotros.

—Sed rápidos y prudentes —dijo a Rosa y a Godwin. No parecía saber qué actitud tomar conmigo—. El carro que está ahí fuera, ¿es lo bastante grande para llevar a tu padre y a tu madre, y también a tu abuelo? Porque cuando hayáis llevado a cabo vuestra pequeña representación, tendréis que marcharos de aquí a toda prisa.

—Sí, es lo bastante grande —dijo Godwin—. Y estoy de acuerdo contigo en que la prisa es de la mayor importancia. Nos iremos tan pronto como veamos que nuestro plan ha funcionado.

—Haré que lo coloquen en la parte de atrás de la casa —dijo el hombre—. Hay un callejón que da a otra calle. —Me miró vacilante, y continuó—: Todos los libros de Meir están ya en Oxford —dijo—, y los restantes objetos de valor han sido llevados fuera de esta casa durante la noche. Hubo que sobornar a los guardias, desde luego, pero se hizo. Podréis partir de inmediato, después de representar vuestra pequeña farsa.

—Lo haremos —dije.

El hombre se despidió con una reverencia y salió por la puerta principal.

Godwin me dirigió una mirada angustiada, y luego señaló al anciano.

Rosa no perdió el tiempo.

—Sabes cuál es el motivo que me ha hecho venir hasta aquí, abuelo. He venido a colaborar en un engaño necesario para acabar con las acusaciones de que mi madre envenenó a mi hermana.

—No me hables —dijo el anciano, con la mirada fija al frente—. No estoy aquí con la intención de ayudar a una hija que entregó a su propia hija a los cristianos. —Se volvió como si pudiera ver el resplandor del fuego—. Ni he venido para proteger a niñas que han abandonado su fe para correr al lado de padres que se comportan como salteadores nocturnos.

—Abuelo, te lo suplico, no me juzgues —dijo Rosa. Se arrodilló junto a la silla y le besó la mano izquierda.

Él no se movió, ni se volvió hacia ella.

—He venido aquí —dijo el anciano—, para aportar el dinero necesario para salvar a la judería de la demencia de estas gentes, atizada por la conducta insensata de tu hermana el entrar en su iglesia. Y eso está ya hecho. He venido aquí para salvar los libros preciosos que pertenecen a Meir, y que corrían el peligro de perderse. En cuanto a ti y a tu madre...

—Mi hermana pagó por haber entrado en la iglesia —dijo Rosa—, ¿no es cierto? Y también mi madre ha pagado por todo lo ocurrido. ¿No vas a acompañarnos y a declarar que soy quien voy a decir que soy?

—Sí, tu hermana pagó por lo que hizo —dijo el anciano—. Y ahora parece que personas inocentes van a tener que pagar también, y por eso he venido. Habría sospechado vuestra pequeña trama incluso aunque Meir no me lo hubiera confesado, y no sabría decir cuánto quiero a Meir incluso a pesar de que ha sido lo bastante loco para enamorarse de tu madre.

De pronto se volvió hacia ella, que seguía arrodillada a su lado. Pareció que se esforzaba en verla.

—Como no tengo hijos, lo quiero a él —dijo—. En tiempos, pensé que mi hija y mis nietas eran el mayor tesoro que podía poseer.

—Nos ayudarás en lo que intentamos hacer —dijo Rosa—. Por el bien de Meir y por el bien de todos los demás de esta ciudad. ¿Verdad que lo harás?

—Saben que Lea tiene una hermana gemela —dijo en tono frío—. Era algo que sabía demasiada gente en la judería para que pudiera mantenerse en secreto. Corres un gran riesgo. Desearía que nos hubieras dejado a nosotros la tarea de negociar para comprar una salida de este aprieto.

—No voy a negar que somos gemelas —contestó Rosa—. Sólo diré que Rosa me está esperando en París, lo que en cierto modo es verdad.

—Me disgustas —dijo el anciano entre dientes—. Desearía no haber puesto nunca mis ojos en ti cuando eras un bebé en los brazos de tu madre. Nos persiguen. Hombres y mujeres mueren por su fe. Pero tú abandonas tu fe únicamente para complacer a un hombre que no tiene derecho a llamarte hija suya. Haz lo que quieras y atente a las consecuencias. Quiero irme de este lugar y no volver a hablar nunca contigo ni con tu madre. Y es lo que haré en cuanto sepa que los judíos de Norwich están a salvo.

Godwin se acercó en ese momento al anciano y se inclinó ante él al tiempo que susurraba de nuevo su nombre, Magister Elí, y esperó ante su sillón a que le diera permiso para hablar.

—Tú me lo has quitado todo —dijo el anciano con dureza, vuelto el rostro hacia Godwin—. ¿Qué más quieres ahora? Tu hermano te espera en el castillo. Está cenando con el lord sheriff y con su apasionada lady Margaret, y él le recuerda que nosotros somos una propiedad valiosa. Ah, ese poder. —Se volvió hacia el fuego—. De haber habido dinero suficiente...

—Está claro que no lo ha habido —dijo Godwin en tono muy suave—. Querido rabí, por favor, di algunas palabras de ánimo a Rosa para lo que tiene que hacer. Si hubieras conseguido ese dinero, no haría falta nada más, ¿no es así? —El anciano no le contestó—. No la culpes a ella de mis pecados. Fui lo bastante malo de joven para perjudicar a otros con mi imprudencia y mi inconsciencia. Pensé que la vida era como las canciones que solía cantar acompañado por mi laúd. Ahora sé que no es así. Y he consagrado mi vida al mismo Señor al que tú adoras. En su nombre, y por el bien de Meir y de Fluria, te ruego que me perdones por todo el daño que te he hecho.

—¡No me prediques a mí, hermano Godwin! —dijo el anciano con un sarcasmo lleno de amargura—. No soy uno de tus estudiantes atolondrados de París. Nunca te perdonaré que me hayas robado a Rosa. Y ahora que Lea ha muerto, ¿qué me queda si no es mi soledad y mi desconsuelo?

—No es así —dijo Godwin—. Seguramente Fluria y Meir criarán hijos e hijas de Israel. Están recién casados. Si Meir puede perdonar a Fluria, ¿por qué tú no?

De pronto el anciano tuvo un arrebato de ira.

Se volvió y apartó a Rosa de un empujón con la misma mano que ella tenía entre las suyas e intentaba besar de nuevo.

Ella cayó hacia atrás sobresaltada, y Godwin le dio la mano y la ayudó a ponerse en pie.

—He dado mil marcos de oro a vuestros miserables frailes negros —dijo el anciano con la cara vuelta hacia ellos, y la voz temblorosa de rabia—. ¿Qué más puedo hacer, sino guardar silencio? Llévate a la niña contigo al castillo. Probad vuestras zalamerías con lady Margaret, pero no os excedáis. Lea era mansa y dulce por naturaleza, y esta hija tuya es una Jezabel. Tenlo muy presente.

Yo me adelanté.

—Mi señor rabí —dije—, no me conocéis pero me llamo Tobías. También soy un monje negro, y llevaré a Rosa y al hermano Godwin conmigo al castillo. El lord sheriff me conoce, y allí haremos rápidamente el trabajo que hemos de hacer. Pero, por favor, el carro está en la parte de atrás, cuidad de estar listo para subir a él tan pronto como los judíos del castillo hayan sido liberados sanos y salvos.

—No —respondió en tono seco—. Es poco menos que obligado que vosotros salgáis de la ciudad después de esa pequeña comedia, pero yo me quedaré hasta asegurarme de que los judíos están a salvo. Ahora marchaos de aquí. Sé que has sido tú el que ha ideado este engaño. Adelante con él.

—Sí, he sido yo —confesé—. Y si algo sale mal, la culpa será mía. Por favor, por favor, preparaos para marchar de aquí.

—Yo podría hacerte la misma advertencia —dijo el anciano—. Tus frailes están enfadados contigo porque te fuiste a París a buscar a «Lea». Quieren por todos los medios hacer santa a una chiquilla atolondrada. Cuidado, porque si esto falla, sufrirás lo mismo que el resto de nosotros. Sufrirás el mismo destino que nos quieres evitar.

—No —dijo Godwin—. Nadie sufrirá ningún daño, y sobre todo no lo sufrirá quien nos ha ayudado con tanta abnegación. Vamos, Tobías, hemos de subir al castillo ahora. No hay tiempo para que yo hable a solas con mi hermano. Rosa, ¿estás preparada para lo que hemos de hacer? Recuerda que vienes enferma del viaje. No estabas durante este largo conflicto, y habrás de hablar sólo cuando lady Margaret te pregunte. Y recuerda las maneras dulces de tu hermana.

—¿Me darás tu bendición, abuelo? —le apremió Rosa. Yo deseé que no lo pidiera—. Y si no es así, ¿me darás tus oraciones?

—No te daré nada —dijo él—. Estoy aquí por otras personas, que sacrificarían sus vidas antes que hacer lo que has hecho tú.

Se volvió de espaldas a ella. Parecía tan sincero y desgraciado al rechazarla como podría serlo el más infeliz de los hombres.

No pude entenderlo del todo, porque ella me parecía una muchacha frágil y cariñosa. Tenía un temperamento fogoso, pero era solamente una niña de catorce años, obligada a afrontar un enorme desafío. Me pregunté si el plan que yo había propuesto era el más acertado. Me pregunté si no estaba cometiendo un tremendo error.

—Muy bien, pues —dije. Miré a Godwin, y él pasó con cariño su brazo sobre los hombros de Rosa—. Vamos.

Unos fuertes golpes en la puerta nos sobresaltaron a todos.

Oí la voz del sheriff que anunciaba su presencia, y la del conde. De pronto se produjo un griterío en el exterior, y ruidos de gente que golpeaba las paredes.

15

El juicio

No podíamos hacer otra cosa que abrir la puerta, y al hacerlo vimos al sheriff aún montado y rodeado de soldados, y a un hombre que no podía ser otro que el conde, de pie junto a su montura, y con lo que parecía ser su propia guardia de hombres a caballo.

Godwin fue de inmediato a abrazar a su hermano, y con la cara de éste entre sus manos, empezó a explicarle algo en voz baja.

El sheriff esperó a que acabara.

Empezaba a reunirse un grupo numeroso de gente de aspecto hostil, algunos con bastones en las manos, y el sheriff ordenó de inmediato a sus hombres que despejaran la calle, con voz firme.

Estaban también allí dos de los dominicos y varios de los canónigos de ropajes blancos de la catedral. Y la multitud parecía crecer por momentos.

Un murmullo se elevó del gentío allí reunido cuando Rosa salió de la casa y se echó atrás la capucha del manto.

También su abuelo había salido, acompañado por el judío más joven, cuyo nombre no llegué a conocer. Se quedó al lado de Rosa como para protegerla, y yo hice lo mismo.

De todas partes brotaron voces, y pude oír el nombre «Lea» repetido una y otra vez.

Uno de los dominicos, un hombre joven, dijo entonces con voz acerada:

—¿Es Lea, o su hermana Rosa?

El sheriff, que sin duda pensaba que ya había esperado demasiado tiempo, intervino:

—Mi señor —dijo al conde—, hemos de subir ahora al castillo y dejar resuelta esta cuestión. El obispo nos espera en el gran salón.

De la multitud se elevó un gruñido decepcionado. Pero al instante el conde besó a Rosa en ambas mejillas y, después de pedir a uno de sus soldados que desmontara, la subió a la grupa del caballo y encabezó el desfile de los reunidos hacia el castillo.

Godwin y yo seguimos juntos durante el largo camino de ascenso a la colina del castillo, y luego por el sinuoso sendero que nos condujo hasta la puerta de entrada y el patio interior.

Cuando los hombres desmontaron, atraje la atención del conde tirándole de la manga.

—Haced que uno de vuestros hombres se haga cargo del carro que está detrás de la casa de Meir. Será prudente tenerlo aquí a la puerta del castillo cuando liberen a Meir y a Fluria.

Él hizo un gesto de asentimiento, se acercó a uno de sus hombres y le envió a cumplir el encargo.

—Podéis estar seguro —me dijo el conde— de que saldrán de aquí conmigo y con mis hombres dándoles escolta.

Me sentí más tranquilo al oírlo, porque lo acompañaban ocho soldados, todos con monturas que lucían vistosas gualdrapas, y él mismo no parecía temeroso o inquieto en lo más mínimo. Recibió a Rosa con un gesto de protección, y pasó el brazo sobre sus hombros mientras cruzábamos la arcada que daba a la gran sala del castillo.

No había visto aquella enorme estancia en mi anterior visita, y de inmediato me di cuenta de que se había reunido allí un tribunal.

En la mesa elevada que presidía la sala estaba el obispo, y a cada lado se alineaban los canónigos de la catedral y varios frailes dominicos, incluido fray Antonio. Vi que también se encontraba allí fray Jerónimo, de la catedral, y que parecía descontento con aquellos preparativos.

Hubo más murmullos de asombro cuando condujeron a Rosa delante del obispo, al que hizo una humilde reverencia como todos los demás presentes, incluido el conde.

El obispo, un hombre más joven de lo que yo habría esperado, revestido con su mitra y sus ropajes de tafetán, dio de inmediato la orden de que Meir y Fluria, y el judío Isaac y su familia, fueran trasladados a su presencia desde sus habitaciones de la torre.

—Que traigan aquí a todos los judíos —dijo para acabar.

Muchos hombres de mala catadura habían entrado en la sala, y también varias mujeres y niños. Y los hombres más rústicos, a quienes no se había permitido la entrada, daban voces desde fuera, hasta que el obispo ordenó a uno de sus guardias que saliera a hacerles callar.

Fue entonces cuando me di cuenta de que la fila de hombres armados colocada detrás del obispo era su propia custodia.

Empecé a temblar, e hice lo que pude para disimularlo.

De una de las antesalas salió lady Margaret, ataviada para la ocasión con un espléndido vestido de seda, y con ella la pequeña Eleanor, que lloraba.

De hecho, la propia lady Margaret parecía reprimir las lágrimas.

Y cuando Rosa se echó atrás la capucha y se inclinó delante del obispo, hubo un revuelo de voces a nuestro alrededor.

—Silencio —ordenó el obispo.

Yo estaba aterrorizado. Nunca había visto nada tan impresionante como aquel tribunal, con tantas personas reunidas, y sólo me quedaba la esperanza de que los distintos contingentes de soldados fueran capaces de mantener el orden.

Era evidente que el obispo estaba furioso.

Rosa estaba de pie ante él, con Godwin a un lado y el conde Nigel al otro.

—Ahora podéis ver, mi señor —dijo el conde Nigel—, que la niña está sana y salva y ha regresado, con gran dificultad debido a su reciente enfermedad, para presentarse ante vos.

El obispo tomó asiento en su sitial, pero fue el único en hacerlo.

Nos veíamos empujados hacia delante por un gentío cada vez mayor, porque eran muchos los que habían forzado su entrada en la sala.

Lady Margaret y Nell miraban con atención el rostro de Rosa. Y entonces Rosa rompió a llorar e inclinó la cabeza sobre el hombro de Godwin.

Lady Margaret se acercó un poco más, acarició el hombro de la muchacha y dijo:

—¿De verdad eres tú la niña a la que quise con tanta ternura? ¿O eres su hermana gemela?

—Mi señora —dijo Rosa—, he vuelto dejando a mi hermana gemela en París, sólo para probaros que estoy viva. —Empezó a sollozar—. Me angustia mucho que mi huida haya supuesto sufrimientos a mi madre y a mi padre. ¿No podéis entender por qué razón me marché de noche sin ser vista? Iba a reunirme con mi hermana, no sólo en París sino en la fe cristiana, y no quería causar en público ese dolor a mi padre y a mi madre.

Dijo aquello con tanta dulzura que silenció por completo a lady Margaret.

—Entonces —declaró el obispo alzando la voz—, ¿juras solemnemente que eres la niña que conocieron estas gentes, y no la gemela de esa niña, venida aquí para ocultar el hecho del asesinato de tu hermana?

Se alzó un gran murmullo entre los reunidos.

—Mi señor obispo —dijo el conde—, ¿acaso no conozco yo a las dos niñas colocadas bajo mi custodia? Ésta es Lea, y ha enfermado otra vez de resultas del viaje difícil que acaba de hacer.

Pero de pronto la atención de todos se vio distraída por la aparición de los judíos que habían sido encerrados en la torre. Meir y Fluria fueron los primeros en entrar en la sala, y tras ellos lo hicieron Isaac, el físico, y varios judíos más que entraron en grupo, fácilmente reconocibles por sus parches, pero no por ninguna otra característica.

Rosa se apartó al instante del conde y corrió hacia su madre. La abrazó llorosa y dijo, en voz lo bastante alta para ser oída por todos:

—Te he traído la desgracia y un dolor imposible de describir, y lo siento. Mi hermana y yo no sentimos otra cosa que amor por ti, a pesar de haber sido bautizadas en la fe cristiana, pero ¿cómo podréis perdonarnos Meir y tú?

No esperó la respuesta y abrazó a Meir, que la besó a su vez, a pesar de que estaba pálido por el temor y de que visiblemente aquel engaño le repugnaba.

Lady Margaret miraba ahora a Rosa con dureza, y se volvió a su hija para susurrarle alguna cosa.

La muchacha se acercó enseguida a Rosa, que aún seguía abrazada a su madre, y dijo:

—Pero, Lea, ¿por qué no nos enviaste ningún mensaje para contarnos que te habías bautizado?

—¿Cómo podía hacerlo? —preguntó Rosa, en medio de un diluvio de lágrimas—. ¿Qué podía contarte? Seguro que entiendes la pena que sintieron mis queridos padres al conocer mi decisión. ¿Qué podían hacer ellos sino pedir a los soldados del conde que me llevaran a París, como hicieron, para que me reuniera allí con mi hermana? Pero no podía anunciar a toda la judería que había traicionado a mis queridos padres de ese modo.

Siguió hablando en el mismo tono, y con un llanto tan amargo que nadie se dio cuenta de que no pronunciaba nombres familiares; y suplicó a todos que comprendieran cómo se sentía.

—De no haber visto aquella hermosa función de Navidad —dijo de pronto, pisando al hacerlo un terreno más peligroso—, no habría comprendido por qué se convirtió mi hermana Rosa. Pero la vi, y llegué a comprenderlo, y tan pronto como me repuse corrí a reunirme con ella. ¿Crees que se me ocurrió que alguien podía acusar a mi madre y a mi padre de hacerme daño?

La otra muchacha estaba ahora a la defensiva.

—Pensábamos que habías muerto, tienes que creerme —dijo.

Pero antes de que continuara, Rosa le preguntó:

—¿Cómo has podido dudar de la bondad de mi madre y de mi padre? Tú que has estado en nuestra casa, ¿cómo has podido creerles capaces de hacerme daño?

Lady Margaret y la joven inclinaban ahora sus cabezas y murmuraban que hicieron sólo lo que creyeron correcto, y no podía culpárseles por eso.

Hasta ahí todo había ido bien. Pero fray Antonio intervino entonces con una voz lo bastante fuerte para despertar los ecos de los muros.

—Ha sido una representación notable —dijo—, pero como sabemos muy bien, Fluria, hija de Elí, aquí presente, tenía gemelas, y las gemelas no han venido juntas hoy para librarla de sospechas. ¿Cómo sabemos que tú eres Lea, y no Rosa?

De todas partes surgieron voces para insistir en el mismo punto.

Rosa no vaciló.

—Padre —dijo al sacerdote—, ¿vendría mi hermana, una cristiana bautizada, a defender aquí a mis padres si ellos hubieran matado a su gemela? Tenéis que creerme. Soy Lea. Y lo único que deseo es volver a París junto a mi hermana y mi tutor el conde Nigel.

—Pero ¿cómo lo sabemos nosotros? —preguntó el obispo—. ¿No eran idénticas las gemelas?

Hizo una seña a Rosa de que se acercara más.

En la sala resonaban voces furiosas que discutían entre ellas.

Pero nada me alarmó tanto como la manera en que se adelantó lady Margaret a mirar fijamente a Rosa con ojos como rendijas.

Rosa repitió al obispo que juraría sobre la Biblia que ella era Lea. Y ahora deseaba que su hermana hubiese venido, pero no pensó que sus amigos de aquí no iban a creerla.

Lady Margaret gritó de pronto:

—¡No! No es la misma niña. Es su doble, pero su corazón y su espíritu son distintos.

Pensé que se iba a formar un tumulto. Por todas partes sonaban gritos furibundos. El obispo pidió silencio varias veces.

—Traed la Biblia a esta niña para que jure —dijo el obispo—, y traed el libro sagrado de los judíos a la madre para que jure que es su hija Lea.

Rosa y su madre intercambiaron miradas asustadas, y de pronto Rosa empezó a llorar de nuevo y corrió a los brazos de su madre. En cuanto a Fluria, parecía agotada por su encierro, débil e incapaz de decir o de hacer nada.

Trajeron los libros, aunque no sabría decir cuál era ese «libro sagrado de los judíos».

Y Meir y Fluria murmuraron las mentiras que les fueron exigidas.

Por su parte, Rosa tomó el grueso volumen de la Biblia encuadernado en piel y puso de inmediato la mano sobre él.

—Juro ante vos —dijo, con una voz rota y trastornada por la emoción—, por todo lo que creo como cristiana, que soy Lea hija de Fluria y pupila del conde Nigel, y que he venido aquí para limpiar el nombre de mi madre. Y que mi único deseo es que se me permita marchar de este lugar sabiendo que mis padres judíos están a salvo y que no van a recibir ningún castigo por mi conversión.

—No —gritó lady Margaret—, Lea nunca habló con esa facilidad, nunca en su vida. Era una muda, comparada con ésta. Os digo que esta niña nos está engañando. Es cómplice del asesinato de su hermana.

Al oír aquello, el conde perdió la sangre fría y gritó, en voz más fuerte que nadie de los presentes a excepción del obispo:

—¿Cómo os atrevéis a contradecir mi palabra? —Dirigió una mirada furiosa al obispo—. Y vos, ¿cómo osáis desafiarme cuando os digo que yo soy el tutor cristiano de las dos niñas, que están siendo educadas por mi hermano?

Godwin se adelantó entonces.

—Mi señor obispo, os lo ruego, no dejéis que este asunto vaya más allá. Devolved a estos buenos judíos a sus casas. ¿No podéis imaginar el dolor de estos padres privados de unas hijas que han abrazado la fe cristiana? Me honro en ser su maestro, y amo a las dos con un auténtico amor cristiano, pero no puedo sentir sino compasión por los padres a los que han dejado atrás.

Durante un instante se produjo el silencio, salvo por los murmullos febriles de la multitud, que parecían serpentear, ahora aquí, ahora allá, entre los reunidos como si se disputara un juego a base de susurros.

Todo parecía depender ahora de lady Margaret, y de lo que podía decir.

Pero cuando se disponía a protestar, y señalaba con el dedo a Rosa, el anciano Elí, el padre de Fluria, se adelantó y gritó:

—Pido ser escuchado.

Creí que Godwin iba a derrumbarse por la aprensión. Y Fluria se refugió en el pecho de Meir.

Pero el anciano consiguió que todos callaran. Se puso entonces en pie con la ayuda de Rosa, hasta situarse sin verla frente a lady Margaret, con Rosa entre ambos.

—Lady Margaret, vos que os decíais amiga de mi hija Fluria y de su buen marido Meir, ¿cómo os atrevéis a enfrentaros con los conocimientos y la razón de un abuelo? Ésta es mi nieta, y la conocería por muchas réplicas suyas que corrieran por el mundo. ¿Quiero abrazar a una niña apóstata? No, nunca, pero es Lea y la conocería por más que mil Rosas se presentaran en esta sala a sostener lo contrario. Conozco su voz. La conozco como posiblemente no puede conocerla ningún vidente. ¿Vais a contradecir a mis cabellos grises, a mi cognición, a mi honestidad, a mi honor?

Tendió los brazos a Rosa, que se precipitó en ellos. Apretó a Rosa contra su hombro.

—Lea, mi Lea —murmuró.

—Yo sólo quería... —empezó lady Margaret.

—Silencio, digo —la interrumpió Elí con una voz inmensa y profunda, como si quisiera que todos los que abarrotaban la gran sala lo oyeran—. Ésta es Lea. Yo, que he dirigido las sinagogas de los judíos toda mi vida, lo atestiguo. Yo lo atestiguo. Sí, esas niñas son apóstatas y deben ser expulsadas de la comunidad de sus hermanos judíos y eso supone un trance amargo para mí, pero todavía más amarga es la obstinación de una mujer cristiana que ha sido la verdadera causa de la defección de esta niña. ¡De no haber sido por vos, nunca habría abandonado a sus piadosos padres!

—Sólo hice lo que...

—Desgarrasteis el corazón de una familia y de un hogar —declaró él—. ¿Y ahora la negáis, cuando ha recorrido un camino tan largo para salvar a su madre? No tenéis corazón, señora. Y vuestra hija, ¿qué papel representa en todo esto? Os desafío a probar que no es la niña que conocéis. ¡Os desafío a ofrecer la sombra siquiera de una prueba de que esta niña no es Lea, hija de Fluria!

La multitud rugió de entusiasmo. A nuestro alrededor la gente murmuraba: «El viejo judío tiene razón», y «sí ¿cómo van a probarlo?», y «la conoce por la voz», y cientos de otras variaciones sobre el mismo tema.

Lady Margaret rompió en un llanto ruidoso, aunque parecía silencioso al lado de la forma de llorar de Rosa.

—¡No he querido hacer daño a nadie! —gimió de pronto lady Margaret. Extendió sus brazos hacia el obispo—. Sinceramente creí que la niña estaba muerta, y creí también que la culpa había sido mía.

Rosa se volvió a ella.

—Señora, consolaos, os lo ruego —dijo con una voz vacilante y tímida.

La multitud se apaciguó al oírla. Y el obispo reclamó silencio con voz furiosa cuando los clérigos empezaron a discutir entre ellos y fray Antonio siguió dando muestras de incredulidad.

—Lady Margaret —siguió diciendo Rosa, y su voz era frágil y dulce—, de no haber sido por vuestra amabilidad conmigo, nunca habría ido a reunirme con mi hermana en su nueva fe. Lo que no podíais saber es que las cartas que me escribía fueron el suelo en el que germinó la idea de acompañaros aquella noche a la misa de Navidad, pero vos me afirmasteis en mi convicción. Perdonadme, perdonadme de todo corazón por no haberos escrito y expresado mi gratitud. Ha sido el amor que siento por mi madre... Oh, ¿no lo comprendéis? Os lo ruego.

Lady Margaret no pudo resistir más. Abrazó a Rosa y una y otra vez repitió cuánto sentía haber sido la causa de tanto dolor.

—Señor obispo —dijo Elí, volviendo sus ojos ciegos

al tribunal—. ¿No vais a dejarnos regresar a nuestras casas? Fluria y Meir se marcharán de la judería después de estos disturbios, como estoy seguro de que comprenderéis, pero aquí nadie ha cometido un crimen de ninguna clase. Y trataremos de la apostasía de estas niñas a su debido tiempo, puesto que todavía no son más que... niñas.

Lady Margaret y Rosa estaban ahora fundidas en un estrecho abrazo, y sollozaban, y se susurraban, y la pequeña Eleanor las rodeaba también con sus brazos.

Fluria y Meir permanecían mudos, como también Isaac, el físico, y los demás judíos, sus familiares tal vez, que habían estado encerrados en la torre.

El obispo se recostó en su sitial y mostró las palmas de las manos en un gesto de frustración.

—Muy bien, pues. Reconocéis que esta muchacha es Lea.

Lady Margaret asintió con vigor.

—Dime tan sólo —dijo a Rosa— que me perdonas, que me perdonas por todo el dolor que he causado a tu madre.

—De todo corazón —dijo Rosa, y dijo muchas cosas más, pero toda la sala estaba en efervescencia.

El obispo declaró concluido el proceso. Los dominicos miraban con dureza a todas las personas concernidas. El conde dio de inmediato a sus hombres la orden de montar, y sin esperar una palabra más de nadie se dirigió a Meir y a Fluria y les invitó a seguirlo.

Yo me quedé quieto como un tonto, observándolo todo. Vi que los dominicos se apartaban a un lado, mirando a todos con desaprobación.

Pero Meir y Fluria salieron de la sala, acompañados por el anciano, y detrás salió Rosa abrazada a lady Margaret y a la pequeña Eleanor, llorosas las tres.

Miré a través de la arcada y vi que toda la familia, incluido el Magister Elí, subía al carro, y Rosa daba un último abrazo a lady Margaret.

Los demás judíos siguieron su camino colina abajo. Los soldados montaron en sus caballos.

Fue como despertar de un sueño, cuando noté que Godwin me agarraba del brazo.

—Ven ahora, antes de que las cosas cambien.

Yo sacudí la cabeza.

—Vete —dije—. Yo me quedo aquí. Si hay más disturbios, mi puesto está aquí.

Quiso protestar, pero le recordé lo urgente que era que subiera al carro y se fueran todos.

El obispo se levantó de la mesa, y él y los canónigos de la catedral vestidos de blanco desaparecieron en una de las antesalas.

El gentío estaba dividido e impotente, mientras veía el carro descender la colina escoltado a ambos lados por los soldados del conde. El conde en persona cabalgaba detrás del carro con la espalda erguida y el codo izquierdo doblado como si la mano estuviera colocada en la vaina de su espada.

Di media vuelta y salí al patio.

Los rezagados me miraron, y miraron a los dominicos que venían detrás de mí.

Empecé a caminar más y más aprisa colina abajo. Vi el grupo de los judíos delante de mí, ya a salvo, y el carro que empezaba a aumentar la velocidad. Pronto los caballos se pusieron al trote y toda la escolta aceleró el paso. En pocos minutos estarían lejos de la ciudad.

También yo empecé a caminar más deprisa. Vi la catedral y algún instinto me impulsó a dirigirme a ella. Pero escuché pasos de hombres a mi espalda.

—¿Adónde piensas dirigirte ahora, hermano Tobías? —preguntó fray Antonio con voz irritada.

Seguí caminando hasta que su mano dura se plantó en mi hombro.

—A la catedral, a dar las gracias. ¿Adónde, si no?

Seguí caminando tan aprisa como pude, sin correr. Pero de pronto tuve a los frailes dominicos rodeándome, y a un grupo numeroso de los jóvenes más brutos de la ciudad respaldándolos y mirándome con curiosidad y sospecha.

—¿Crees que podrás acogerte a sagrado, allí? —preguntó fray Antonio—. Yo creo que no.

Estábamos ya al pie de la colina. Me hizo darme la vuelta de un empujón y apuntó a mi cara con el dedo.

—¿Quién eres tú exactamente, hermano Tobías? Tú, que has venido aquí a desafiarnos, tú que has traído de París a una niña que puede no ser quien asegura ser.

—Ya has oído la decisión del obispo —dije.

—Sí, y será respetada, y todo estará bien, pero ¿quién eres tú y de dónde vienes?

Volví la vista a la gran fachada de la catedral y tomé por una calle que llevaba hacia ella.

De pronto me agarró, pero con un tirón me solté.

—Nadie ha oído hablar de ti —dijo uno de los hermanos—, nadie de nuestra casa de París, nadie de nuestra casa de Roma, nadie de nuestra casa de Londres, y después de escribir a todas partes entre este lugar y Londres y Roma, hemos llegado a la conclusión de que no eres uno de los nuestros. Ninguno de los nuestros —insistió fray Antonio— sabe nada de ti, el estudiante viajero.

Yo seguí caminando, y al escuchar el estruendo de sus pasos a mi espalda pensé: «Los estoy alejando de

Fluria y de Meir, tan cierto como si fuera el flautista de Hamelin.»

Por fin llegué a la plaza de la catedral, pero entonces dos de los monjes me agarraron.

—No entrarás en esa iglesia sin habernos contestado antes. Tú no eres uno de nosotros. ¿Quién te ha enviado a simular que lo eras? ¿Quién te envió a París a traer a esa niña que dice ser su propia hermana?

Vi que me rodeaban esos jóvenes brutos y, de nuevo, a mujeres y niños entre el gentío, y empezaron a aparecer antorchas ante la oscuridad creciente de aquel atardecer invernal.

Me debatí para liberarme, y no conseguí sino que más personas me sujetaran. Alguien rajó la bolsa de piel que llevaba al hombro.

—Veamos qué cartas de presentación llevas —dijo uno de los monjes, y al vaciar la bolsa sólo cayeron de ellas monedas de plata y de oro que rodaron en todas direcciones.

La multitud rugió.

—¿No contestas? —preguntó fray Antonio—. ¿Admites que no eres más que un impostor? ¿Nos hemos equivocado de impostor por esta vez? ¿Es de eso de lo que nos enteramos ahora? ¡Tú no eres un fraile dominico!

Le dirigí una patada furiosa y lo empujé atrás, y me volví hacia las puertas de la catedral. Quise correr hacia allí, pero enseguida uno de los jóvenes me atenazó y me empujó contra la pared de piedra de la iglesia, con tanta fuerza que lo vi todo negro por un instante.

Oh, si esa oscuridad hubiera sido para siempre. Pero no podía desear una cosa así. Abrí los ojos y vi que los frailes intentaban contener la furia de la multitud. Fray

Antonio gritó que yo era «asunto suyo» y que él lo arreglaría. Pero el gentío no atendía a razones.

La gente tironeaba de mi manto, que al fin se rasgó. Alguien me dio un tirón del brazo derecho y sentí un dolor intenso que lo recorría desde el hombro. De nuevo me vi estampado contra el muro.

Veía a la gente entre parpadeos, como si la luz de mi conciencia se encendiera y se apagara, una vez y otra, y poco a poco se materializó una escena horrible.

Todos los clérigos habían sido empujados atrás. Ahora sólo me rodeaban los jóvenes brutos de la ciudad y las mujeres más rudas.

—¡No eres un cura, no eres un fraile, no eres un hermano, impostor! —gritaban.

Mientras me golpeaban, me pateaban y me arrancaban la ropa, me pareció que más allá de aquella masa movediza yo veía otras caras. Caras conocidas para mí. Las caras de los hombres a los que había asesinado.

Muy cerca de mí, envuelto en silencio como si no formara parte en absoluto de aquel tumulto, invisible para los rufianes que desahogaban su rabia conmigo, estaba el último hombre a quien maté, en la Posada de la Misión, y a su lado la joven muchacha rubia que maté muchos años atrás en el burdel de Alonso. Todos me miraban, y en sus rostros no vi ningún juicio, ningún regocijo, sino únicamente consternación y una leve tristeza.

Alguien se había apoderado de mi cabeza. Golpeaban mi cabeza contra las piedras, y sentí que la sangre me corría por el cuello y la espalda. Por un momento, no vi nada.

Pensé de una forma extrañamente desinteresada en mi pregunta a Malaquías, que él dejó sin respuesta:

«¿Podría morir en esta época? ¿Es eso posible?» Pero ahora no lo llamé.

Mientras me derrumbaba bajo aquel torrente de golpes, mientras sentía los zapatos de cuero golpeándome en las costillas y el estómago, mientras el aliento me faltaba y perdía la visión de mis ojos, mientras el dolor se extendía por mi cabeza y mis miembros, dije una sola oración.

«Dios querido, perdóname por haberme apartado de Ti.»

16

De vuelta al mundo y al tiempo

Soñaba. Oí otra vez los cánticos, como los ecos de un gong. Pero se desvanecieron a medida que fui recuperando la conciencia de mí mismo. También se desvanecieron las estrellas, y el vasto cielo oscuro desapareció.

Abrí los ojos despacio.

Ningún dolor, en ninguna parte del cuerpo.

Estaba tendido en la cama de baldaquín, en la Posada de la Misión. Me rodeaba el mobiliario familiar de la suite.

Durante largo rato dejé descansar la vista en el dibujo ajedrezado de la seda del baldaquín, y me di cuenta, me obligué a mí mismo a darme cuenta, de que estaba de vuelta en mi propio tiempo, y de que no sentía dolor en ninguna parte del cuerpo.

Me incorporé poco a poco.

—¿Malaquías? —llamé.

Sin respuesta.

—Malaquías, ¿dónde estás?

Silencio.

Sentí que algo en mi interior estaba a punto de quebrarse, y aquello me aterrorizó. Susurré su nombre una vez más, y no me sorprendí cuando tampoco hubo respuesta.

Una cosa sabía, sin embargo. Sabía que Meir, Fluria, Elí, Rosa, Godwin y el conde habían escapado sanos y salvos de Norwich. Lo sabía. En algún lugar de mi mente nublada perduraba la visión del carro escoltado por los soldados alejándose velozmente por el camino de Londres.

Aquello parecía tan real como cualquier detalle de esta habitación, y esta habitación parecía completamente real, fiable y sólida.

Bajé la vista hacia mí mismo. Mis ropas estaban en desorden y arrugadas.

Pero llevaba uno de mis trajes, americana y pantalones caquis con chaleco, y camisa blanca con el cuello desabrochado. Ropas habituales en mí.

Busqué en el bolsillo y descubrí que llevaba la identificación que solía utilizar cuando venía aquí como yo mismo. No Toby O'Dare, desde luego, sino el nombre que utilizaba para moverme por ahí sin disfraz.

Volví a meter en el bolsillo mi permiso de conducir, salté de la cama y fui al cuarto de baño a mirarme en el espejo. No había magulladuras, ni señales.

Pero creo que fue la primera vez en muchos años que vi mi propia cara. Vi a Toby O'Dare, de veintiocho años de edad, mirándome desde el espejo.

¿Por qué pensaba que tenía que haber magulladuras y señales?

El hecho era que no podía creer que estuviera aún vivo, no podía creer que hubiera sobrevivido a lo que parecía ser una muerte merecida delante de la catedral.

Y si este mundo no me hubiera parecido tan vívido como aquél, habría creído estar soñando.

Paseé por la habitación, aturdido. Vi mi habitual bolsa de piel, y me di cuenta de lo mucho que se parecía a la bolsa que había estado cargando de aquí para allá a lo largo del siglo XIII. También estaba aquí mi ordenador, el portátil que utilizaba sólo para la búsqueda de información.

¿Cómo estaban aquí esos objetos? ¿Cómo había llegado yo aquí? El ordenador, un portátil Macintosh, estaba abierto y conectado, como podía haberlo dejado yo mismo después de usarlo.

Por primera vez se me ocurrió que todo lo ocurrido había sido un sueño, un mero producto de mi imaginación. El único problema es que nunca podría haber imaginado algo así. No podría haber imaginado a Fluria, o a Godwin, o al anciano Elí y la manera que tuvo de dar la vuelta al juicio en el momento decisivo.

Abrí la puerta y salí a la galería cubierta. El cielo era de un color azul pálido y el sol me calentó la piel, y después de la nieve, el barro y los cielos cubiertos que había conocido las pasadas semanas, aquel calor me pareció una caricia.

Me senté a la mesa de hierro y noté la brisa que me envolvía y me preservaba del excesivo calor del sol; esa vieja frescura familiar siempre presente en el aire del sur de California.

Planté los codos sobre la mesa e incliné la cabeza hasta dejar que descansara en mis manos. Y lloré. Tanto lloré que incluso prorrumpí en sollozos sonoros.

El dolor que sentía era tan horrible que no pude describírmelo ni siquiera a mí mismo.

Me di cuenta de que pasaba gente a mi lado, y no me importó lo que veían ni lo que sentía. En cierto momento, una mujer se me acercó y puso su mano en mi hombro.

—¿Puedo ayudarle en algo? —susurró.

—No —dije—. Nadie puede. Todo se ha acabado.

Le di las gracias, tomé su mano en la mía y le dije que era muy amable. Sonrió, asintió y se fue con su grupo de turistas. Desaparecieron por la escalera de la rotonda.

Busqué en un bolsillo, encontré un ticket de aparcamiento de mi coche y bajé, cruzando el *lobby* y pasando bajo el campanario. Entregué el ticket al guardacoches con un billete de veinte dólares y me quedé allí, aturdido, mirándolo todo como si nunca lo hubiera visto antes: el campanario con sus muchas campanas, las petunias que florecían en los arriates de la entrada, y las palmeras esbeltas que se alzaban como para señalar el cielo impecablemente azul.

El guardacoches se colocó a mi lado.

—¿Se encuentra bien, señor? —preguntó.

Yo me llevé la mano a la nariz. Me di cuenta de que aún lloraba. Saqué un pañuelo de lino del bolsillo y me soné.

—Sí, estoy bien —dije—. Acabo de perder a un puñado de buenos amigos —añadí—. Pero no me los merecía.

No supo qué decir, y no lo culpo por ello.

Me puse al volante del coche y conduje tan rápido como pude hasta San Juan Capistrano.

Todo lo que había ocurrido pasaba por mi mente como una larga cinta, y no veía ni las colinas, ni la autopista ni las señales de tráfico. En mi corazón me encontraba en el pasado, y sólo por instinto conducía el coche en el presente.

Cuando entré en el terreno de la misión, miré a mi alrededor desesperanzado y de nuevo susurré: «Malaquías.»

No hubo respuesta, y no vi a nadie que se pareciera ni remotamente a él. Sólo las familias de costumbre, que paseaban entre los arriates de flores.

Fui directamente a la capilla Serra.

Por fortuna no había mucha gente allí, y las pocas personas presentes rezaban.

Recorrí la nave con la vista fija en el tabernáculo y la luz encendida a su izquierda, y deseé de todo corazón tenderme en el suelo de la capilla con los brazos abiertos y rezar, pero me di cuenta de que los otros se me acercarían si hacía una cosa así.

Todo lo que pude hacer fue arrodillarme en el primer banco y repetir otra vez la oración que dije cuando el gentío me atacó.

—Señor Dios —recé—. No sé si ha sido un sueño o real. Sólo sé que ahora soy tuyo. Nunca quiero ser otra cosa que tuyo.

Por fin me senté en el banco y lloré en silencio durante una hora por lo menos. No hice ningún ruido que pudiera molestar a la gente. Y cuando alguien pasaba cerca de mí, yo bajaba la vista y cerraba los ojos, y ellos seguían sencillamente su camino para decir sus oraciones o encender sus velas.

Miré el tabernáculo y dejé mi mente en blanco, y acudieron a mí muchos pensamientos. El más desolador fue que estaba solo. Todas las personas a las que había conocido y amado con todo mi corazón habían sido apartadas de mí para siempre.

Nunca volvería a ver a Godwin ni a Rosa. Nunca volvería a ver a Fluria ni a Meir. Lo sabía de cierto.

Sabía que nunca, nunca en mi vida, volvería a ver a las únicas personas que había realmente conocido y amado. Se habían ido lejos de mí; estábamos separados por siglos, y yo no podía hacer nada, y cuanto más pensaba en ello más me preguntaba si volvería a ver a Malaquías alguna vez.

No sé cuánto tiempo me quedé allí.

En algún momento me di cuenta de que se estaba haciendo de noche.

Había dicho al Señor una y otra vez cuánto lamentaba el mal que había hecho, y le pregunté si los ángeles me habían infundido una ilusión para mostrarme el error de mi conducta, o bien si había estado en realidad en Norwich y en París; y le confesé que, tanto si había estado allí como si no, no era merecedor de la gracia que había recibido.

Por fin salí de allí y volví a la Posada de la Misión.

Había oscurecido ya, porque era primavera y anochecía pronto. Me encerré en la suite Amistad y me puse a trabajar con el ordenador.

No me fue difícil encontrar imágenes de Norwich, fotografías del castillo y de la catedral, pero el castillo de las fotografías era radicalmente diferente de la vieja construcción normanda que yo había visto. En cuanto a la catedral, la habían ampliado considerablemente desde mi visita.

Tecleé «judíos de Norwich» y leí con una vaga aprensión toda la horrible historia del martirio del pequeño san Guillermo.

Luego, con manos temblorosas, tecleé Meir de Norwich. Para mi completo asombro, había más de un artículo sobre él. Meir, el poeta de Norwich, había sido una persona real.

Me recosté en mi asiento, sencillamente atónito. Y durante un largo rato fui incapaz de hacer nada. Luego leí aquellos breves artículos y supe que el hombre era conocido sólo por un manuscrito con poemas en hebreo en el que se identificaba a sí mismo, un manuscrito conservado en los Museos Vaticanos.

Después de eso tecleé muchos nombres diferentes, pero no apareció nada importante que pudiera relacionar con lo que me ocurrió. No había ninguna historia sobre la muerte de más niños.

Pero la triste historia de los judíos en la Inglaterra de la Edad Media llegó muy pronto a una brusca conclusión en 1290, cuando todos los judíos fueron expulsados de la isla.

Me recosté de nuevo en mi asiento.

Había hecho ya suficientes búsquedas, y lo que pude saber es que el pequeño san Guillermo tuvo la particularidad de ser el primer caso de un asesinato ritual atribuido a los judíos, una acusación que se repitió una vez tras otra a lo largo de la Edad Media e incluso después. Y que Inglaterra fue el primer país que expulsó a los judíos en bloque. Había habido antes expulsiones de ciudades y territorios, pero el primer país fue Inglaterra.

Sabía lo que vino después. Los judíos fueron acogidos de nuevo, siglos más tarde, por Oliver Cromwell, porque Oliver Cromwell creía que el fin del mundo era inminente y que la conversión de los judíos iba a representar un papel en ese proceso.

Cuando apagué el ordenador me dolían los ojos; me eché en la cama y dormí muchas horas.

Me desperté temprano, la mañana siguiente. Eran las tres de la madrugada, en el despertador. Eso quería decir que eran las seis de la mañana en Nueva York, y el Hombre Justo estaría en su oficina.

Abrí mi teléfono móvil, prepago como los que siempre he utilizado, y marqué su número.

En cuanto oí su voz, dije:

—Mira, no voy a volver a matar nunca. Nunca volveré a hacer daño a nadie si puedo impedirlo. Ya no soy tu francotirador de la aguja. Se acabó.

—Quiero que vengas aquí, hijo —replicó.

—¿Por qué, para matarme?

—Lucky, ¿cómo puedes pensar una cosa así? —dijo. Parecía sincero y un poco dolido—. Hijo, estoy preocupado por lo que puedas hacerte a ti mismo. Siempre me ha preocupado esa cuestión.

—Bueno, pues no tienes por qué preocuparte más —dije—. Hay algo que quiero hacer.

—¿Qué es?

—Escribir un libro sobre una cosa que me ha ocurrido. ¡Oh, no te preocupes!, no tiene nada que ver contigo ni con nada que me hayas pedido que haga. Todo eso quedará en secreto, como siempre lo ha estado. Puedes decir que sigo el consejo del padre de Hamlet. Dejo que sea el cielo quien te juzgue.

—Lucky, tú no estás bien de la cabeza.

—Sí que lo estoy —dije.

—Hijo, ¿cuántas veces he intentado decirte que trabajabas para los Chicos Buenos, todo el tiempo? ¿Tengo que decírtelo con todas las palabras? Has estado trabajando para tu país.

—Eso no cambia nada —dije—. Te deseo suerte. Y hablando de suerte, quiero revelarte mi nombre auténtico. Me llamo Toby O'Dare y nací en Nueva Orleans.

—¿Qué te ha ocurrido, hijo?

—¿Sabías cómo me llamaba?

—No. Nunca pudimos seguir tu rastro de antes de tus amigos de Nueva York. No tienes por qué contarme esas cosas. No voy a utilizarlas. Ésta es una organización que puedes abandonar cuando quieras, hijo. Puedes marcharte. Lo único que deseo es estar seguro de que sabes bien adónde vas.

Me eché a reír.

Por primera vez desde mi regreso, me eché a reír.

—Te quiero, hijo —dijo.

—Sí, lo sé, jefe. Y en cierta manera, yo también te quiero. Ése es el misterio. Pero no sirvo para lo que quieres ahora. Voy a hacer algo de provecho con mi vida, aunque sólo sea escribir un libro.

—¿Me llamarás de vez en cuando?

—No lo creo, pero siempre puedes echar un vistazo a las librerías, jefe. ¿Quién sabe? Puede que encuentres mi nombre en una portada, algún día. Voy a ponerme con eso ahora. Quiero decirte..., bueno, no ha sido culpa tuya en lo que me convertí. Todo fue cosa mía. En cierto modo me salvaste, jefe. Podía haberse cruzado en mi camino alguien mucho peor, y todo habría sido una calamidad aún mayor de como ha sido. Buena suerte, jefe.

Cerré el teléfono antes de que pudiera decir nada.

Durante las dos semanas siguientes viví en la Posada de la Misión, y escribí en mi portátil toda la historia de lo sucedido.

Escribí cómo se me apareció Malaquías, y la versión de mi vida que él me contó.

Escribí todo lo que había hecho, en la medida en que pude recordarlo. Me dolió tanto describir a Fluria y a Godwin que a duras penas pude soportarlo, pero escribir me pareció el único camino posible, de modo que seguí haciéndolo.

Finalmente incluí las notas acerca de los datos reales que pude reunir sobre los judíos de Norwich, los libros que trataban sobre ellos, y el dato sugerente de que Meir, el poeta de Norwich, había existido en realidad.

Para terminar escribí el título del libro, y éste fue *La hora del ángel.*

Eran las cuatro de la madrugada cuando por fin acabé de escribir.

Salí a la galería, la encontré completamente a oscuras y desierta, y me senté a la mesa de hierro, sencillamente a pensar, a esperar que el cielo se iluminara, que los pájaros iniciaran sus inevitables cantos.

Podía haber llorado de nuevo, pero por el momento me pareció que no me quedaban más lágrimas.

La realidad, para mí, era ésta: que no sabía si todo aquello había ocurrido o no. No sabía si era un sueño imaginado por mí, o inducido por alguien situado cerca de mí. Sólo sabía que me había cambiado por completo y que haría cualquier cosa, cualquiera, por ver otra vez a Malaquías, por oír su voz, simplemente por mirarlo a los ojos. Simplemente por saber que todo había sido real, o por perder la sensación de que todo había sido innegablemente real, de que me estaba volviendo loco.

Había otra idea que me rondaba, pero no conseguí precisar cuál era. Me puse a rezar. Pedí de nuevo a Dios que me perdonara todas las cosas que había hecho. Pensé en los rostros que había visto entre el gentío e hice un profundo acto de contrición por cada uno de ellos. El hecho de poder recordarlos a todos, incluso a los hombres a los que maté primero, tantos años atrás, me dejó asombrado.

Luego recé en voz alta:

—Malaquías, no me dejes solo. Vuelve, aunque sólo sea para orientarme sobre lo que debo hacer ahora. Sé que no merezco que vuelvas, no más de lo que lo merecía la primera vez. Pero te lo ruego, no me dejes solo. Ángel de Dios, mi querido custodio, te necesito.

Nadie podía oírme en la galería silenciosa y oscura. Sólo soplaba una tenue brisa matutina, y en lo alto del cielo neblinoso las estrellas emitían sus últimos parpadeos.

—Echo de menos a las personas que he dejado —seguí diciéndole, aunque no estaba allí—. Echo de menos el amor que sentí en ti, y el amor por todos ellos, y la felicidad, la pura felicidad de arrodillarme en Notre Dame a dar gracias al cielo por lo que me había dado. Malaquías, tanto si todo ha sido real como si no, vuelve a mi lado.

Cerré los ojos. Agucé el oído por si escuchaba los cantos de los serafines. Intenté imaginarlos delante del trono de Dios, ver aquel resplandor glorioso y oír su inacabable canto de alabanza.

Tal vez, a través del amor que sentía por aquellas personas de una época lejana había entreoído algo de aquella música. Tal vez la había oído cuando Meir, Fluria y toda la familia partieron sanos y salvos de Norwich.

Pasó largo tiempo antes de que abriera los ojos.

Había llegado el alba, y todos los colores de la galería eran visibles. Contemplé los geranios de color púrpura que rodeaban los naranjos plantados en los tiestos toscanos y pensé en lo extraordinariamente hermosos que eran, y de pronto me di cuenta de que Malaquías estaba sentado al otro lado de la mesa.

Me sonreía. Su aspecto era exactamente el mismo de la primera vez que lo vi. La complexión delicada, el cabello negro sedoso, los ojos azules. Estaba sentado con las piernas extendidas a un lado, apoyado en el codo, y me miraba como si llevara largo tiempo haciéndolo.

Sentí un temblor en todo el cuerpo. Alcé las manos como para rezar, me cubrí la boca mientras tragaba saliva, y susurré con voz trémula:

—Gracias al cielo.

Él se echó a reír sin ruido.

—Hiciste un trabajo espléndido —dijo.

Me disolví en lágrimas. Lloré como había llorado la primera vez, al regresar.

Me vino a la mente una cita de Dickens, y la pronuncié en voz alta porque la había memorizado muchos años atrás:

—«El cielo sabe que no hemos de avergonzarnos de nuestras lágrimas, porque son la lluvia que disuelve el polvo cegador de la tierra posado sobre nuestros duros corazones.»

Sonrió al oírlo, y asintió.

—Si fuera humano, yo también lloraría —susurró—. Es más o menos como una cita de Shakespeare.

—¿Por qué estás aquí? ¿Por qué has vuelto?

—¿Por qué crees? —preguntó—. Tenemos otro encargo y no nos queda mucho tiempo que perder, pero hay algo que debes hacer antes de empezar, y tendrías que hacerlo ahora mismo. He estado esperando que lo hagas todos estos días. Pero has escrito la historia que tenías que escribir, y lo que te corresponde hacer ahora no está claro para ti.

—¿Qué puede ser? ¡Déjame hacerlo, y vamos luego a nuestro nuevo encargo!

Me sentí demasiado excitado para seguir sentado en mi silla, pero es lo que hice mientras lo miraba con impaciencia.

—¿No sacaste ninguna lección práctica del modo como trató Godwin a Fluria? —preguntó.

—No sé lo que quieres decir.

—Llama a tu antigua novia de Nueva Orleans, Toby O'Dare. Tienes un hijo de diez años. Y necesita saber de su padre.

Fin
13.40 h
21 de julio de 2008

Nota de la autora

Este libro es una obra de ficción. Sin embargo, algunos sucesos y personas reales han inspirado los sucesos y personajes de la novela.

Meir de Norwich existió realmente, y un manuscrito de sus poemas en hebreo se conserva en los Museos Vaticanos. Pero poco o nada se sabe de él, aparte de que vivió en Norwich y nos dejó ese manuscrito. Lo menciona V. D. Lipman en *The Jews of Medieval Norwich (Los judíos del Norwich medieval)*, publicado por la Sociedad Histórica Judía de Londres, y en ese libro incluye poemas de Meir en su lengua hebrea original. Hasta donde yo sé, no existe ninguna traducción de la obra de Meir al inglés.

Quiero insistir en que el personaje de Meir en mi novela es ficción, y que mi propósito ha sido sólo rendir tributo a una persona de la que nada sabemos.

Los nombres de la novela, en particular Meir, Fluria, Lea y Rosa, eran comunes entre los judíos de Norwich y han sido tomados del libro de V. D. Lipman y de otras fuentes materiales. También esos personajes son pura ficción.

Hubo en la realidad un Isaac de Norwich que fue un

eminente médico judío, pero mi retrato de ese hombre es también ficción.

Norwich tenía en esa época un auténtico sheriff que puede, sin duda, ser identificado históricamente, y también un obispo, pero no he considerado oportuno utilizar sus nombres ni incluir ningún detalle relacionado con ellos, porque son personajes de ficción en una historia de ficción.

El pequeño san Guillermo de Norwich existió efectivamente, y el libro de Lipman recoge la trágica historia de la acusación a los judíos de haberle dado muerte, como también Cecil Roth en *A History of the Jews in England (Una historia de los judíos en Inglaterra)*, publicada por Clarendon Press.

Igualmente es cierta la historia del pequeño san Hugo de Lincoln, y de los tumultos de los estudiantes de Oxford contra los judíos. Roth y Lipman me prestaron una ayuda inmensa.

Muchos otros libros me han sido de inestimable utilidad para escribir el libro, entre ellos *The Jews of Medieval Western Christendom, 1000-1500 (Los judíos de la cristiandad occidental medieval, 1000-1500)*, de Robert Chazan, publicado por la Cambridge University Press, y *The Jews in the Medieval World: A Source Book, 315-1791 (Los judíos en el mundo medieval: fuentes, 315-1791)*, de Jacob Rader Marcus, publicado por Hebrew Union College Press de Cincinnati. Otras dos fuentes valiosas han sido *Jewish Life in the Middle Ages (La vida de los judíos en la Edad Media)*, de Israel Abrahams, publicado por la Jewish Publication Society of America, y *Medieval Jewish Civilization: An Encyclopedia (Enciclopedia de la civilización judía medieval)*, de Norman Roth, publicada por Routledge.

He consultado muchos otros libros, demasiado numerosos para mencionarlos aquí.

Los lectores interesados en la Edad Media disponen de abundantes fuentes, incluidos libros sobre la vida cotidiana medieval, y también gran número de libros ilustrados sobre la vida medieval pensados para los jóvenes pero esclarecedores para todos. Hay muchos libros sobre las universidades, las ciudades, las catedrales y otros aspectos de la Edad Media.

Mi agradecimiento, muy en particular, a la Jewish Publication Society of America por sus muchas publicaciones sobre la historia y la vida de los judíos.

Me he inspirado para este libro en Lew Wallace, el autor de *Ben-Hur*, que en mi opinión es un gran clásico fundamental del que pueden disfrutar tanto los cristianos como los judíos.

Tengo la esperanza de que mi libro resulte también atractivo por igual para cristianos y judíos, y para lectores de otros credos, o sin ningún credo. Me he propuesto dar una imagen precisa de las complejas interrelaciones de judíos y cristianos, incluso en las épocas de peligro y persecución para los judíos.

Como ha observado un estudioso, no se puede pensar en los judíos de la Edad Media sólo para referirnos a sus penalidades. El pensamiento judío incluye a muchos grandes filósofos y escritores, como Maimónides y Rashi, mencionados más de una vez en esta novela. La comunicación, la organización comunitaria y otros aspectos de la vida de los judíos están hoy bien documentados por muchos estudiosos, y todavía se sigue reuniendo abundante información relacionada con la vida de los judíos en épocas anteriores.

Sobre el tema de los ángeles y su papel en los asuntos

humanos, remito al lector al libro mencionado en la novela *The Angels*, de fray Pascal Parente, publicado por TAN Books and Publishers, Inc., que se ha convertido en mi pequeña Biblia particular para este trabajo. También es de gran interés *Angels (and Demons)*, de Peter Kreeft, publicado por Ignatius Press. Una gran y venerable fuente de información sobre los ángeles y las creencias cristianas en torno a ellos es la *Summa Theologica*, de santo Tomás de Aquino.

Quiero agradecer a *Wikipedia*, la enciclopedia *online*, las referencias a Norwich, Norwich Castle, Norwich Cathedral, Maimónides, Rashi y santo Tomás.

También me han sido de ayuda otros sitios de Internet, de nuevo demasiado numerosos para mencionarlos todos aquí.

Quisiera también dar las gracias a la Posada de la Misión (Mission Inn) y la misión de San Juan Capistrano, que son lugares reales que obviamente me han servido enormemente de inspiración en este libro.

Esta novela ha sido escrita para ser disfrutada, pero si inspira a los lectores búsquedas ulteriores, espero que estas notas les sirvan de ayuda.

Para acabar, permitidme que incluya mi ferviente oración:

Ángel de Dios, mi custodio querido,
a quien me ha encomendado el amor divino,
yo te doy las gracias, siempre y por siempre.

ANNE RICE

Bendecid al Señor todos sus ángeles, héroes potentes, agentes de sus órdenes, en cuanto oís la voz de su palabra.

Bendecid al Señor todas sus huestes, servidores suyos, ejecutores de su voluntad.

Bendecid al Señor todas sus obras, en todos los lugares de su imperio. ¡Bendice al Señor, alma mía!

SALMO 103